第55號被害人

JAMES DELARGY

詹姆斯・迪拉吉——著　簡秀如——譯

獻給從未有過那個機會的人

1

他肺部灼燒，彷彿吸入的根本不是氧氣，而是隨著每次腳步所揚起的，令人窒息的紅色塵土。這些腳步帶他來到荒郊野外。這裡是荒郊野外，他只知道這麼多。雖然置身野地，這世界依然不放過他，伸長了低垂的枝椏橫加阻擋，要將他永久留下。

它差一點兒就得手了，但是他成功逃脫。現在他正狂奔逃命。他從不相信這種字眼會真正落在自己的頭上。他不覺得自己還活著，差得遠了。深怕被抓到的巨大恐懼吞噬了一切，他把專注力放在每個步伐，在岩石間踉蹌前進，在樹叢間俯身閃躲。他覺得自己像頭野獸，只剩下基本的求生本能，一切僅劃分為兩種狀況：危險的或安全的。

無情驕陽的長長光束穿透樹叢，炙燒著每吋能夠觸及的大地，灑下斑駁的光點，卻不曾照出通往自由的光明路徑。四下盡是樹木和岩石，以及樹木和更多該死的岩石。他不知道自己是往文明世界的方向前進，還是一步步更加深入內陸。

在另一塊太陽烤得焦燙的岩石旁，他的小腿肚緊繃了起來，彷彿腳鐐依舊沉沉地拖著他。他以為那冰冷鏽蝕的金屬會一直銬住他，直到那個瘋子決定殺了他為止。他不能停下腳步。儘管疼痛又疲憊，肺部嚴重缺乏空氣，他還是不能停。停下來意味著沒命。

他注意到前方的樹林間出現空隙。他希望那是地獄的邊緣，在那裡能找到一條馬路、一座農場、一條泥地小徑——任何能象徵真實世界的事物都行。他強迫自己吸入更多的空氣，奮力往亮光的方向前進。他跨步往前，踩到了一塊岩石；它可能在那裡躺了好幾個世紀，不曾受到干擾，直到現在為止。他失去平衡，一隻手臂猛地往外一揮。他什麼也沒抓到，只有一把空氣。接著他的肩頭撞上一棵樹幹，樹木搖晃了一下，但依然穩穩地屹立。不知為何，他依然沒倒下去。

樹線斷開了。陽光令他目眩，他回到文明世界的夢想破滅了。在他眼前的只是一小塊林間空地，上面有五、六堆明顯隆起的鬆土。這些長方形的土堆看起來就像……墳塚。他知道假如現在不站起來，他會發現自己也躺在其中的一抔土裡。

他硬逼自己站了起來，渾身疼痛，汗水浸溼了衣服。他目不轉睛地盯著墳地，沿著邊緣繞行，然後走進更多樹木岩石之處。這幾乎像是他繞了一圈又回到原地。

此處地勢再度上升，他的雙腿加入了肺部的陣營，一起抗議這種無止無休的凌虐。在遠方的無雲天際線閃爍著一絲淡藍色微光，顯示著那兒有一座山頂，一個帶給他方向感的制高點。

他竭力壓抑雙腿和肺部的反抗，為了平息它們的抗議，卻疏忽地面突起的盤結樹根。他絆了一跤，迎面而來的不是鬆軟的泥土，只有炙熱的堅硬地面。他強自壓抑痛苦的哀嚎，深怕一不小心洩漏了行蹤，但是哼唧聲的回音在逗弄著他，堅硬的地面放大了那聲響，淹沒了鳥鳴與蟲唧，還有那個潛在殺手的動靜。

山頂就在眼前，然而只帶來更多的失望。那不是什麼制高點，而是一處十呎高的山崖。他驚慌失措地左右張望，確認沒有能安全通往下方的小徑。

他沒時間去找出替代路徑。他的背後遭人猛推一把，害他狠狠地撞上了地面。他翻身一滾，正好迎上一記朝左臉頰揮來的拳頭。那一拳揮偏了，卻足以令他頓時閉上眼睛。他攢緊拳頭，猛地揮手反擊。它打中了某個堅硬部位，可能是肩頭吧。攻擊者做出回應，用尖刺的膝蓋壓迫他的大腿肌肉。這波痛楚逼得他張開眼睛，前方的視線一片模糊。他毫無計畫，甚至是毫不協調地連續瘋狂揮拳。有幾拳擊中了目標，有幾拳則落空。就算他盡可能出手，得到的卻是加倍反擊，拳頭紛紛落在他的頭頸。隨著拳拳到肉的悶聲攻擊，他的眼前出現了萬花筒般的滿天星。對方一把扯住他的頭髮，拿他的頭部猛力撞擊地面，死命下手，毫不留情。

黑暗箝制住他的大腦，威脅著要永遠終結一切。假如他昏過去，他就再也回不來了。他抬起了手，抓住身體上方的那個陰暗形體。他抓牢攻擊者的手臂，往側邊翻滾，掙扎著尋求反制。

原本該是地面的地方卻空無一物，滾落似乎永無止境，無重力包覆著他，彷彿頭部遭受的重擊讓大腦擺脫了重力的束縛。隨之而來的是一種幾乎超現實的狂喜感受。結束了。他慘遭殺害，墜入了這個世界之外的境地，但是他卻無能為力。

著地改變了這一切。

這一撞擊逼出了他體內的所有空氣，彷彿他的靈魂出了竅。他張開眼，看到了上方高聳山脊的灰棕色粗糙山壁，再往上是一抹黯淡的藍色薄霧。那些棕色、灰色及藍色逐漸變深，他就這麼昏了過去。

2

威布克鎮是錢德勒·詹金斯的家鄉，他在這裡住了一輩子。這三十二年來，西澳內陸的皮爾巴拉高原乾旱不斷。這片陸塊曾經是古代烏爾大陸的一部分，保守估計有二十五億年的歷史。有時候錢德勒相信，這些史前原子滲入了他的骨髓，讓他提早老化了。而對許多人來說，覆蓋在這片荒蕪焦原上的紅銅色塵土，也在他們身上發揮了相同的作用。

這座小鎮位置偏僻，距離最近的城鎮波特曼有一百公里，連接的道路猶如扭擺的龍尾，朝遠方蜿蜒而去。即使以澳洲人的標準來看，威布克鎮都稱不上是古老的城鎮。它在十九世紀末正式成立，以一位來自奧巴尼的探勘者命名。這名探勘者離開了南方蓊鬱的葡萄酒鄉，來到這裡東掘西挖，尋找財富，也真的找到了。那是座豐富的金礦，金塊從地面冒出頭來，就像小孩子早餐玉米穀片裡的棉花糖，有些甚至需要雙手才捧得起來。消息傳了出去，不久後棚屋便紛紛林立；這些木造建築搖搖欲墜，毫無美感可言。棚屋搭好之後，生意就開張了，例如酒吧、酒館和妓院，每種起碼有兩家。當地人口暴增，數千人想一夕致富，報章雜誌聲稱這裡是實現夢想的地方。但美夢很快就破滅了，採礦量驟減，人們只差沒拿鏽蝕的淘金盤去淘取寥寥可數的金沙。然而每況愈下，在絕望地淘取溪裡的石塊及砂土之前，他們已經口袋空空，卻還是用酒精和女人來麻醉自己。債台愈築愈高，緊繃的情勢也愈演愈烈。

結果火爆場面一觸即發，在一個夏日夜晚，十名男子在主街上展開一場槍戰。唯一的倖存者「番茄」湯姆·凱利，隔天也因為肩部動脈受傷身亡。暴力事件持續增加，發財的希望益發渺茫。醫生、律師及商人開始率先離開這座曾經快速成長、擁有五千人口的小鎮，去追逐最新的一波淘金熱。如今鎮上剩下不到五分之一的人口，只靠幾家酒吧和妓院在支撐著。沒什麼比沮喪與絕望對他們的生意更有利的了。

沒了黃金，鎮上的人不得不想辦法謀生，然而這片荒瘠的土地不論要養活人或牲畜都不容易。將近四十年就這麼過去了，小鎮幾乎奄奄一息。後來這片傷痕累累的土地底下，發現了鐵礦及青石棉，於是又掀起了一波新熱潮，採礦公司買下大片土地，開出的價錢好到令人無法拒絕。接下來就是快速擴展，鎮上蓋起了第一幢磚造建築。接下來和往日如出一轍，礦產量驟然暴跌，那些公司不帶感情或遺憾，把採礦工程轉移到幾小時路程外的波特曼，像條蛻皮的蛇一般，把不再需要的那層薄薄外皮拋在後頭。

錢德勒和他的家人住在這個空蛇蛻裡。儘管這座城鎮有其缺點，他還是以它為傲。這是**他的**城鎮。他是鎮上的巡佐及實務上的警長；這種安排恰如其分，因為小鎮依舊保持著十九、二十世紀之交的原始風貌。寬闊的主街曾經是硬泥地，現在鋪了碎石柏油路面，在豔陽下亮得幾乎泛白。路中央的混凝土中島在稀疏的車流中，提供了一點不必要的慰藉作用。色彩鮮豔的拱形外廊遮蔽人行道，擋住了陽光及逼人的熱氣。作工精細的鐵柱矗立了一個世紀，成為守住逝去昔日的最後堡壘。

錢德勒在水泥方塊似的警局外頭停了車，往後照鏡瞥了一眼。鏡子裡看著他的是一名年近三十五、六歲的帥氣男子，有著一張日漸圓潤的臉龐。這張臉刻畫著夜生活和單親日子的奮鬥痕跡，他的金髮髮量日漸稀疏，但還不到禿頭的地步。這頭金髮加上運動帶來的略微黝黑膚色，讓他看起來像個上了年紀的衝浪客，雖然這和事實相差了十萬八千里。可以的話，錢德勒會盡量遠離大海。起碼在陸地上，他可以看清楚是什麼前來要他的命。

資深的老警長比爾・亞許克洛夫去年六月退休了，職務交由錢德勒暫時代理。局裡並沒有多少事需要五個人來處理：幾件違反交通規則和家庭糾紛的案子，或是鎮上那三家酒吧裡頭偶發的鬥毆事件，這幾家酒吧不太視彼此為競爭對手，而是歡迎被其他家拒於門外的酒客上門。即便如此，局裡依然配置了五名警力，西澳警署努力補滿所有職缺，深怕少了一個會讓其他人支撐不住而倒下，就像骨牌一樣。

他進門時，新來的菜鳥尼可．凱里亞寇斯正守在櫃台。他要坐在這位置，直到錢德勒相信他有能力擔任外勤職務為止。就算尼可已經證明自己聰明又正派，他不想冒險派一個配槍的二十歲大男孩上街頭。這個年輕人多才多藝，努力想取悅他人，努力學習，也不吝展現他對連續殺人犯有多少豐富又令人不安的知識。

他的副手，資深警官譚雅已經坐在辦公桌前了。她從不遲到，個性和她紮的馬尾一樣一絲不苟。她上早班，這樣才能準時到鎮上另一頭的小學接她的三個小孩下課。她休了五年的假，小孩接二連三來報到，最近才重返工作崗位。錢德勒想像生下這三個小孩只是一種醫學上的臨床程序。譚雅的作風向來如此，就像軍事行動。要是他得到升遷，他也會推薦她一同晉級。這是她應得的。任何能在孩子及工作之間保持平衡的人，無論得到什麼都是應該的。他應該很清楚這點。他自己也有兩個孩子，而她起碼還有個伴侶能幫忙。

錢德勒悄悄地進了他的辦公室。空調又停擺了，局裡空氣感覺像膠水般黏膩。他坐了下來，望向窗外，看著遠方的嘉納山。那座布滿岩石及樹木的山是以鎮上的第一位鎮長命名。

從這麼遠的地方望去，那座山看起來很吸引人，鎮上看得到的這一側山坡滿是高大筆直、聳入雲霄的樹木，在一片紅土上顯得不尋常地蓊鬱。在山嶺之外是數千英畝的荒蕪大地。這樣的荒野向來吸引人們想前去探索，但就連習慣了極端環境、經驗老到的健行客也覺得它難以征服。那裡吸引了想要親自一探究竟的人們前來，有時則是一些想迷失其中的人。

這一天對錢德勒來說再尋常不過了，他得以安靜地思考。然而，一切即將驟變。

敞開的門口傳來一陣騷動。他不認得那聲音，卻聽得出聲音裡的急迫。他試圖辨識那口音——來自南方、最南端，也許是伯斯吧。假如是的話，這個人——一名男性——離家可遠了。

「巡佐，我想你應該過來一下。」譚雅叫他。她素來平穩的聲音此刻聽起來困惑不安。

錢德勒把雙腳從桌面挪下來，讓自己冷靜以對。自從泰莉離開後的這些年來，他愈來愈憑感覺行事，彷彿他的身體認為有一部分的他被帶走了，因應之道就是製造更多的感覺，來填補那個空位。

他走進大辦公室。一過了架高的接待櫃台，就是譚雅的辦公桌。此時有一名神情緊張的男子坐在那裡，看起來年約二十五、六歲，身上的運動衫和牛仔褲留下了慘遭痛毆的痕跡。

錢德勒摸了摸頸間，詛咒了一聲。他忘記戴上夾式領帶了。他通常不會堅持穿制服，但是去見外人時，他比較喜歡戴上領帶，這樣能展現一種權威感。

「你看起來要像這裡由你當家作主，」比爾跟他說過，「但也要表現出你有好好管理。」

他走過來時，譚雅就站在一旁，小心翼翼地看著那名男子。連尼可都大老遠地把他的椅子從接待處滑了過來，彷彿只要坐在椅子上，他就是盡到了看守櫃台的職責。

訪客站起來，譚雅後退以回應，準備採取行動。男子的恐懼不斷渲染開來。錢德勒注意到他倆的體型或許不同，但身高相仿，那雙緊張不已的眼睛從錢德勒的身上掃視到牆壁、到門口，彷彿在找一個更好的棲身處。他的身體似乎察覺到眼睛在尋找機會脫逃，於是把雙眼瞇成一道縫，阻止這種事的發生。他看起來似乎處於極大的痛苦之中。

「他要我當第五十五號……」男子語無倫次地說，這才第一次直視錢德勒的眼睛。他渾身顫抖，然後緊閉起雙眼。

錢德勒在心中暗自打量。這是伯斯口音沒錯，臉上散布的鬍碴顯示，他已用一把鈍刃的刮鬍刀長達好幾週了。是流動勞工吧？他猜想。神情太清醒，外表太整潔，不像流浪漢。

「你這話是什麼意思？」錢德勒問。他保持冷靜態度，就算這名血跡斑斑的陌生人忽然現身，讓他嚇了一大跳。

「第五十五號……」男子又說了一遍。

錢德勒看著譚雅，向她求助，她搖搖頭表示自己也毫無頭緒。

「第五十五號……什麼？」錢德勒問。他想伸手去觸碰男子的肩膀，實際表現他的支持及安慰，但又擔心這麼做會嚇著他。

「那個傢傢傢伙，那名兇手。」

「什麼兇手？」

「綁架我的那個人。他把我帶去……那裡。樹林，林子裡。」男子指著那堵堅實的牆。錢德勒明白他指的是牆外的嘉納山。

「什麼兇手？」

「一個瘋子。」

男子的腿開始顫抖。他的牛仔褲上沾染了血漬，但是看起來不像剛流的鮮血，彷彿早在太陽底下曬乾了。然而錢德勒不希望他崩潰。他伸手去觸碰男子的手臂，對方疼得齜牙咧嘴。

「沒事了，我們是來幫你的。」錢德勒安撫他坐回位子上，這麼做讓他感覺自己對這場面多了一點主控權。「你叫什麼名字？」他問。

「加百列。」

「很好，加百列。我叫錢德勒，是這裡的巡佐。你知道你在哪裡嗎？」

加百列搖頭。

「你在威布克鎮。」

他注意到加百列的眼中有某種神情一閃而逝，他把它解讀成類似希望的眼神。希望他已經感到安全了。錢德勒進一步說明，想強化對方的這種感受。

「威布克鎮，在西澳。這位是資深警官譚雅，另一位是警官尼可。你是從哪裡來的？」

一隻抖動的手指頭再度指著牆壁。「從那裡。」

錢德勒試圖擠出一個令人放心的微笑。「我是說，你住在哪裡？」

「伯斯……不過我到處旅行。」

他頹然倒坐回椅子上。有一瞬間，他看起來彷彿要從椅子滑到地板上了。

「你有證件嗎？」

「他偷走了。」

錢德勒點頭。「好吧……你知道他的名字嗎，加百列？」

男子沉默了。那雙四下張望室內的眼睛再度閉上。錢德勒再次注視他的衣裳。乾涸的血跡顯示他沒有嚴重外傷，但不能排除有看不到的顱內出血。

「你是否——」

「赫赫赫赫斯。」加百列開口，隨著一聲長長的嘆息，吐出了這名字。

「赫斯？」錢德勒朝譚雅點頭示意，後者已潦草寫下這名字。

加百列點頭。「那個瘋子，他叫做赫斯。他偷了我的證件。」

原本在椅子上的凝膠般身體變得僵硬，他突然企圖站起來。「我必須離開這裡。」

錢德勒走上前，安撫他坐回椅子裡。他看慣了這種想逃跑的衝動反應。許多人發現自己置身警局時，都會想要趕緊離開，深怕萬一待得久了，就會被指控某種罪名。

「坐著別動，我們找人來看你的傷勢。」

「不用了，」加百列睜大了眼睛說：「我想告訴你們發生了什麼事，然後離開這裡，免得他又出現了。」

「你現在很安全。」錢德勒向他保證。

「除非我遠離這裡。」

加百列深呼吸了一口氣，竭力克制住緊張的情緒，挺直身體時齜牙咧嘴了一下。錢德勒猜想他的肋骨應該是受到嚴重挫傷。

「我們可以替你找醫生。」譚雅說，並且再度緩緩地走上前。

「不要，我必須告訴你們發生了什麼事。」

3

接待櫃台後方的偵訊室很小，而且幾乎只有吃午餐才會用到。裡頭不同於辦公室的黃色夏日風格，牆面漆成深綠色。錢德勒不知道在哪裡讀過，這種顏色會引導人們開口說話。

單薄的塑膠椅在訪客的重量下壓得咯吱作響。錢德勒在桌子的另一側坐下，灰色的塑膠桌布沾有芥末的汙漬。他要查明該誰清理了——有可能是他自己吧。

他對訪客開口說。

「今天是二〇一二年十一月二十三日，請說出你的全名以供記錄。」

「加百列．強森。」

「你是哪裡人？」

「原本來自伯斯，不過呢……那是怎麼說的？居無……」

「居無定所。」

「就是這個，居無定所。抱歉我的心神有點兒……」加百列的眼睛環顧室內，彷彿想把一切看個清楚，雖然這裡頭其實也沒多少東西可看。

「年紀？」

「三十歲。」

他的口吻疲憊不堪，應該是吃了不少苦頭，錢德勒心想。他的膚色曬得黝黑，男孩子氣的臉頰散布了些許青春痘疤。

「你來這裡做什麼？」

「找工作。」

「比方說？」

「比方說工人、農場幫手，隨便什麼都好。我想來試試這邊的幾個地方。」

「有特定的目標嗎？」

「沒有，不過我聽說這裡有一些機會。」

加百列說得沒錯。這裡的遼闊平原有許多牧場及農莊，規模龐大，堪比小型的國家。他的體格精瘦結實，符合這類工作的需求。他應該常吃肉，不太吃別的，什麼活兒都幹過，包括尋找井眼、趕牛及烙印牛隻。

「你是怎麼遇到這個……赫斯？」

一提到這個名字，加百列渾身一陣顫慄，過了片刻才振作起來。

「當時我在黑德蘭港。我前一天從艾克斯蒙斯搭了一輛卡車上來。」

「知道司機的名字嗎？」

加百列聳聳肩，彷彿這不重要。「李什麼的，一名華裔男子，五十來歲，體型肥胖。抽的是事先捲好的手捲菸，就塞在遮陽板夾層裡。差不多就是這樣了。」

「他在黑德蘭港放你下來？」錢德勒問。

「對，他要繼續前往達爾文。」

「你在黑德蘭港做了什麼？」

「睡覺。」

「在哪裡？」

「公園。」

「名稱呢？」

加百列搖搖頭。「不知道，我又不是去看風景。那裡有草地……樹木……一張長椅。你知道的，公園裡的那些東西。」

錢德勒註記了一下，準備進一步調查這部分。「繼續說。」

男子緊繃的聲音不知為何冷靜了下來，不過依然帶有一絲顫抖，像是狗兒的不安吠叫聲。「隔天，我決定前往內陸。去找工作。」

「為什麼不待在沿岸附近？」

「在艾克斯蒙斯時，有人告訴我，內陸才是最理想的地方。他說大部分的人待在沿岸地區，因為來來去去比較方便，不過那一帶人多事少，也就是說老闆給的工錢通常低到不像話。但是也因為這似乎是個探險的好機會。」

說到這裡，加百列停了下來，彷彿他的思緒斷了線。錢德勒決定讓他慢慢來，等到話語和思緒自然浮現。

加百列用力眨眼，重拾起話頭。「當時我在……那條路……那條大馬路上。」他停了下來，看著錢德勒。「我不知道路名。」

錢德勒知道，一號公路。那條忙碌的道路，走到底會連接九十五號公路，然後通往威布克鎮。他在這條路上來回走了好多遍，尤其是剛認識泰莉的那一陣子。當時她是個來自沿岸的活潑派對女孩，但他有所不知的是，海岸會成為她永遠的羈絆。

「我一個人長途跋涉，陽光照得我看不清是什麼逐漸靠近。後面傳來引擎聲，所以我伸出了大拇指。那天早上已經有兩部車呼嘯而過，因此我也沒指望這一部會停下來……但是它靠邊停了。」

「你能形容一下嗎？」錢德勒問。他看著那片雙面鏡，希望譚雅全都記下來了。上次在這裡做筆錄是將近一年前的事了。那是一個家暴案件。瓊恩．天達莉很不高興，她丈夫晚上情願去照料他的鴿子，也不來陪她，於是她拿出曲棍球桿，打斷了他的手臂。

「一部廂型車，我不記得是哪個廠牌了。車身標誌掉了吧，我想。深棕色……但那也有可能是塵土，窗戶都布滿了灰塵。有一個煞車燈不亮，我只記得這麼多。我朝那部車小跑步過去，心想車子可能隨時都會開走。」加百列沮喪地看著錢德勒。「我真希望當時他開走了。」

「車牌號碼呢？」

加百列搖搖頭。「也是布滿了塵土。可能是故意的。」

「好吧，繼續說。」

「所以我上了車。也許我應該先看清楚，不過我需要快點找到工作，找個地方住，填飽肚子。」

「所以他……這個赫斯……長什麼樣子？」錢德勒握筆準備寫下描述；他希望這部分的描述會多過那部汽車：一部廠牌不明、車牌不明、布滿塵土的廂型車。附近路上開的玩意兒大部分都長得像這樣。

加百列閉上眼睛，深呼吸了一下。錢德勒靜待這份沉默結束。他看了一眼雙面鏡和自己的倒影。一名面帶倦容的警察盯著他，眼周的疲憊暗沉突顯出冰藍色眼睛的銳利神情。

「他是個矮個子……比我還要矮上幾吋。棕髮，膚色黝黑，像是在戶外工作，也很結實。他說他和我一樣三十歲，不過似乎有點兒……我不知道……躁動不安吧。」加百列停頓一下。「我當時或許就該察覺到，這人身上有某種**黑暗**的感覺。」

「你說的黑暗是什麼意思？」

「就是有點……失神，」加百列說：「他的大鬍子遮掩住臉上五官，彷彿他緩緩地變成了影子。」

加百列盯著錢德勒，彷彿想確認除了他自己以外，這些話在別人耳中聽起來也是合理的。

「而且你用不著提醒我，在這附近搭便車有多愚蠢。」他又說，忽然起了戒心。「他似乎沒問題，或許是我的大腦說服我，他看起來沒問題。我知道……或者我以為自己知道……假如他圖謀不軌，我能保護自己。他說他的名字叫赫斯，去鎮上買了補給品回來。就連這番話也讓我放心了些。我是說，沒有哪個殺手會介紹自己吧……有嗎？」

他又抬眼往上看，尋求著某種的認同。錢德勒點頭，雖然他不確定自己是否贊同。假如赫斯意圖殺人，那麼把細節傾倒而出又有何不可呢。不過這點告訴了他一件事。赫斯自信滿滿，能和他意圖下手的對象自在交談，錢德勒因此警覺到他以前可能早就幹過這種事。他能夠輕鬆自在地掌控場面，毫不遮掩地面對他的受害者：第五十五號。一種興奮混雜恐懼的感覺在他的胃裡翻騰，他感到極度不安。這可能牽連甚廣。他要在被害人閉口不談之前，想辦法套出更多的細節。

「他跟你提過任何關於他的事嗎？」

「只說他住在這附近。」

「威布克鎮嗎？」錢德勒想不起來這一帶有誰叫赫斯，不過他想這可能是個化名。他的焦點開始轉向這附近有誰可能殺了那麼多人。威布克鎮的瘋子不少，但沒多少人聰明到有辦法幹下這種事。應該不會吧？

「不是……我不知道……就**這附近**，他說。我覺得他的口音像是東邊來的。反正他似乎還滿友善的。我只是在找人載我一程，不是要找另一半。」

錢德勒點頭，要他說下去。

「我跟他說我來自伯斯。他說我離家很遠了，我跟他說哪裡有錢賺，我就往哪兒去。這裡的一切很荒蕪，不過蘊含著某種的美。」加百列聳聳肩，扮了一臉苦相。「這是個謊言，但我發現搭車時想辦法說幾句好聽話，向來是上策。我認為呢，妓女也都是這樣啊。」

錢德勒仔細端詳對方。那副苦相說明這並不是個笑話，而是他一心服膺的生活哲學。

「一小時過去了，我們經過幾處通往農場的岔路。我跟他說載我到這裡就行了，但他說每個人都是一頭就栽進這些地方。他說這就像在你遇到的第一處水坑停下來，一個大水坑，動物已經把水都攪渾了。他說那些地方給的工錢低到不像話，再遠一點的那些農場，給的會比較大方。我問他是否以前在那些地方幹過活兒，看是不是能弄到個名字，或是介紹一下。不過他沒回答。我以為他可能去過，但發生了某些事，他並不想談。」

錢德勒記了下來，要去查訪一些農場找赫斯，看是否有人記得他曾替他們做過事。

加百列繼續說：「我們又開了半小時，眼前的景色轉換成遍地塵土。我開始納悶有什麼能在這種地方存活下來，更別提牛群了。這時我感到口渴不已。就算車窗搖了下來，空氣依然滾燙。他一定是看懂了我的表情。他跟我說假如我渴的話，後面有水。我就這樣上了他的當。」

「是水嗎？」

加百列點頭。「水喝起來有點白堊味，但是到了這時候，我已經不太在乎了。那是水，而我渴得要命。」他神情慘淡地看著錢德勒，彷彿深深憎惡自己。「我幾乎立刻感到昏昏欲睡。一開始，我以為是因為筋疲力盡或熱浪侵襲，但是情況愈來愈糟。我試圖抬起手臂卻辦不到，感覺那不是我身體的一部分。我記得我轉頭去看赫斯。他盯著我看，好像沒什麼不對勁的。這想必只是一個他看過好多次的過程。他甚至沒有看路，或是看我們正開往哪裡。他就這樣盯著我，感覺似乎有好幾個小時。一道陰影籠罩他的臉，直到我只看得見他的頭部輪廓。然後我昏過去了，我想。他一定是在水裡下了某種藥。」

加百列的眼神再次閃爍不定。錢德勒認得那種神情。困惑的受害者想填補記憶的空白處，但是失敗了。

「我在一間木造小屋醒了過來。我不知道自己昏迷了多久，但當時還有光線從條板之間透射進來，所以我猜想我只昏過去幾小時而已吧。」他忽然一臉的擔憂。「除非今天是週五——」

「不是，今天是週四。」錢德勒向他保證。

加百列似乎因此稍微鬆了一口氣。他知道他並未錯失生命中的某一天，實際上還保住了一條命。

「他把我的手腕銬在屋頂橫梁上。」

「銬住？」

「對……用那種粗厚的金屬玩意兒。兩個D型扣環，用鏈條串在一起，鎖在牆壁上。我的腳踝也一樣，那些扣環沒有鎖在牆上，但是也動不了。這倒不是說我打算逃走，他確保不會有這種事發生。」

「你是在農場嗎？還是森林或戶外小屋？」

「在那上面，」加百列說：「你說過的那座山。我透過條板的縫隙看到樹林。他把我銬在一間小棚屋，裡面有鋸子和斧頭之類的東西。裡面會有那些東西也是理所當然，不過因為我被銬了起來，那些玩意看起來全像是能要了人的命。」

「可以再多形容一些嗎？聲音呢？還是氣味？」

加百列聳聳肩。「地板很髒。角落堆了燒火用的木材。我聽得到隔壁的動靜，所以我猜我是被鎖在一間小木屋的隔壁。我大聲喊救命，這時赫斯出現了。我問他我在哪裡，他說在家裡。我求他放我走，我不會跟任何人說他做的事。他要我冷靜點。他聽起來很生氣，彷彿我打斷了他剛才正在做的重要事情。」

加百列的雙腿開始在桌子底下上下抖動。他的雙眼搜尋著室內，彷彿想要逃離。

「抱歉，我……我可能有點幽閉恐懼。」

「你希望門打開嗎？」

「麻煩你。」

錢德勒從椅子上站起來，打開門，露出外面的辦公室。在辦公室的另一頭有一排灰色櫥櫃，上方開了一整排的小窗。加百列盯著那些窗戶看。

「我很怕他當場就會對我下毒手。他走到我的面前。這時他提到五十五這個數字。他只說了這句，然後就轉身往門口走。我不敢問他這話是什麼意思。不過我猜想……」

加百列停住了。

「猜想什麼？」錢德勒問，迫不及待想聽到有人把他心中的假設說出口。

「我猜……我會成為他的第五十五號受害者。」

就算在這種熱到連塑膠都會融化的天氣裡，錢德勒還是覺得一陣寒意沿著背脊往下竄。加百列在講述這個故事時，似乎重新體驗了那次經歷。他精實的肌肉在沾染血漬的短袖運動衫底下抖動，前臂的二頭肌持續緊繃。絕對的恐懼。

「他說別擔心我是否會遇害，」加百列繼續說：「因為我**當然**是活不成了。這早就寫好了。」

「這是什麼意思，『早就寫好了』？」錢德勒問。

加百列聳聳肩。「我跟你一樣猜不透，警官。」

「好吧，繼續說。」錢德勒說，並且把這個說法寫下來。

「我知道我要逃跑，所以在他離開後，我設法掙脫鐐銬。」加百列展示他長滿水泡的手掌和手腕，一圈圈的紅腫破皮，皮膚磨損，細微的毛髮也連根拔起。「我死命拉扯，想把它們從牆上扯掉。我不斷大喊救命。他沒有一次進來叫我閉嘴。他不擔心有人會聽見我的聲音。那時我才明白我身處荒郊野外。我繼續拉扯，最後終於扯掉了一個鎖扣，但是另一隻手仍然銬在牆上。我伸長自由的那隻手，想在工作台上抓個工具。我差點害自己的肩膀脫臼，不過我終於抓到了一支斧頭，設法砍斷剩下的那個鐐銬，但是不能砍到自己的手。我好怕他會進門來逮到我。我只想要一個逃脫的機會。一個活下去的機會。我安靜地進行，不過我擔心閉上嘴反而會引起他的注意，所以我放聲大喊，掩飾斧頭劈砍金屬時，猶如該死的教堂鐘聲般響亮的聲音。」

他抬眼往上看。

錢德勒點頭示意他說下去，心裡對這男子的鮮明記憶大感驚異，他滔滔不絕地敘說，有如水壩大潰堤。

「我設法折彎了金屬，有點像超人那樣，讓我的另一隻手也掙脫桎梏。腳鐐的鑰匙就掛在一根鐵釘上，所以不到幾秒鐘，我就掙脫了。這時我比先前上鐐銬時還要害怕。我記得試著推開棚屋的門，但是上鎖了。唯一的另外出口通往隔壁，他就是從那邊進來的。所以我打開那扇門。那間房裡堆滿了補給品。」

加百列長長地吐了一口氣，彷彿他一直在屏住氣息。

「赫斯呢？」錢德勒問。

「他坐在書桌前，桌上攤滿了紙張和地圖。牆上掛著一個大十字架。我躡手躡腳走到前門，不過當我一開門，絞鏈嘎吱作響。他轉過頭來。我們四目相對，兩人都僵住了。然後追逐戰開始。我逃了出來，不過感覺像是我置身一片空無之中。四下只有樹木和大地，我根本不知道該往哪個方向去，所以我往右跑。」

「為什麼挑右邊？」

「我也不知道……我是右撇子吧，我想……我沒辦法跟你說為什麼。每個方向看起來都一樣。我的雙腿因為上過鐐銬而變得僵硬，但我知道我必須快跑，我不清楚他手上會不會有槍。」

錢德勒幾乎能看到加百列的心臟在短袖運動衫底下猛烈地跳動。回憶如潮水般一湧而至，既緊張又失控。加百列深長地吸了一口氣，彷彿吸盡了悶不透風的室內最後一絲氧氣，然後繼續說下去。

「我朝山脊的方向跑。我向後一瞥，他大約在我後方十公尺處。我一直跑啊跑，直到有些鬆土絆倒了我，我跌進一小片林間空地。地面的土有翻動的痕跡。」加百列看著他。「那些都是墳堆。」

室內的空氣似乎變得更令人喘不過氣來。

「墳堆？」錢德勒皺起了眉頭。「你怎麼知道呢？」

加百列搖搖頭。「我不是……那麼確定。我只記得當心想，這些看起來像是墳堆。五、六、七個，或許吧……長方形的土堆。」他停了下來，看著錢德勒，彷彿這才明白自己當時有多麼接近死亡。

「我站起來，繼續跑，跑到一個山丘。我以為我能從山頂俯瞰下方，但那裡什麼也看不到，只有對面的山壁。我不應該停下來的。」

他又深呼吸了一下，整頓思緒，下顎的肌腱抽搐著。

「他撲向我，我設法揮了幾拳……但是都沒打著。反正沒能阻止他。我們又翻又滾……然後我摔下去了。一種無重力的感覺，你體驗過嗎？」加百列看著錢德勒。

「沒有，我沒體驗過。」

「那居然帶來一種欣喜的感受，直到我著地為止。我彷彿遭到火車撞擊，好像整個人都出了竅。我以為就這樣了，我上了天堂。」他看著錢德勒，想尋求理解。

雖然錢德勒的父母向他和他的兩個小孩灌輸宗教的美德，但他從來不會說自己是個積極的參與者。宗教對他而言就像是自家種的番茄，吃掉比栽種簡單。這同時提醒了他，他的大女兒撒菈明天要進行她的第一次告解。他今晚應該要幫她做準備，練習該說些什麼，何時跪下，何時起立……

「過了一些時候，我醒了過來。這是我當天第二次要弄清楚自己身在何方。我看到上方的山嶺，明白自己摔了下來。著地的痛楚又回來了，然後我想起了赫斯。他躺在一旁。我們癱在地上，周圍的泥土有鮮血噴濺的痕跡。」

「他死了嗎？」死掉的嫌犯會讓錢德勒的日子好過一點。

「我不知道。」

「什麼意思，你不知道？」

「我不知道他是死是活。我沒有靠近他，以免他只是在裝死。我看過電影，警官。我必須離開，所以我就跑掉了。」

「把他留在原地嗎？」

加百列點頭。這表示對方並未確認死亡。錢德勒會假設赫斯沒死。事態不明令人感到沮喪。他會需要安排一支搜索隊去找一名受傷的男子，搜索**那座**森林。不過假如加百列在短短幾小時內就能來到鎮上，這表示赫斯應該不會離得太遠。他們有機會找到他、解救他、逮捕他。

「你是怎麼進城的？」錢德勒問。

「運氣好。我跌跌撞撞地走了幾小時，然後才遇到一條泥土路。我沿著那條路走，想找人幫忙，但是路上空無一人。這時我看到了一輛老舊的腳踏車。那輛車銹蝕又破爛，但總是聊勝於無。我騎到了路的盡頭，看到城鎮就在遠方，所以朝那個方向騎去。每次有汽車經過，我便驚恐萬分，深怕赫斯會從哪部車裡跳下來，或是車子會把我擦撞到路邊溝渠裡，我就完蛋大吉了。」

「是哪條路？」錢德勒問。這能縮小搜尋範圍。

加百列搖頭。「我不知道。一切都很模糊，警官。我不認為那條路有路名，就只是一條泥土路而已。他在追我。那個混蛋……他在追我。不過我逃出來了。」

加百列說完後，癱倒在椅子上。說完故事令他筋疲力盡，肩上的重擔暫時卸了下來。錢德勒仔細端詳他。他的雙眼保持緊閉，這種肢體語言顯示他在驚恐不安之中，帶著幾分審慎地稍微放鬆了。

「現在你安全了。」

那雙眼睜開了，臉龐隨即浮現一抹疲憊又不自然的微笑，完美齊整的兩排牙齒閃閃發亮：這倘若不是基因好，就是牙齒保健做得好。

「我只想回家。」加百列說。

「我以為你沒有家？」

「我是沒有。」

「那麼你要去哪裡？」

「哪裡都好，只要**遠離這裡**。」

「去另一座農場嗎？」

「不要，去他的農場。」

「我希望你不要走遠。」

加百列的微笑不見了，皺起了眉頭。這不是他想聽到的話。

「為什麼？」

他說得有理。錢德勒無權留下加百列。他該編造一些理由留住他。

「萬一我們需要指認屍體。」

錢德勒感受到對方散發的怒氣。他不禁納悶加百列是否一眼看穿了他的詭計。那雙原本渴望逃離的雙眼，現在變得沉靜又專注。它們彷彿在懇求錢德勒吐實，對他的謊言指指點點。

「我要住哪裡？」

錢德勒立刻想到牢房，但是這無法誘使嚇壞了的加百列留下來。要是提供他享受一個夜晚的話……

「我們鎮上有一間很棒的旅館。」

這話不太老實。奧力．歐蘭德的地方不是什麼宮殿，但是對於習慣睡二十人宿舍的農場工人來說，這樣就夠奢華了。

「好吧。」加百列說，態度不置可否。

「我會派人在外頭駐守。」

他會的。吉姆會很開心帶著寫了一半的填字遊戲，在附近坐上一整天。

「我們能聯絡你的哪位家人嗎？」錢德勒問。

「不必。」加百列斷然地說。錢德勒想在兩人之間建立起一點友好關係的企圖失敗了。家人這個話題似乎觸動了某根神經。

「沒有家人嗎？」錢德勒深入地問。

他以緩緩搖頭作答。

「為什麼呢？」錢德勒心存僥倖地追問。這是他多年來學會的技巧，找出癥結點，以便在偵訊時加以操控利用。積習難改。這麼做有時不僅會激怒他人，連他自己也逃不了。

加百列一樣冷冷地看了他一眼。這眼神暗示錢德勒不要得寸進尺，所以他決定歇手。這名男子今天已經吃夠了苦頭，沒必要詳細敘述自己為何沒有家人能聯絡。最後是加百列替他省了麻煩。

「他們都死了，警官。」

這話說得不帶情緒，所有的肌肉抽搐都不見，緊張不安的感覺也消失了。歷經了瘋狂脫逃、狂奔保命，以及身體凌虐之後，加百列似乎終於解脫了。

「警官，」他緩緩地說，聲音滑順得猶如裹了一層絲綢。「我們人自出生後，有一個共通點，那就是需要父母的照顧以及宗教的慰藉。而這兩者都令我失望透頂。」

「你的意思是？」

加百列嘆了口氣，閉上眼睛。「沒什麼，家庭的問題而已。我好累，又氣又怕。我只想睡覺。」

錢德勒很想進一步追問，但操控對面那個木偶的細線已經割斷了。

他帶加百列回到他的辦公室，後者拖著蹣跚的步伐，彷彿連站挺都有困難。譚雅加入了他們。她稍微點了一下頭，讓錢德勒知道筆錄順利寫完了。

「我們有什麼衣服嗎？」他問她。

「不多。」她回答，並且從一箱衣物裡撈出一件連義賣都沒人要的襯衫。她從一堆破爛衣物中挑了最好的一件：沾染汙漬的橘色短袖運動衫，胸前有一個紅色的小標誌。

錢德勒把衣服遞過去時，加百列問：「這是做什麼的？」

「給你穿。」

「我自己有一件了。」加百列看著自己沾染血漬的上衣。「我不想麻煩你們。」

「你不能像這樣在附近走動，你會嚇壞鎮上的人，」錢德勒一面說，一面帶兩人走到跟警局相鄰、有砂岩圍牆的停車場，並且朝警車走去。

加百列看著他，眼神中減卻了幾分防衛。

「我有的不多，警官，我不喜歡把東西送人，就連這件上衣也是。」

錢德勒明白這種感覺。他小時候也很保護自己的東西。他甚至和自己最好的朋友——失聯已久的摯友——米契爾為了一顆舊足球打過一架。那顆球被踢過無數次，踢到變形走樣了，滾動時歪扭得不得了。

「你不必送人，把這件衣服拿去穿就是了。當作是一份禮物吧。」錢德勒說。

加百列收下了。「我要先沖個澡。」他們走到白得耀眼的警車旁時，他這麼說。

4

錢德勒把車從警局開出來，開進城去。午後豔陽立刻從車外炙燒車內的他們，高溫熱浪想把他們黏在座椅的黑色塑膠皮上，讓他們在自己的體液裡滾煮。

當車子行經主街上的家族經營商店及歇業的店家時，錢德勒瞥了他的乘客一眼，對方也回望著他。加百列四肢伸展地坐在椅子上，神態帶著一股冷靜，和他的肢體語言相符合。由於他目前處於警方的保護下，錢德勒希望他們不會教他失望。

「你確定不需要看醫生嗎？」他問。

「這些只是挫傷而已，我想。醫生也不能多做些什麼。至少疼痛會提醒我要保持警覺。」

錢德勒露出一抹微笑。「這話等到你有前妻時再說吧。」

他的乘客忽然露出一抹笑意。「那是什麼時候的事？」

加百列連聲音也鬆懈了下來。緊張不安的刺耳聲音換成了深夜廣播DJ的輕柔迷人嗓音。溫暖的聲音播放著憂傷的樂曲，伴隨聽眾進入夢鄉。他的車上彷彿載了一個截然不同的人。

錢德勒停頓了一下，在腦子裡計算著。「七……七年半了。」

「有一段時間了。你想她嗎？」

「想啊，直到她威脅要帶走我的孩子。」

「喔。」加百列看著他。「她有立場這麼做嗎？」

錢德勒不是很想和一個陌生人討論這件事，不過他的聲音就像是一個可以倚靠哭泣的肩膀。錢德勒是午夜的來電者，無法入眠，傾訴著他的恐懼及哀傷。

「我不這麼認為。」

「你有幾個孩子？」

「兩個。也許是我這輩子做過的唯一一件好事。」錢德勒面帶微笑，看著他的乘客。「是兩件好事。」

假如討論泰莉讓他備感壓力，他倒是從不錯過機會稱讚那兩個孩子的好處，幾乎像是為了補償自己無法如願地多見到他們。從事這份工作要付出代價：工時長、時段異常，再加上文書工作及辦案程序。

「他們幾歲了？」

「撒莅差不多十一歲，傑斯柏快要九歲了。」

「撒莅和傑斯柏，好名字。」加百列說。

錢德勒注意到他的話裡不帶多少感情。「你沒有親人嗎？女友？兄弟或姊妹？表兄弟姊妹？叔叔或伯父？」

他搖了搖頭。「沒有，一個都沒有。」他在警局的嚴厲防衛語氣又回來了。

「抱歉。」錢德勒說。他無法想像沒有親人的生活。

加百列注視著他，好一會兒什麼也沒說。這種注視令人不安。他終於開口了，聲音顯得無可奈何。

「我已經習慣了。」

「你之前說家人和宗教讓你失望……」

錢德勒讓這句話懸宕在兩人之間，轉彎經過了史都華．麥卡倫的雕像。這名蘇格蘭人發現鐵礦，為鎮上重新注入生命。至少維持了幾十年之久。現在鑽孔乾涸廢棄，鎮上的年輕人逐漸流失，前往其他更繁榮的地方。他不怪他們。人總要往有飯吃的地方走，而這裡的差事屈指可數。

雖然他給了加百列時間，還是沒得到回答。或許真的沒有親人，那只是在壓力之下一時口誤，或者是家庭糾紛，不足為外人道。比如即將開打的監護權大戰，他在心裡這麼假設。

他們的車駛經瑞德旅館的亮橘色外廊。這家旅店驕傲地聲稱從十九世紀末營業至今，雖然其間歷經兩度搬遷，最後才在一九五〇年於現址落腳。他母親就是在那年出生的。

加百列打斷了他的思緒。「所以接下來會怎樣？」

「進入程序。」

「比方什麼？如果我知道你們很清楚自己在做什麼，我會安心一點。」

「你不信任我們嗎？」

加百列躊躇地微笑著，沒有回答。

「我們知道自己在做什麼，強森先生。我幹這行超過十年了。」

「但是你處理過多少連續殺人犯的案子呢？」

這話說得有理。

「我把你安置到旅館之後，我會安排『警通』——」

「安排什麼？」加百列打斷他的話。

「警通，警戒通報。」

「喔。」加百列聳聳肩。「有道理。」

「我會在州內、北領地及南澳發布消息，為了保險起見。然後我們會安排搜索山上，設法找出那名男子或他的屍體，然後找出那些墳堆。雖然我不得不承認，要找出這個人，這位赫斯，假如他擅長在那種地方生存的話，想找到他可不容易，畢竟地方那麼大。」

錢德勒看著加百列。他看得出來他的回答讓這名乘客感到些許不安。

「我們會派出一架直升機和飛機去找。」

「像是你在尋找失蹤人口嗎？」

「可以這麼說，我們也會展開地面搜索。」

「這似乎像在海底撈針。」

錢德勒聳聳肩。「我們最多只能這樣了，人多力量大，以一擋數百。」

「像是耶穌對抗不信他的人。」

錢德勒瞥了他一眼。「所以你是虔誠的信徒囉？」

加百列嗤之以鼻。「我有信仰，如果你是問這個的話，你呢？」

「我隨遇而安。我想這是給孩子的道德基礎吧。當他們長大一點，可以自己做決定。這又不是說上帝會強迫任何人追隨他。」

「是沒錯……要是他的追隨者也遵守同樣的法令就好了。」

這場對話戛然而止了。但是無所謂，他們已經抵達了嘉納皇宮旅館。這是一棟三層樓的低矮建築，看起來彷彿是以一大塊砂岩鑿刻而成，亮紅的色澤甚至比刻畫這片大地的紅色塵土更鮮豔。整棟建築草草蓋成，屋頂的黑焦油漆成白色，反射掉一些毒辣的熱氣。木製護窗板守護每一扇窗，加強保護。

兩張有補綴痕跡的扶手椅在狹小的接待處迎接他們。這裡不是五星級飯店，但是在他們難得需要把人留下時，這裡已經綽綽有餘。

旅館主人，奧力．歐蘭德前來接待他們。他的便便大腹垂在褲腰外，活像一鍋煮過頭的走樣義大利麵。奧力很開心能收容這些無家可歸的人。政府向來不賒欠，他可以出租最貴的房間，用定價租給他們名不符實的總統套房。

奧力打量他的新客人，要確定他明白誰是這裡的老大。這種恐嚇的意圖其實沒必要，奧力多少也因此少有回頭客。依錢德勒的經驗來說，客人比較喜歡熱情的歡迎，而非明顯的懷疑。

奧力目光銳利的小眼睛轉向錢德勒。「他不會在這裡給我搞破壞，對吧？」

「他不是犯人。」錢德勒說。

「那他怎麼會跟你在一起？」

「他提供我們消息，我們今晚需要安置他。」

「老房間嗎？」

錢德勒不耐煩地點了點頭。「老房間就行了。」

「那好，長官。」那張圓滾滾的臉龐撇嘴一笑。他搖搖擺擺地走開，先去做點準備，錢德勒則帶著加百列上樓。

「你別抱著太高的指望。」錢德勒提出警告。

「如果有熱水澡，加上一張柔軟的床，我就滿足了。」

錢德勒仔細端詳他的臉。一些緊張不安又回來了，眼睛四下來回張望，彷彿期待赫斯會從每個角落冒出來。

「我會派一名員警守在外面。」

「我不需要，巡佐。」

他們走到了總統套房的門口。

「我堅持。」錢德勒說。他可不會讓加百列為了逞匹夫之勇而送命。

5

接近傍晚時分，警員吉姆．佛爾抵達了。他帶著填字遊戲本，瘦長的身形分次從警車裡下來：先是右腿，然後左腿，接著是手臂抓住車頂，把身體拉出了車外。他究竟是怎麼在狹窄的礦井裡活下來，錢德勒依然百思不得其解。雖然兩人加入警局的時間僅相隔兩年，吉姆拒絕升遷到比警員更高的位階，他很滿意這個職位帶來的最低程度責任。他可靠得像棵大樹。

「什麼任務？」吉姆拖長了最後一個音問，同時搔了搔那一頭灰白亂髮。

「監視旅館，確定我們的訪客沒事。」

「他會逃跑嗎？」

「我不確定。」

加百列的腦筋似乎恢復了清醒，想到要離開鎮上。或許是因為這樣，他一開始才會拒絕警方保護的提議。

「看著他就是了。」錢德勒在走之前補了一句，留下吉姆坐在旅館對街，安妮咖啡館外頭的遮陽蓬底下。

回到局裡之後，譚雅已召集小組的最後一位成員到場。魯卡．葛吉克正在揉去眼中的惺忪睡意。今天原本是他該休假的日子，他用眼中的怒火讓錢德勒明白這點。他或許年輕，偶爾魯莽，但不至於白目到去質疑上級的命令，即使他為了在局裡屈居於錢德勒和譚雅之後，感到挫折沮喪。他那種盲目野心的閃現，讓錢德勒有點想到米契。他把前任搭檔的可怕影像從腦海中驅除。現在要專心辦事。

「所以現在是怎樣呢，老大？」魯卡一面問，一面打呵欠。

「我們有狀況了。」

魯卡皺起了漆黑的眉，底下那雙誘人的雙眼不知迷倒多少鎮上的女性。假如威布克鎮舉辦最佳單身漢比賽，錢德勒包準無望，而魯卡則是穩登寶座。

錢德勒繼續說：「我們有一份報案筆錄，一名男性聲稱遭到一個名叫赫斯的男子攻擊，並且挾持上嘉納山。根據描述，赫斯年約三十，身高五呎六或七吋，體格結實，棕髮蓄鬍，膚色黝黑，是在戶外勞動的那種深膚色。我們認為他很危險，可能持有槍械。」

「我們要以哪種罪名通緝他，攻擊？綁架？」魯卡問。

「意圖謀殺。」錢德勒環顧他的小組。「而且我們有理由懷疑他可能以前殺過人。」

「好耶！」

錢德勒轉頭看向那聲吶喊的來源。尼可被自己外顯的喜悅表現搞得窘迫不堪，默默坐回辦公桌前，假裝在紙上潦草筆記。錢德勒早就知道這個細節會引起他的興趣。他對史上知名連續殺人犯的沉迷之深，錢德勒相信他對每一個的完整歷史都如數家珍。

錢德勒看著譚雅。她是唯一沒在聽他說話的人，專心忙著處理警戒通報。

「我們要多久才能發——」

「準備好了。」她宣布。

錢德勒快速翻閱細節。「發布出去。」

按鍵喀噠一聲，通報就傳遍了皮爾巴拉、西澳、北領地及南澳的所有警局。州警局也收到一份副本。威布克鎮很快就會成為注目的焦點了。

錢德勒為了搶得先機，開啟了電腦上的地圖，想了解需要涵蓋的地區。螢幕顯示它可容一支小隊通行，等高線及標記零落散佈在地圖上，但是會議桌上攤開的破爛紙本地圖證實了這地區的遼闊邊際。那裡可能什麼都沒有，不過那個什麼都沒有的範圍著實大得驚人。

「你要聯絡總部才行。」譚雅說。

錢德勒知道這點。他也知道這意味著什麼。總部表示黑德蘭港，黑德蘭港等同米契。

「我知道。」

「我們需要至少……二十個人，你不認為嗎？」魯卡說。這話立刻洩了他的底，他從沒去過嘉納山。

「乘以三倍，除非我們走運，」錢德勒說。他望向譚雅。「看我們是否能在今天弄到一部直升機或飛機。讓它們去查看有什麼不尋常的地方，或許能縮小範圍。」他轉身面對魯卡。「魯卡，去查一下赫斯這名字，任何有這名字或姓氏的罪犯。重點放在曾經為了謀殺或攻擊而被起訴或定罪的人。看你能查得到什麼，都拿來給我。」

下完了指令，警官都離開了。現在只剩一件錢德勒害怕的艱難任務。找米契參與。這項任務會讓他的角色從主導者變成助理。不過萬一加百列是對的，那麼他們可能面對一名重大罪犯在逃。他需要支援來包圍這地區，設置路障來阻擋嫌犯，並且在嘉納山及復健的農場展開搜索。這對他們這五名員警來說根本應付不來。

他伸手去拿電話，但是被大辦公室傳來的一聲喊叫給打斷了。尼可的墨爾本拖長口音畫破空氣傳來，聽起來猶如某種外語。

「洞洞么，巡佐。」

這是內部笑話，代表他母親來電的暗號。錢德勒是她的私人緊急服務處。大部分都是老爸又做了什麼她不喜歡的事。由於現在時值盛夏，他可能是想把塑膠大泳池從車庫拖到後院去。這是錢德勒的另一份工作，用來交換免費的保姆服務。

「是什麼事，尼可？」錢德勒問。他現在不想分心。悶住的竊笑聲或許是他想像出來的，不過已經足以激怒他。

「是關於撒菈的事。」

「好吧，轉接過來。」

錢德勒不等第一聲響完就接了起來。

「錢德勒嗎？」

「對，是我，媽。」他嘆了一口氣。

「那個新來年輕人的口音是怎樣，我還以為我打錯了呢。」

「妳一天打兩次，媽。」

「我哪有。」

她的聲音輕柔，但敘述每件事時都帶著信心滿滿的口吻，是一個清楚自己在這世上的定位，也對此心滿意足的女性。錢德勒決定退讓一步。他不需要捲入一場毫無意義的爭執。

「撒菈是怎麼了？」

「喔，對了，撒菈。我認為你要過來跟她談談。她很擔心明天的第一次告解。」

「她在擔心什麼？她只要說完那些話，跪下，站起來。」

「她才十歲。」

「我知道她幾歲，媽。」

「你在那個年紀啊，連睡覺都要開著燈。」

這話錢德勒早聽過了，於是他插嘴：「妳不能處理一下嗎？老爸也不能嗎？」

「我們是可以，不過我認為由她父親來說會比較好。」

「我這裡很忙。」

「不可能會**那麼**忙吧。」

「妳現在先處理一下，媽。我晚點回去再跟她談。或是找她的朋友跟她說。」

「所以你的建議是叫一個十歲小孩去跟另一個十歲小孩商量？」她聽起來對這想法簡直不敢置信。

錢德勒不怪她。這不是個最好的建議，不過他的心思飄到了手邊的案子，飄到加百列的身上。

「我要掛電話了，媽。」他說完便掛斷了電話。

在這片刻安靜中，錢德勒想到加百列。那個在局裡嚇壞了的受害者，以及在前往旅館的路上，警車裡那個絲綢般的冷靜聲音。他心中浮現了一個想法，也許一切都是加百列捏造出來的，喊著狼來了以取得注意。為單調的人生製造一點火花。想要出名。或是博取惡名。就像連續殺人犯會做的那種事。不過加百列看起來真的很害怕。再說，那些鮮血和挫傷是真的。擦破皮的手腕和起水泡的雙手也是如假包換。假如錢德勒消除這一切都是演戲的念頭，剩下的就是高度的可能性：外頭的確**有個連環殺手**。

他看著電話。米契有可能會派別人過來。這是個渺茫的希望。就像他永遠不必再跟米契合作的希望一樣渺茫。

6

二〇〇二年

就算到了十一月底，天氣還是很熱。錢德勒貼著樹線走，想在稀疏的樹枝之間偷點遮蔭，在樹幹間呈之字前進。其他人也做著同樣的事，看起來就像一群穿著制服的醉鬼，在內陸裡迷失了方向，迫切地找尋水及遮蔽處。汗水刺痛了他在清晨六點像個活死人似地刮鬍的傷痕。連續十二小時在內陸長途步行，在這個煉獄中央尋找失蹤的健行客，這不是他加入警局的目的。不過身為菜鳥，他和米契無權拒絕這份指派的任務。

在這崎嶇不平的地面，他的搭檔起碼占了腿長的優勢。這點再加上像天線般高高揚起的下頷，引導他在高聳的巨岩之間往來穿梭。雖然兩人年紀相同，米契看起來年紀大一些，憔悴一些，幾乎是帶點病容。他的手腳太長，彷彿隨意向外伸展又扭轉回來。當他生起氣來，他會焦躁地拍打揮動四肢，活像是汽車經銷商外頭，在空中搖擺舞動的充氣人偶，不過當然是少了那張笑臉。米契難得露出笑容。

嘉納山坐落的邦達巴魯地區是一片無際荒野，尤其不適合人居住。這裡盡是無法通行的山區、樹木及岩石；這些石塊要不是一踩就碎，害人跌倒，不然就是尖利到足以割斷骨頭。這是上帝的試煉，安排了生命得以存續的最極端環境。然而這裡唯一出現的文明地區是威布克鎮。有個笑話是這麼說的，假如威布克鎮是你最後的文明來源，那麼你就麻煩大了。

儘管現在已經是二十一世紀，這裡還是有許多人跡罕至的地方。想進入這地區，只能靠兩種方式：

沿著環繞嘉納山山腳的那條泥土路走，或是搭直升機，穿越猛烈搖晃的高聳樹木及粗硬灌木，危險地降落在下方不平穩的地面。

大家會來到這裡是為了一個失蹤的十九歲男孩，馬丁．泰勒。馬丁已經失蹤四天了，今天有一支搜救犬隊從沿海區搭巴士前來幫忙。這些狗兒每天只要輕鬆工作三小時，而人類卻要埋頭苦幹十二個鐘頭。

直升機在頭上啪噠作響，狗群爭先恐後地吠叫，錢德勒卻把注意力放在離他最近的噪音：他的靴子踩在林下植物的碎裂聲。外表看來，他是在搜尋馬丁，但他的內心十分同情這個年輕人的困境。又一個城市來的傻子想追尋美妙的大自然，儘管對於前方的狀況毫無準備。這裡沒有明確的小徑，沒有任何指引，只能靠眼睛、羅盤和地圖來判斷。全球定位系統根本無用武之地。這塊陸地跟二十五億年前一樣，完全沒有界定，岩石、樹林和地形全都合而為一，大地與天空一片融合成一片混沌，無從找到出路。

關於馬丁的行動，他們取得的資訊全都來自伊蓮諾．崔貝克。她是嘉納皇宮的老闆，馬丁失蹤前一天就是住在這家旅館。伊蓮諾頂著一頭鬈曲亂髮，以她一貫事不關己的態度，把知道的都說出來。她菸不離手，回答時在話語中伴隨著裊裊煙霧。他們得到了詳盡描述，以及馬丁的大概裝備：一雙堅固的靴子及一副太陽眼鏡。一件薄上衣，當他站在燈光昏暗的大廳時，衣服上令人分心的輻射螢光綠閃閃發亮。一個小背包，裡面根本裝不下長途健行的配備。一個憤怒的年輕人，她判斷，最近剛和女友分手。她推測是不歡而散。

比爾．亞許克洛夫以他獨特的粗率態度，進一步提出疑問。「他有沒有跟你說什麼時候會回來？」

伊蓮諾搖頭。馬丁沒有要求她保留房間，所以這不關她的事。她又開始翻閱起放在她前面櫃台上，亮光紙彩色印刷的生活風格雜誌，表示這場對話結束了。

從他的家人及朋友口中搜集的資料顯示，馬丁稱不上是經驗豐富的健行者，有過一些週末健行的經驗，不過在這趟短程健行中，馬丁忽略了幾項基本原則：單獨上路，沒有把他的規畫路徑以及預計返回時間，告知某個負責可靠的人。沒人會說伊蓮諾．崔貝克是一個負責任的人，尤其是她有過三個半的丈夫，以及酒駕車禍的歷史。但是他沒把未來計畫的任何資訊告訴她，似乎是一種刻意放棄的行為。

至於他是從哪裡出發的，唯一的線索是在前往嘉納山的途中，那座泥地停車場周圍的樹林間空隙，有人發現了他那輛鏽蝕的霍頓車棄置在那裡。檢驗結果顯示霍頓的油缸裡除了煙氣就沒別的了，而懸吊系統居然還能運作，靠的恐怕是神蹟。它怎麼能在這種崎嶇道路撐到那麼遠，誰也猜不透。

他們在車裡找到一個羅盤、營釘，還有一件外套，這是必需品，因為夜裡的氣溫可能驟降。一個小型急救包塞在乘客座底下，放在那裡很容易忘記。或許是故意的。

在這個階段，沒有人提出可能性，至少沒人大聲說出口，說馬丁已經死了。根據推測，他應該還活著，而且完全不知道現在正在進行的搜救行動。他已經搭便車到別的地方去了，沒有告知任何人。或許甚至是去了舊礦場。這不是什麼不尋常的事。過去兩年來，他們去處理過三次事件：環保人士違法擅闖礦場，卻失足掉進許多露天礦坑其中的一個。其中兩人順利獲救，但是摔斷了骨頭，而且繳交了一大筆罰款。但是有一個挑錯了礦坑，掉進去摔斷了脖子。他掉下去六個月都沒人發現。嘉納山上的情況也一樣，天然坑洞隱藏在濃密的林下植物之中。假如馬丁掉進了其中一個洞，沒人會聽見他尖叫。

7

他首先聽到了怨懟的叫嚷，緊接著是義憤填膺的堅定口吻。錢德勒原本和譚雅正在討論，要把警戒通報修訂為包括接近嫌犯的警告，這時有一名陌生男子一跛一跛地走進警局，而且由於有支獵槍槍管抵住他的下背，他跛得更厲害了。抓住獵槍的是肯．「小子」．馬隆尼，今年五十六歲，在這裡出生，而且就像大家常說的，隨便野放長大，臉上的大鬍子跟他的眼神一樣狂亂。他咕噥地說些什麼在他的地上逮到這混蛋，由於他的口齒不清，剩下的部分就沒人聽得懂了。

錢德勒悄悄看了他的同事一眼，點頭示意沒問題，提醒他們別輕舉妄動。還不必有動作。這是肯今年第二次拿槍抵著別人進警局了。第一次是一對年輕的背包客，他聲稱對方去他家偷東西。結果這根本沒什麼，只是一對口渴的情侶需要弄點水喝，而肯卻執意誤解對方。這次他手上只有一名受害者。錢德勒的目光從槍枝挪到那名發抖的人質身上，想要安撫他。他的心跳停止了。

在槍管底下的那名男子完全符合赫斯的外表描述。

身高大約五呎六吋，而且正如加百列所形容，擁有農場工人那種重心低的結實體格，適合拖拉笨重的設備。他有一頭堅果棕色的亂髮，彷彿有幾個月沒梳理過，一個禮拜沒修過的鬍子的色澤比髮色更深一些，而且汗水不斷滴落。綠色格子襯衫底下垂掛著一個小小的十字架，上面的口袋被扯掉了。他穿了一件七分褲，看起來像伐木工人，家住在野外，把某人關在野外，然後殺了他。衣服上的血漬支持了這種假設。

「你們哪個要過來逮捕他嗎？」肯說，槍桿往那名男子的腰背戳得更深了。

錢德勒略一抬手，示意他的同僚退下。肯掩不住滿臉沮喪。危險的沮喪。

「現在讓我們來接手吧，肯。先把你的槍放下。」

錢德勒希望藉由命令展現權威，但不確定他是否成功了。

「我為什麼要該死的放下我的槍？」肯問：「有人要控制住他吧。」

「把槍放下就對了，肯。」錢德勒說。他忍不住要想，假如肯知道這男子是誰，可能根本就不敢接近他。肯挺瘋狂的，但是不傻。

「我不會把我的槍放下，直到有人來逮捕他。」肯說。他的聲音悶在鬍子裡，彷彿鬍子把嘴唇給封住了。

錢德勒走上前，想聽得更清楚他說的話。這真是大錯特錯。肯帶著威嚇的姿態，重新調整了他的位置。

這時他的人質發出了一種模糊難懂的咕噥聲。他在哀求。

錢德勒決定設法安撫肯。「好吧，肯，他幹了什麼好事？」他問。

「應該說是我逮到他在幹啥好事。」

錢德勒用力探頭向前，不敢移動身體的其他部分，以免激怒了肯。

「他想偷我的車。」

「他跑去你家？」錢德勒問。假如這個人是赫斯，他肯定想弄到一輛車，遠走高飛。或者追殺他的獵物。

「沒有，我去到烏龜家附近，想抓幾隻兔崽子。當我要回去車上時，逮到這混蛋企圖發動我的車。我的東西就是我的，誰也不能亂碰。」肯說。他睜大了眼睛，表現得跟他想捕捉的那些兔子一樣無辜。

錢德勒很清楚，那個兔子的故事根本是胡扯。假如肯去了烏龜家附近，幾乎能肯定他是去那裡的雞舍偷雞蛋，不過這件事改天再來處理吧。現在他要肯放手，讓他來接管他的俘虜，這樣他才能多問幾個問題，確認他的懷疑。

「是沒錯啦，肯，是沒錯，」錢德勒表示同意。「現在你把他交給我，我就能逮捕他了。」

「我不是在——」那名男子開口了。但是戳刺他背後的槍管阻止了他。

「你本來就是，我當場逮到你。」肯說，他在他的人質耳邊大吼大叫，然後才把注意力轉回到錢德勒的身上。「方向盤上會有手印……指紋，而且我要先說，我和那些血跡沒關係。你不能怪到我頭上，他身上本來就有那些了。」

「我相信你，肯。現在呢——」

「我可沒動他一根汗毛，你跟他說。」肯拿槍桿戳了戳人質的背。

他的人質結結巴巴地說：「這不是——」

肯沒讓他說完。「好啦，你看吧。」

「我知道。」錢德勒說。他改和人質說話，對方符合加百列所形容的連續殺人犯。「你還好吧？」

男子流露出受傷的眼神。「沒有，我不好。我看起來好嗎？」他說，隨即疼得齜牙咧嘴。這次不是因為槍管的緣故，另外有其他因素引起了他的不適。

肯又拿槍管戳了戳，害他的人質哼唧了一下。「告訴他們你幹了啥好事，小子，或是你想幹啥的時候，被我給阻止了。」

「肯，讓我們來處理這件事。」錢德勒說。

「假如我讓他承認，你就沒理由控告我了。」

「我沒打算控告你什麼，肯，不過你要把槍放下。馬上！」錢德勒明白他需要結束這件事。肯在那裡站得愈久，他扣住扳機的手指就可能抽搐得更厲害。

魯卡打了岔。「我們不能拿這個當證據，肯，因為你拿槍抵住他。」

錢德勒轉頭瞪著他的警員。魯卡基本上說得沒錯，但他插嘴說的這番話並沒有幫助。他手上已經有一個可能的連續殺人犯了，他不需要展開另一件命案調查。

「肯！那把槍。立刻放下！」錢德勒伸手去要那把獵槍。雖然他想靠意志力控制，但他怎麼都無法阻止那隻手發抖。

「這是我的槍。」肯說。

「我會還給你。」

「我有權保留它。」

「但是你無權拿它指著別人。」

「就算是想偷我車的混蛋？」

「你把他帶來警局，這樣就夠了。」

「他還沒承認犯案。」肯說。

他的人質再次齜牙咧嘴，咬緊下顎。他渾身散發一種挫敗的氣場。這名連續殺人犯不小心被逮到，他的審慎計畫栽在一個頭腦遲鈍卻危險的本地人手上。

錢德勒看到肯沒打算放下手上的槍，於是轉頭面對人質。「你企圖偷車嗎？」

他點頭。在槍口下招了供。「對，我企圖偷他的車。我不得不這麼做。我必須逃離，有——」

那把槍又戳了他一下，他停止自白。「鬼扯淡，小子。沒什麼藉口好說的。你們這些城市來的渾蛋以為來這裡可以為所欲為。」

「你得到你要的認罪自白了，肯。現在你可以放開他了。」錢德勒說。

「不過他沒有懺悔。」

「肯！」

肯低吼了一聲，把槍從人質的背部挪開，槍口指著天花板。錢德勒把凝結在肺部的空氣吐了出來，感覺大家也都鬆了一口氣，緊繃的肩膀同時放了下來。譚雅和魯卡衝上來，隔開肯和他的人質。譚雅想從肯的手上拿走他的槍，但是他不肯，錢德勒於是朝他走過去，親手拿走。

「這是我的槍。」

「四十八小時，肯。」錢德勒說：「給你一個機會冷靜下來。下次你看到有闖入者，打電話給我。」

「我要把它拿回來。兩天，巡佐，我需要那把槍。」肯愁容滿面。少了那把槍，他看起來很失落，眼神顯得很受傷，彷彿有人硬把他的孩子抱走了。

「兩天。」錢德勒說。他無視譚雅的挫折表情，心裡很清楚她的想法。她不容許除了警方之外的任何人持槍。她可能會說是為了家裡三個小孩的緣故，不過事實是她從來就不喜歡槍枝。錢德勒朝她點頭示意，催促肯離開警局。這次起碼他是現場最不危險的瘋子。

肯走了之後，錢德勒仔細端詳那名嫌犯。他的頭垂得很低，圓滾滾的雙頰汗水淋漓，完全看不出來他可能已經殺掉五十四個人。錢德勒走近時，他瞇著眼睛抬起頭來。錢德勒察覺到那雙眼中暗藏著一股惡意。他深呼吸，緊咬著牙哼了一聲。錢德勒的手滑到身上的配槍，掠過金屬配件，準備拔槍。

「我非偷那輛車不可，我是不得已的。」他低聲地說。

魯卡站在嫌犯的身旁，等待進一步的指示。錢德勒朝房間旁邊眨了一下眼。對方接受到訊息，於是退開了。

「你是赫斯嗎？」錢德勒問，他的手指握緊槍托。這名看似受傷的男子緩慢抬起頭，下頜緊繃閉合。這是身分遭到曝光的神情。

那雙深棕色眼睛盯著錢德勒，然後掃視其他人一眼。錢德勒蓄勢待發，手指緊繃。假如赫斯想企圖逃脫，應該就是趁現在了。

赫斯點了一下頭，困惑取代了惡意的神情。「你怎麼——」

「你叫赫斯嗎？」錢德勒又說了一遍。

「對，是赫斯，赫斯．巴威爾。」他皺起了眉頭說。他臉上的痛苦表情不見了。這顯然都是演出來的，雖然演得還挺像真的。

「你是東澳人嗎？」

「對，阿得雷得。」

「怎麼會來這裡呢？」錢德勒慢慢開始，先用簡單的問題誘導他，就像挖掘考古遺址一樣，最好是使用刷子，而不是推土機。

「想找工作。」

「哪種工作？」

「什麼都行。農耕、採果、勞工。你說得出來的，我都幹過了。」

「所以這地方你很熟囉？」

赫斯緩緩地搔頭。「沒有。」

錢德勒注意到赫斯的聲音裡有種懷疑及猶豫，彷彿想在地雷區尋找安全通道。

「巴威爾先生，我要逮捕你——」

「我需要偷……拿走那輛車，」赫斯氣急敗壞地說。「我要逃——」

「我們對那輛車沒興趣，」錢德勒打斷他的話，將赫斯的手臂輕輕地往後一帶，把手銬銬上紅腫破皮的手腕，那雙手的掌心起了水泡，要不是燙傷，就是操勞。「我們要跟你談談謀殺案的事。」

那雙上了銬的手立刻掙脫他的掌握。赫斯轉身面對他，眼睛發出怒火。他從錢德勒的身旁退開一步，譚雅和魯卡立刻圍上來。

「這就是我要跟你說的事。」赫斯說。

「你想招供嗎？」錢德勒問，並且試圖平息心中一種混合了掃興及興奮的奇特感覺。不過假如招認意味著他不必讓米契插手，那麼呢——

「你在說什麼？我想招供？遭遇攻擊的人是我耶！」赫斯說，他的頭部偏了一下，彷彿在指點方向。「在那上面，就在樹林裡。」

譚雅和魯卡圍住嫌犯，逼他坐下。錢德勒站在他面前，心中納悶赫斯想要做什麼。誤導警方嗎？撒謊來救自己一命？玩遊戲？

「你這話是什麼意思？」他問，順勢演下去。

「我的意思是，」赫斯開始說，一副受到冒犯的口吻，「有人綁架我，想要我的命。我設法逃了出來，直到我遇上那個留著狼尾頭又拿獵槍的傢伙。」

「是誰攻擊你？」錢德勒問。

「哪一個？」

「在樹林裡的那個。」

「他說自己叫加百列。」赫斯說，並且舔溼乾裂的雙唇。

這名字在錢德勒的腦海引起千軍萬馬的思緒，不過開口的是譚雅，她蓄勢待發，準備出擊。「他長得什麼樣子，這個加百列？」

「高個子……比我高。或許像你這身高，」他朝錢德勒點頭示意：「但是瘦一點。說話的口音……我不清楚……像是這裡的人。」

不對，他不是，錢德勒心想。加百列來自伯斯無誤，他猜想對所有東邊來的人而言，所有西部人的口音聽起來都一樣。他警告自己不要掉進相同的陷阱。隨便套上刻板印象是懶惰的警察才會做的事。

「還有其他的嗎？」錢德勒問。這些形容沒有多少好往下查。沒什麼能確定他說的就是加百列・強森。

「你想知道什麼？」赫斯說：「他跟你差不多高，膚色黝黑，一臉鬍碴。不過他的臉有點呢，我也不知道該怎麼說，太年輕了。好像兩者兜不太起來，鬍子是黏上去的。他說起話來輕聲細語，像絲緞一樣。」

這話說對了。赫斯形容的加百列幾乎完全正確。事實上，這番回憶可能有點太清楚，比較像是長時間研究對方，而不是驚慌之餘的短暫一瞥。尤其是對一個應該是嚇壞了的腦袋來說。

錢德勒看著他的同僚警員。譚雅似乎和他一樣驚訝。魯卡看著他，尋求指示，想知道接下來該怎麼做。最後一位成員尼可依然堅守在櫃台崗位。他睜大了眼睛，欣賞這齣戲。

赫斯打破了沉默。

「所以我才想開那輛車，我在逃命。你一**定**要相信我。」

這份懇求是針對錢德勒說的。錢德勒沒回答，他的腦袋一片渾沌。

「巡佐？」魯卡說，想要討個答案。這小子老是喜歡在別人有壓力時這麼做，尤其對象是他的長官時，更是如此。

「把他帶到牢房。」錢德勒回答。這只是拖延戰術，不過是他能想到最好的辦法了，直到他釐清思緒為止。

魯卡點頭的同時，赫斯崩潰了，徒勞地想掙脫兩名拖著他走的員警。

「你不能這麼做。」他一面嘶吼，一面被帶往牢房的方向。「我有我的權利，你不能把我關起來。」

「你被拘留的話，我就可以。」錢德勒回答他的抗議。

「為了什麼理由？」

「首先是偷車。」

「他想謀殺我耶！」

「那麼你在牢裡比較安全。」錢德勒說，不斷的抗議聲愈來愈遠，逐漸消失了。

8

錢德勒坐在譚雅的辦公桌，試圖釐清思緒。他的手上有兩個人，分別聲稱自己受到對方攻擊。他把其中一個關起來，放走了另一個。哪個說的是實話？他認為誰說的是實話？自己上警局的那個，或是被槍桿抵著過來的那個？他會從訊問手邊的這個開始。

「要我聯絡總部嗎？」尼可熱切的聲音打斷了他的思緒。

「讓我考慮一下。」

「我們可能遇到了連續殺人犯，巡佐。」尼可的聲音顯得迫不及待。

魯卡從牢房回來，走進大辦公室。

「把他關好了嗎？」錢德勒問。

「好了。」魯卡回答，並且從冰箱裡抓了一罐可樂。錢德勒覺得局裡的氣溫彷彿又升高了一點；在這種大熱天，氣溫似乎不可能再高了。「不過你可能要阻止尼可那小子胡亂發揮想像力。」

錢德勒贊同。防止情緒失控是他的職責，就算他連自己的也控制得很勉強。「我們不知道面對的是什麼情況。這可能只是兩個朋友吵架，結果一發不可收拾。在聯絡總部之前，我們要先查明一些事情。大家要保持冷靜。」

這句話就像咒語，當錢德勒站在偵訊室外，試圖讓自己冷靜下來時，在心中不斷地複述。裡面那名男子殺害了五十四個人。或者那只是一個年輕人，和朋友起了爭執，引起的威脅不會大過繞著天花板燈光嗡嗡飛的蒼蠅。赫斯被關在那裡悶了二十分鐘，然後才從牢房被帶到了競技場。

在這二十分鐘的空檔，錢德勒聯絡了吉姆。吉姆告訴他，加百列沒有任何動靜，但他告知吉姆，他們的這位證人及受害者，現在成了可能的嫌疑犯。他命令吉姆繼續監看，如果有動靜就聯絡他。等到偵訊完畢，他會把加百列帶回局裡。

錢德勒進入偵訊室。赫斯坐在桌前，雙手上銬，譚雅站在房間後頭看守著。錢德勒坐下時，赫斯的雙眼緊閉。他讓他沉思一會兒，端詳這名男子，對於他即將揭露的真相感到既不安又興奮。

「巴威爾先生，你聽到我們說話嗎？」

那雙眼張開了，直視著錢德勒。他原本預期會在那雙眼中看到冷酷及精心算計，但是流露出的只有疲憊，以及某種神情，顯示他已經有一段很長的時間沒睡了——或是他的大腦努力想藏住某個可怕的祕密。

「我又沒跑掉，當然聽得到。」赫斯沒好氣地說，並且抬高他的手銬。他或許累了，不過還有足夠的腦力能回擊。

「我要問你幾個問題。」錢德勒說。

「我把知道的都告訴你了。我跟你說了是誰挾持我，誰企圖殺掉我。我甚至把外表都形容給你聽了——然而進大牢的人卻**是我**。」

「你偷了一輛車，巴威爾先生。」

「而且我解釋過原因了。我要逃脫某個殺人狂的魔掌。那應該可以抵銷掉偷車的企圖吧，對嗎？」

這時出現了一陣停頓，赫斯回想起來才明白，自己剛坦承犯了罪。「你不能利用這個，你還沒開始偵訊，或者告知我的權利。」汗水從糾結的棕髮滴落，隨即被鬍髭吞沒。在這半小時以來，他的鬍髭顏色似乎更深了一些。

「車子的事，我已經知道了，」錢德勒說：「我想知道的是其他的。我要你告訴我**你的**故事，你是怎麼來到這裡的。」

這時出現了長長的一陣停頓，彷彿赫斯在決定錢德勒是否值得信任。其實無所謂，就目前的情況來看，他別無選擇。赫斯向後靠著椅背，抓著頭髮，扯得比先前更凌亂，接著雙手往下移動，掩住了臉龐。那張臉曬得黝黑，受風吹日曬，和加百列的一樣。他們在外型的相似處也就這麼多了。

然而他們倆的故事幾乎如出一轍。赫斯和加百列一樣，失業又破產，前往內陸，想找一些農場的活計。

「你有名字嗎？地點？還是電話號碼嗎？」

「怎麼，先打電話去預約嗎？」赫斯厲聲說。

「你一定有某些人的提點，才會大老遠跑來這裡。」

赫斯挫折地嘆了口氣。「我只是照平常那樣，隨機應變。沿岸的某個採果工人好心告訴我，內陸才是最理想的去處。大多數人待在沿岸，方便遷移，但是那裡競爭太激烈了。」赫斯看著他。「不過隨機應變不是罪吧？是嗎？」

的確不是，但這也降低了他的可信度。錢德勒需要更多。「繼續說。」

「我在黑德蘭港外找便車搭，後來加百列停車了。」

「他是開什麼車？」

「我不知道，一輛破銅爛鐵。顏色也看不清楚。」

「廠牌呢？」

赫斯聳聳肩。「車停下來了，我只在乎這個。無論是不是破銅爛鐵，都要好過在該死的大太陽底下走上一整天。」

「車牌號碼呢？」

赫斯嘆了一口氣，閉上眼睛。「假如我記不得廠牌，你怎麼會以為我記得住車牌呢？」

錢德勒沒回答。加百列和赫斯對車子的描述相符，兩者都一樣模糊不清。

「你向來都搭便車嗎？」錢德勒問。

「只有在我別無選擇的時候。」

「你對他這個人沒有不好的預感嗎？」

「他又高又瘦，假如他想輕舉妄動，我還應付得了。他說自己叫加百列，從鎮上買完補給品回來。」

「還有別的嗎？」

赫斯的眼神茫然地看著後面的牆。「只說他住在這附近，一個人住。似乎是真的，我是說，他的話不多。當他開口時，聲音很輕柔，我幾乎聽不到他在說什麼。這讓我覺得他可能是，你知道的，男同志。」他的目光回到了錢德勒身上。「倒不是說我對這種人有什麼意見……別人的事輪不到我管。我是說，我不討厭他們或什麼的。」赫斯說，顯然努力想表達他自己。

錢德勒讓他繼續說下去，希望他會揭露某些內情。

「我要說的是，我並不害怕。一切在我的控制之中。」赫斯閉上眼，反省了一會兒。「我**以為**一切在我的控制中。我問他是做什麼的，想友善一點，其實我最想要的是睡上幾小時。因為他是陌生人，所以我沒這麼做。」

「你們聊些什麼？」

「也沒什麼。我跟他說，我來自阿得雷得，這邊的地方似乎很荒涼，和從庫柏佩迪到艾利斯泉的路上一樣，不過這裡有錢賺。我們離開鎮上，朝內陸前進。經過了幾處岔路——」

「你是否覺得他有什麼不對勁的地方嗎？」錢德勒打斷他的話。

「沒有，只是他經過了幾個我或許能找到工作的地方。他解釋說大家都一頭栽進那些地方。他有一個說法……」赫斯說，眼睛望向朝天花板：「什麼在你看到的第一個水坑停下來。」赫斯看著他。「你知道那句話嗎？」

錢德勒搖頭，要赫斯說下去。

「好像是你到了那裡，所有動物都踐踏泥土，把水搞得混濁到沒辦法喝了。他說走得遠一些比較好，所以我們繼續走。能繼續前進算不錯，總好過在路邊曬得要死。他告訴我，如果我要喝水的話，後座有。」赫斯畏縮了一下。「有何不可？反正我渴了。」

錢德勒明白故事接下來會如何發展。下了藥的水。就像加百列描述過的那樣。

「過了幾分鐘，我開始昏昏沉沉。好像我快不行了。起初我以為是我的身體放鬆了，搭陌生人的車引起的焦慮過去了，窗外吹進來的熱空氣讓我昏昏欲睡，但是情況愈來愈糟，直到我再也感覺不到自己的手或腳。接著我想必是昏了過去。我猜那瓶水裡下了藥。」

錢德勒潦草地做筆記，讓他說下去。

「我在一間工具棚屋裡醒過來。」赫斯嗅了嗅空氣。「那聞起來像甜甜的糖漿，從角落裡的柴火散發出來。我被某種樣式老舊的鐐銬給扣住了，弄得我的手腕好疼。」他給錢德勒看他粗厚的手腕留下的受傷印記，皮膚都磨破了。「我的腳也是。那鐵鍊就像你在老電影《法外狂徒》裡看到的那種。厚重的鐵圈有鏈條鎖在牆上。他不希望我跑掉。」

「你能形容出實際的樣子嗎？」

赫斯搖頭。「像是D字形……有鏈條串起來的鐵環。我的雙腿也銬住了。我的手腕鎖在牆上。我的腿沒有，但是鏈條太重，我動不了，彷彿是鎖在水泥塊上面。我大喊救命，可是外面什麼也沒有，只有鳥叫蟲鳴……然後隔壁有人在走動。所以我猜想我是被關在小木屋隔壁的棚屋。這時我才開始擔心那些工具的用途。」他看著錢德勒。「當你成了階下囚，所有的一切看起來都危險重重。我不斷大吼大叫，直到喊破了喉嚨，但加百列根本不在意。他知道那裡沒人會來救我。過了一會兒，他出現在門口，沒生氣，也不是開心……就是站在那裡。我哀求他放我走，他要我冷靜下來，用他那種詭異的輕柔聲音。我很怕他會當場做出什麼事，不過他只是提到什麼五十五之類的。我問他那是什麼意思，不過他說他還有事要做，然後就走了。我跟他說，他不必殺我滅口。然後他說了一些話，到現在還會令我感到毛骨悚然。『你不用擔心，』他說：『完全不需要擔心。你當然會沒命。』」

赫斯盯著錢德勒，彷彿要強化這番威脅的嚴重性。

錢德勒直截了當地問。「假如加百列想殺掉你，你又是怎麼逃出來的？」

他的嫌犯把上過手銬的手腕放在桌上，皮膚磨破了，邊緣呈灰黑，傷口沾染了灰塵。

「運氣。我不斷拉扯手銬，希望它們老舊到扯得斷。果真如此。其中一個鎖扣鬆掉了，我愣了幾秒鐘，看著它掉在地板上，不敢相信真的發生了這種事。我伸長了手，從工作台上抓到一把手斧，開始劈砍另一側的手銬，盡量不要把自己的手腕也砍斷。我不斷劈砍，同時側耳聆聽他是否從隔壁又走回來。」

「他沒有嗎？」

赫斯微笑了，彷彿對這點感到頗驕傲。「我開始再度吼叫，掩蓋了斧頭劈砍的聲音，砍得愈用力，我就喊得愈大聲。我設法把金屬砍彎到可以把手抽出來。」赫斯看著自己紅腫的手掌。「我原本要對腳上的鐐銬如法炮製，但我發現鑰匙就掛在一根鐵釘上。我想用手斧鑿開棚屋的門，但是斧頭鈍了，所以我走到通往隔壁的門，往裡頭窺探。」

赫斯閉上了眼，回想當時的場景。「他就在裡面，面對另一邊，屋內滿滿都是紙張和地圖，彷彿他在計畫什麼似的。可能是要把我埋在哪裡吧。」

「所以他是背對著你囉？」

「是啊。」

「你手上拿著斧頭？」

「沒錯。」

「那你怎麼沒有攻擊他？」

赫斯停頓了一下，彷彿這時候才想到問自己這問題。「我只想要離開那裡，巡佐。反正呢，他轉身看到了我。他跟我一樣大吃一驚。我衝向門口，出了門後開始拔腿狂奔。我有夠討厭戶外的。」

「可是你在戶外工作。」錢德勒提醒他。

「那只是為了掙錢。我喜歡過都會文明的生活，但我沒那個頭腦或資歷，有辦法坐辦公室。」

錢德勒引導他回到他的故事。「所以你逃跑了，但是沒有甩掉他？」

「沒有，因為他該死的體格就像那種跑中距離的選手，我設法閃躲他，直到我遇到了那些墳堆。」

「墳堆？」錢德勒佯裝無知地問。

「對，墳堆。或者至少我覺得那是墳堆。」

這種立即的回溯讓錢德勒疑心大起，彷彿嫌犯在假裝自己所知不多。

「有幾座墳堆？」

「我想有六座吧。天氣熱到我感覺自己好像磕磕絆絆地闖進了地獄。」赫斯露出一抹微弱的笑容，但是錢德勒並沒有微笑以對，於是他隨即收回了笑意。「我把山頂當作目的地，心想我會找到出路，但是那裡除了十呎高的山崖，什麼也沒有。接著他逮到我，把我推倒在地。」赫斯清了清喉嚨。「我記不清我們纏鬥的過程，只有我們倆朝對方揮出的拳大多落空了。我們又翻又滾，想取得致勝的地位，直到我們肯定是從山崖邊掉了下去。當我們著地時，我記得心裡在想，我死掉了，我的肺部沒有空氣，手或腳都動不了。然後我猜我昏了過去，不知過了多久醒來之後，我仰望著山脊。我不知道自己身在何處。」

「你昏過去多久？」

「我不知道。太陽還高掛在天上，所以我想是幾個小時吧。」

「好吧，」錢德勒說：「加百列人呢？」

「在我身旁，身上到處是割傷和挫傷。活著……死了，我不在乎。我丟下他就走了。」

所以兩名嫌犯都不曾嘗試取另一個人的命。錢德勒猜想，假如兩人之中有一個真的是連續殺人犯，他會抓住這個機會。他能肯定一點——他們其中有一個沒說實話。

赫斯繼續說他的故事。「我又掙扎走了好幾個小時，直到遇上一條泥土路。我沿著路走，來到一座農場。那裡看起來一個人也沒有，所以我才想我要借用那輛車。這時那個持槍的傢伙發現了我。所以我們就來到這裡了。坐在這裡談話，而那個瘋子卻在外頭亂跑。」

錢德勒決定跟赫斯說真話，判斷他的反應。「那瘋子說了一個跟你完全相同的故事，說你綁架又企圖殺掉他。」

赫斯大驚失色，臉色一片慘白，眼睛快速地眨個不停。「你們逮到他了？」

「對。」錢德勒說。

赫斯停頓了一下。「他在撒謊。」

「好吧，為什麼？」錢德勒問。

「你這是什麼意思，**為什麼**？」

「加百列為什麼要撒謊？」

赫斯挪坐到椅子邊緣，椅腳刮擦著地板。「我跟你說過了，因為他是瘋子。」

「我是說，有特定的原因嗎？有沒有誰想綁架你，然後要你的命？誰會恨你恨到想設這種局？你有敵人嗎？債務嗎？還是有任何原因？」

「我才沒他媽的欠誰錢。」赫斯厲聲地說。

或許這是你第一次說實話，錢德勒心想。赫斯的姿勢具有某種強度，錢德勒有種感覺，或許他的內在一直很緊繃，和受驚嚇的貓一樣緊張不安，爪子收在衣服的軟墊裡。

「他是個瘋子，長官……巡佐……無論你的職稱是什麼。」

「叫我巡佐就可以了。」

這名結實男子的神經變得更緊繃了，他的腿在桌子底下像活塞似地不斷上下抖動。「我能說的都說了，巡佐。」

錢德勒點頭。他從這名嘴巴很緊的男子身上暫時挖不出什麼了。他需要時間來計畫下一步。目前他有的只是一名陌生男子對另外一人的指控，以及他對於誰在說實話的想法。假如這兩人之中有人說實話的話。

「我現在可以走了嗎？」赫斯問。

「你要去哪裡？」錢德勒問。

「哪裡都可以。」

「我認為你最好是留在這裡，不是嗎？假如外面有連續殺人犯在追你的話。」

赫斯張開了嘴，彷彿想反駁，但是什麼也沒說。

錢德勒和譚雅離開了偵訊室，走進辦公室，遇到了魯卡。他在辦公桌之間來回踱步，迂迴穿行，彷彿在用繩結把自己綁起來。

「怎麼樣？」魯卡問。

「我們要拘留他。」錢德勒說。

魯卡的眼睛都亮了，不過是尼可先開口，他那聞聲不見人的聲音從前方櫃台繞過轉角飄進來。「所以是他幹的嗎？」

「我不知道，」錢德勒說：「他們的故事都一樣。」

「怎麼可能都一樣啦！」魯卡說。

譚雅插嘴說：「是真的，幾乎是一字不差。」

「那我們要指控他什麼？」尼可問。

「我還不知道，」錢德勒承認。他轉頭看著譚雅。「先把他關進牢裡，要當心。」

他是認真的。他和這幾個人培養出深厚的情誼。他最不想要的就是跟賽門、艾洛或凱蒂說他們的母親出事了。對吉姆生病的母親也是。他們去年才送走了吉姆的父親，那位老人家在礦場工作時得了肺氣腫，最後也因此過世了。他曾勇敢地打過仗，也抵抗過病魔。他堅持自己的葬禮要舉辦一場讚頌生命追悼會。他得到了。一連辦了三天，有些追悼者差點撐不下去。

雖然他對魯卡和尼可的認識沒那麼深，但是他對這兩位都很關心，就算魯卡有明顯的缺點，而他對尼可這大男孩很難不產生一種父兄般的感覺，因為他從澳洲另一邊的墨爾本大老遠搬到這裡來工作。這種感覺讓他更加不願意派尼可上街頭，就算他知道這條臍帶必須盡早剪斷。

「把他關到最遠的牢房。我會把加百列帶回來。我不希望他倆太靠近彼此。」他的眼睛盯著魯卡和譚雅。「你們兩個除非有彼此支援，否則千萬別輕舉妄動。就目前看來，這兩名男子都極度危險。」

9

鎮上很安靜，比平常有過之而無不及，彷彿在他忙著偵訊赫斯時，連續殺人犯已經橫掃鎮上，殺害居民。錢德勒感覺到氣溫又上升了一些，幾乎快達沸點了。

前往旅館路上會經過他父母的家，他考慮要不要順道過去一趟，處理撒菈的問題。或許她的奶奶是想沒收她的手機。大家都知道這會讓她有點兒抓狂。但是他沒有停下來。比起應付生悶氣的小女生，他還有更重要的事要處理。

在旅館前，吉姆依然堅守崗位，和鎮上時鐘的分針一樣固定不動。那個鐘在幾年前就卡滿了灰塵，是這個數位時代的老骨董了。錢德勒停車時，吉姆從警車下來，又黑又瘦的身形，彷彿一棵被閃電擊中而燒得焦黑的樹。

「他還在裡面。」吉姆說，不等他的上司開口就先回答。「我們要帶他進局裡做什麼？」

「必須進一步偵訊。有些事情兜不攏，」錢德勒一面說，一面開始穿越馬路。他抵達旅館時，停下了腳步。「事實上，吉姆，情況可能恰恰相反。這一切都太完美了。我需要找出原因來。」

他們看到奧力在接待櫃台，俯身看著報紙，當天的賽馬場次用一堆亂七八糟的黑色圈圈和畫底線的名字做記號，這些是奧力筆下無人能破解的密碼。

奧力立刻驚訝地皺起了眉頭。「你們倆又跑回來做什麼？你知道我不喜歡你們這些人一天出現兩回。一次是社交客套，兩次代表有麻煩了。」

「我們要找你的房客。」

奧力忿忿不平。「你說的**房客**是什麼意思？我的**房客**可多了。」他把住宿登記簿朝錢德勒推過去，當作佐證。錢德勒揮手要他拿走。

「帶我去他的房間就對了，奧力。」錢德勒要求對方。

奧力低聲嘀咕，帶他們前往頂樓的總統套房。

錢德勒要他讓開後，低聲跟吉姆說：「我的計畫是，我們要他到警局再回答幾個問題。假如他堅持不從，我們就把他上手銬，拖他過去。」

錢德勒敲門。他沒有說自己是誰，或是要做什麼。沒必要給加百列機會逃走，或是持械自衛。假設他是瘋狂殺手會是最安全的行動方式。

沒人應門。錢德勒再次敲門，這次敲得更大聲，希望吵醒可能在睡覺的加百列來開門。

還是沒動靜。

奧力走過來對兩人低聲說：「他稍早放了洗澡水，把我的熱水都快用光了。我只好把髒床單晾在外頭，讓太陽把那些小蟲子都曬跑。」

「你有萬用鑰匙嗎？」錢德勒不耐煩地問。

「有耶，等一下！」奧力稍微大聲了一點的耳語說。

錢德勒看著他。「快點。」

奧力笨手笨腳地把鑰匙插進鎖孔，給足了加百列事先警告，害錢德勒簡直要發火了。用他腳上的十號靴子去踢門，可能還比較快。

門鎖打開之後，錢德勒要奧力退到一旁，拔出配槍走進房裡。吉姆隨後跟進去。

房間是空的。

「加百列？」錢德勒咆哮，跨大步從房間走到浴室。木鑲板的浴缸裝滿了水，但是不見加百列的蹤影。

「有查到什麼嗎？」他轉頭對後面喊。

「什麼也沒有。」吉姆回答。

加百列不見了。

他們四下搜索。房間、櫥櫃、樓梯間、洗衣房和大廳。每一處都空無一人，沒有嫌犯的蹤影，連其他房客的影子也都沒看到。他們的最後一站是廚房，除了鍋碗瓢盆和老鼠的排泄物之外，整個空蕩蕩。加百列憑空消失了。

當他們結束搜尋時，錢德勒的腦子裡浮現一個可怕的念頭。在安置加百列入住到赫斯抵達警局之間的這一段短時間裡，加百列不知如何已慘遭赫斯的毒手了。這段時間很短，但赫斯是否可能等在警局外頭，然後跟蹤他們到旅館，殺了加百列？不過這樣的話，肯又是怎麼逮到赫斯當人質呢？他有可能在那一小段時間內，大老遠走回去那裡嗎？肯的家離鎮上起碼有十五公里。

回到櫃台後，錢德勒問奧力。

「你沒聽到任何奇怪的動靜嗎？」

「除了放洗澡水，什麼也沒有。」

「他不可能偷跑出去嗎？」

「我一直都在這裡。他不可能離開卻沒被我看到。你找他究竟要做什麼？」

奧力或許沒什麼道德節操，但他可不笨。警方費了這麼大的勁，肯定有懷疑的理由。錢德勒刻意輕描淡寫。

「他是一件攻擊案的證人。」

「真的嗎？」奧力說，他顯然滿腹狐疑。

他不相信這話，但是錢德勒不在意。他想再檢查一次加百列的房間。那張床沒人動過，迷你吧也沒少些什麼，小瓶的洗髮精及潤髮乳也原封不動。錢德勒認為加百列幾乎一入住就離開了。假如他沒有經過奧力，從前門離開，那麼呢……

在走廊盡頭有逃生梯。他走近一看，發現安全標籤已經被破壞了。它通往一組鐵梯、後巷、安薩克街，以及自由。

他派吉姆去監看鎮上的周邊地帶，說不定他會正好碰上嫌犯準備逃出鎮外。發生這種狀況的希望渺茫，不過渺茫的希望是他目前僅有的了。

錢德勒回到警局，項他召集的小組說明這個情況。

「你認為他就是那個殺手嗎？」譚雅問，她頭也不抬地繼續忙桌上的那堆表格。

錢德勒想保持公正客觀，但是很難辦到。情況對加百列不利，但是錢德勒想起他希望離開鎮上，遠離生命的威脅。這種恐懼會令人難以抗拒逃離的念頭。

「我們要先把他找回來再說，」錢德勒說：「吉姆現在出去找人了，我和魯卡也要出發。譚雅和尼可，你們留在這裡。」

「因為我是女人嗎？」譚雅滿臉不悅。

「不是，因為我要把我們手上的嫌犯交給妳看管。」

「你不認為我們該聯絡總部了嗎？」她問。

小組成員看著他。

「我們三個人沒辦法搜遍整個鎮。」魯卡文說。

譚雅點頭。「他說得沒錯。」

錢德勒知道他們說得對。他也知道聯絡總部會牽扯到什麼，更準確地說，是牽扯到誰。是米契。

他們曾經是最好的朋友，兩個都是在比赤貧略好一些的環境裡長大，在警校念同一班，也經歷相同的悲慘事件。二〇〇一年，在紐曼附近，一架飛機失事，許多警員喪命，因此開缺招募新進人員。以一種悲劇的方式來取得機會。

一開始，錢德勒根本沒考慮要申請。成為警察不在他的計畫之內。他一直在西傑雜貨店有一搭沒一搭地工作，負責貨品上架，有機會就蹺班摸魚。他會去申請的唯一理由都是為了米契。而米契去申請的唯一原因是來自家庭的壓力。他的叔叔也是那群遇難者之一。錢德勒完成申請，部分是為了和米契的兄弟情，部分則是好奇他們是否會接受他的申請。

二〇〇一年八月，他們一同宣示正式效忠警界。他和米契肩並肩站著，半是驕傲，半是驚訝，閃亮的徽章別在他們穿著制服的胸前。

畢業之後，他們被安排到威布克鎮，兩人一起，從基層做起。他倆一路往上爬。只不過不在這裡，而且沒有一起。

錢德勒坐在他的辦公室，盯著電話機，等待尼可接通總部。他很怕這樣的事：再次跟米契交談。他納悶這位老友的模樣，是否從他早先認識的那種蒼白四季豆身材，以及不自然的發青嘴唇，變得發福了。自從他們上次見面，到現在已過了整整十年。但是透過米契住在鎮上的表弟，錢德勒知道米契自從前往伯斯之後，已經升官了。錢德勒並沒有真的在意。直到派遣令下來，宣布一位新督察在黑德蘭港走馬上任，一位米契爾・安德魯斯督察，這才真正改變了一些事，現在米契是他的頂頭上司了。到目前為止，環境和乾旱的沙漠分隔了他們，不過現在，他們的世界碰撞在一起了。

電話鈴響。

「我是黑德蘭港總部的米契爾・安德魯斯督察。」

在這氣定神閒、胸有成竹的聲音背後，錢德勒幾乎能聽到米契腦子裡的齒輪正呼呼作響。他認識的這男子有一種精準無誤的能力，能劃分思緒，增進理性的判斷力。有時這會讓他太過理性，不帶任何感情。不過或許經過十年，他的銳氣已經磨掉了一些。也許錢德勒應該把過往忘得一乾二淨，回歸到單純的上司和下屬關係。他的胃開始扭攪成一個解不開的結。

「詹金斯巡佐，你還在嗎？」

錢德勒意識到他沒開口。

「是的，米契，我在這裡。」

電話的另一端停頓了一下。聲音再度傳來，口吻帶著憤慨，還有一絲惡意。

「是安德魯斯督察，巡佐。你要這樣稱呼我。」

這就是答案了。銳氣並未消磨，米契的自負顯然隨著時間過去而加劇了。

「你的小組成員都在場嗎？」米契問。

「沒有，只有我倆……」他無法把米契的職銜全名說出口，他的心裡抗拒著，不願接受這種自負的要求。

「召集他們，把我的通話開擴音。我要對你們全體說話。」

錢德勒揮手要小組進來，全部成員都來了，除了尼可，他繼續守在櫃台，不想放著它沒人管。為了妥協，他把門打開，讓尼可也能聽到。他按下按鍵。「你現在接上擴音了。」

那個威風凜凜的聲音從擴音器大聲傳出來。「我是黑德蘭港總部的米契爾・安德魯斯督察。我想我該自我介紹一番，因為我知道你們有些人從未見過我。我相信你們的……**巡佐**已經跟你說過，我們目前有一件可能是多重命案的調查，一名嫌犯在押，另一名在逃。目前為止，情況掌控得不如我想要的那麼好，不過話說回來，這不是你們的錯。」

這話沒有指名道姓，不過意思再明顯不過了。米契斷定情況搞得一團糟是錢德勒的錯。

米契繼續說：「這情況需要有這類案件經驗的警官來處理，接受過適當訓練——」

「我們這裡需要有人協助我們安排搜索行動，協助帶領一支分隊，」錢德勒打斷他的話，急著想強調缺乏支援的情況。

「這些全都安排好了，詹金斯巡佐，」米契冷靜地說。

錢德勒看著譚雅，她是小組裡唯一和米契合作過的成員。他以為會看到一記白眼或假笑，但是結果更糟——他看到了同情的表情。

「我已經找到有適合經驗的人，也熟悉這個地區。」米契說。

「是誰？」錢德勒問。

「我。」

就這樣了。大局已定。錢德勒試圖深呼吸，但是一口氣卡在喉嚨，同時卡住的還有他上次和米契一起工作的不堪回憶。

10

二〇〇二年

馬丁的家人加入搜救行動。錢德勒的任務是跟在馬丁的父親，亞瑟的身旁。亞瑟看起來像是隨時都會心臟病發作。他年近六十，身材結實，重心低，彷彿坐辦公桌工作一輩子阻礙了他的生長。他的魁梧身形背負著期待的沉沉重量，在這裡每多待一秒，他的背就駝得更厲害，希望消失在這片乾涸的大地。營地似乎生氣勃勃，儘管燒得焦黑的營火石塊半掩在地裡，餘燼也早已吹散在風中了。亞瑟堅持搜尋這地方，不管錢德勒要求說他們應該繼續走，在天黑之前再多找一公里的範圍。那老人蹣跚走遍營地，想找出線索能顯示他的兒子曾來到過這裡。他拿著一根樹枝在地上拖行，四處揮動，連最細微的證據都不想放過。這真教人感到沮喪，看他拖著腳步在林間空地來回走動，掃開早已枯死的樹葉，把蟲子從前方路面趕走。

錢德勒在陰涼處歇息一下，這時米契悄悄走到他身旁。他一開始的熱忱已經減弱了，現在他極度惱人的性格變本加厲，開始命令身邊的志工朋友，把他們當成了他的私人奴隸。他沒有一句感謝，只是警告大家要張大眼睛看清楚，語氣中的斥責多過鼓勵。

這幾週以來，米契的樣貌改變了，臉頰因飢餓而消瘦，青少年時期的青春痘疤顏色也變得更深了。米契低聲對他說：「我加入是為了從事警察工作，不是當緝毒犬。」

「這是警察的工作，」錢德勒回答：「我們要找出他究竟發生了什麼事。你不覺得有一份責任感嗎？」

和大多數人一樣，這份責任感令錢德勒大為驚訝。在他的青少年歲月中，從來就不存在責任感這回事，現在的他依然在設法接受它。警察的工作和即將成為人父讓他變老了。他變身成他的父親，實際又可靠。這不是件壞事，但是他才二十二歲。

米契揚起了眉，錢德勒企圖鼓舞他卻沒奏效。「我的感覺是，錢德勒，我們在找一個不想被找到的人。假如他走得這麼遠，那麼他很清楚自己要去哪裡。而且他知道自己不會回來了。」

「你這話是什麼意思，米契？謀殺嗎？吸毒？賣淫？還是要去大都市闖一闖？」

米契拉扯樹上的一根枯枝，乾燥的木料從樹幹啪地應聲折斷。「我是在考慮這件事。」他說。他揉碎手中的乾枯木片，讓碎屑掉落到地面上。

「你是認真的嗎？」錢德勒問。他不再去注意那個在地面四處翻找的老人了。

米契點頭。「我是。」

「你才加入警局一年而已。」

「所以呢？」

「所以誰會要你？」

米契舔了舔他那奇特的發青嘴唇。「我跟伯斯的一位資深長官談過，她樂見其成。」

「伯斯……？該死的伯斯？」

「沒錯，該死的伯斯。幹這種捉迷藏的的爛差事，不會讓我升官發財。」

「這真是個大計畫，」錢德勒說，語氣不帶絲毫諷刺，「大計畫。」

「那是因為你害自己抽不了身。」

「沒有抽不了身這回事。」

米契滿是輕蔑地露齒一笑，害錢德勒很想揍他一拳。「你被泰莉綁住了，現在你走不掉了。」

想到懷有八個月身孕的女友，錢德勒的內心翻騰不已。他好想陪在她身邊，而不是在這些樹林裡亂闖。不過他把對她說過的話跟米契說。

「日子總是要過下去，沒什麼好說的。我別無選擇。」

他說完後，留下米契站在樹旁，回到亞瑟的身邊。那名老人找到一些塑膠包裝紙，想拼湊出原本的模樣。

結果這是錯誤的線索，那塑膠紙太舊了，不可能是最近才丟的。他們離開了空地，繼續走進灌木叢，沿著一些不太明顯的石標走到兩處高地之間的寬廣鞍形低地，感覺像是前往未知之境的通道。

當他們抵達最上方，地勢豁然開朗。樹冠遮蓋了地面，雖然難以穿越，至少能遮擋不曾稍歇的豔陽。錢德勒的心中油然升起一股強大的孤立感，這景致令人驚嘆，也令人心生畏懼。沒多少人會來到這麼遠的地方，就算他們瘋了也不會這麼做。他疑惑馬丁為什麼會來到這裡。想自殺的話，還有其他更容易的方法。

他提醒自己，時間只過了一星期而已。馬丁依然有可能還活著。

他開始從山上的另一側下去，米契的聲音傳了過來，命令志工們分散開來。面對這種咆哮式的命令，其中有些人並未隱藏他們的惱怒之情。但是錢德勒看得出來，米契一點也不在意。他再次疑惑馬丁是否能在這裡撐上一個星期。他懷疑亞瑟是否辦得到？米契是否辦得到？他自己又是否辦得到？

11

「好，你接下來要這麼做，詹金斯巡佐。」那個無所不知、唯我獨尊的聲音又從擴音器的另一端傳過來了，令人無法忽視。「首先，確定公路州警有我們要逮捕的那人的長相描述。」

「加百列。」錢德勒插嘴，他覺得有必要增加一點自己的價值，更希望米契能丟掉那套官腔。他表現得好像他們素未謀面。

「給他們一份詳盡描述，包括他可能易容後的模樣。」

「沒問題。」錢德勒說。

「最重要的是，設下路障。主要道路——」

「我沒有那麼多人力去做這件事。」錢德勒說。

話筒那端傳來冷靜的回答。「我已經聯絡好，請州警參與協助。」

「這需要時間，米契——」錢德勒決定照規矩來。「安德魯斯督察……而且加百列可能已經遠走高飛了。設路障可能於事無補——」

米契打斷他的話。他的嚴厲口吻明顯表現出他不喜歡有人質疑自己的決定。「我們要想辦法阻止情況繼續惡化，詹金斯巡佐。在你搞出這個爛攤子之後。讓重大嫌犯大剌剌走出警局……不對，比這還糟，開車親送對方，安置到旅館裡。花納稅人的錢。對嫌犯展現無比的同情心。」

錢德勒能想像話筒另一端的那張自鳴得意、長滿痘疤的臉龐。他決定提醒安德魯斯督察一個顯著的事實。「加百列有可能不是罪犯。」

「我們先逮到他，再讓專家去決定吧，你說呢？」這時出現了一陣停頓。「再說，你還有第三件事要做——別讓這件事上報曝光。至少等到我們蒐集了更多證據再說。我們不希望媒體阻礙調查。」

「完全封鎖消息嗎？」

「一滴不漏。」米契補充說：「完全封鎖，詹金斯巡佐。通知他們只會提供另一個走漏消息的機會。只要五分鐘，消息就會傳遍推特和臉書了。現在這個世代就是這樣運作的。即時新聞即時放送。你們在那邊可能不了解這種事。而且要是你讓重大嫌犯跑掉的消息報導了出去，你可就難看了，巡佐。」

錢德勒明白這點，但是要他不去警告自己的家人和朋友，有一名可能的連續殺人犯在大街上遊蕩，他也不太能接受。

「我認為我應該告訴他們。」

「我**堅持**你不能說，詹金斯巡佐。」

「是錢德勒，米契——我叫錢德勒，你知道的。」

對方稍微停頓了一下。「假如你公布這件事，詹金斯巡佐，只會讓情況雪上加霜。這可能會引起恐慌，有助嫌犯逃匿。再說，不服從直接命令的後果很嚴重，正如你所知道的。現在我很快就會過去了，所以——」

「你離這裡有四百五十公里遠，你——」

「三小時，」米契回答：「我會準時出發，所以呢，詹金斯巡佐，如果你能在局裡挪出空間給我和我的小組，準備好一些飲料的話，我會很感激。」

安德魯斯督察停頓了一下。

「還有，詹金斯巡佐……盡量不要把情況搞得比現在更糟了。」

話筒那端傳來喀噠一聲，接著響起響亮的撥號音，彷彿米契在這番終極的羞辱之後，瀟灑地扔下話筒走人。

室內出現了一陣靜默，彷彿在悼念錢德勒的尊嚴。他為了重新取得平衡，於是對部下說話了。這番話不太正面，不過很誠實。

「事情就要變得很難看了。」

圍繞在桌邊的這群人點了點頭，不過首先開口的是尼可。

「我不清楚你倆之間有什麼過節，巡佐，不過那傢伙真是個渾球。」

譚雅也出聲附和。「一個自大的渾球。」

這回換錢德勒點頭。「這些看法就先放在心裡吧，我們開始工作了。」

雖然在同僚面前遭受羞辱讓錢德勒覺得頗受傷，他還是著手依照米契的指示進行。

「譚雅，你負責一四二號公路及高速公路，直到州警就定位。魯卡，你負責達利的方向，以防他往南而非往北走。我會派吉姆守住通往斯達克曼的路，我們只能希望這樣便足夠應付了。而且在外面要小心，我們不知道他會做出什麼事。」

尼可開口了。「或許他利用進城的相同方式逃出去。」

「不太可能。」錢德勒說，但是他很高興這位年輕的警員不怕投入參與。「根據他的說詞，他是騎腳踏車來到鎮上。但是去查看今天是否有任何汽車、腳踏車、曳引機，任何交通工具失竊的報告。」

魯卡和譚雅離開了，尼可確認沒有任何交通工具失竊的報告。錢德勒也懷疑會有這種情況。在這種小鎮上，要是發生了偷車，甚至是腳踏車的事件，都會立刻大肆聲張，要讓大家知道這種事有多嚴重。原本清閒無事的警局，現在拘留了一名可能的連續殺人犯，還有另一人在逃。這是錢德勒的人生常態，只要一下雨就是傾盆滂沱，下個沒完而釀成水災。娶了老婆，然後沒有了；沒有小孩，後來一次要獨力照顧兩個。

不過看來這場水災會在大家有機會吸滿空氣之前，把他們全淹沒。

十五分鐘後，他確認魯卡、譚雅和吉姆都就定位了，而且都沒有發生任何動靜。他知道加百列如果走主要幹道離開鎮上，那就太蠢了——如果他還沒離開鎮上的話。不過他們也只能這麼做。至少米契會指望他起碼要這麼做。

尼可懶洋洋地坐在櫃台，一副氣餒的模樣。

「我很快就會派你出勤。」錢德勒說，希望是派他去執行比較一般的勤務，而不是處理這種狀況。

「哪時候？**這種事**有多常發生？」

錢德勒想安慰他。「你這麼想吧，尼可。我從沒想過我們這裡會發生這種事，但事情就是發生了。所以假如這裡可能發生這種事，其他地方也可能會出這種事。你現在能幫忙的最佳方式就是守著指揮總部的櫃台。你或許認為自己沒有參與行動，不過電話不能沒人接，局裡也不能沒人照看，尤其是有一名嫌犯在押，另一名在逃，而且可能跑回來殺掉他。要是他試過了一次，誰敢說他不會再試第二次。你或許沒有上最前線，但你在這裡參與了。現在去把加百列的長相描述發給州警署吧。」

尼可點頭，端正地坐好。

錢德勒不喜歡也不贊同接下來的這項指示，不過他還是說了。「而且提醒他們，什麼話也別對媒體說。這件事要全面封鎖，不准在臉書、推特或SnapChat發布消息。」錢德勒一一列舉，好像很清楚自己在說什麼，而其實這些陌生的名詞他只是聽他女兒提過而已。他坐困愁城，束手無策，只能等待有消息通報或支援抵達。他感到良心不安，對鎮上的每個人隱瞞這項祕密。但是他不得不勉強承認，米契說得沒錯。他們現在不需要引起大眾恐慌。

他不知道什麼時候才能再見到撒菈和傑斯柏，於是打了電話給他的父母。傑斯柏一如往常搶先接起了電話。

「喂？」他開心地說，語氣充滿了熱情。錢德勒的小兒子有種好奇的天性，或者內在的聲音，堅持要他把手指戳進不該戳的東西，或是把東西拆開來，最後散了一地，等別人去組合整理。

「是我，傑斯柏。」

「爹地！」

那男孩根本是對著話筒大喊。

「對，是爹地。你在做什麼呢？大家都在屋裡嗎？」

我只是打電話回家問問而已，他跟自己保證。他不會提供任何事先警告，只是確認他們在哪裡。

「嗯，對啊，爺爺跟奶奶在看電視，撒菈在她的房間裡。」

「很好，你何不去請爺爺放一部影片給你看呢？」

這會讓他倆都待在屋裡，不會惹上麻煩。

「可是你說在屋裡待一整天不好。」

「我知道，不過有時候沒關係。現在去幫爹地叫撒菈來聽電話。」

話筒喀啦一聲。他兒子放下電話，沒有掛好。他看了櫃台一眼。尼可在跟調派中心聯絡，發布加百列的長相描述。

「幹麼？」這聲音聽起來有點急躁，和她弟弟完全相反。撒菈只想回去滑她的iPhone。他想讓她戒掉玩手機的癮，但是他把那麼多的時間都花在工作上，結果證明不可能。她一心只想玩遊戲，從「憤怒鳥」到「糖果傳奇」，任何射擊動物或闖關的遊戲都可以。他試著玩過一次，搞不懂有什麼好玩的。

「我也很開心聽到妳的聲音。」錢德勒說。

「好啦，爸爸，我有事要忙。」

「今天的第一次告解演練進行得如何？」

除了手機之外，這是她唯一感興趣的事。這是她在朋友面前能賣弄一下的機會。

「對了，我們還有最後一次預演，但是不會穿上禮服。他們也不會使用對的字眼，可是我和妮可跟艾咪聊過，她們——」

「妳有找妳弟弟幫忙嗎？」

「傑斯柏？才沒有！我幹麼要他幫忙？他又不懂……他根本……他只會幫倒忙而已。」她聽起來似乎被這個念頭嚇壞了。

「就算是為了我，妳去找他幫忙。我知道他想幫忙。」

「可是他能幫什麼——？」

「都可以，」錢德勒打斷她的話。「這樣他才不會覺得沒有參與感。」

話筒的那端出現一陣停頓，然後是用力嘆了一口氣，最後傳來了憤懣不平的聲音。「好啦，隨便啦，」她說，然後補了一句：「爸爸？」

「怎麼了，寶貝？」

「你什麼時候會回來？」

「我不確定，也許今晚不回去。」

「為什麼?」

「局裡有事。」

「喔,好吧。」

所以就這樣而已。她一下子就克服了父親不能回家的失望之情。他感到很難受,她太習慣了他的缺席,甚至連多問一句都沒有。難怪泰莉會對他提出監護權的訴訟。他沒有對她承認,不過她說得沒錯,他的確花了太多時間在忙工作。但泰莉不明白的是,他帶領的一小支警力要負責一個大區域。這是一個有力的藉口。再加上比爾去年退休後,他們又少了一名人力。等到他們上法庭,這個藉口可能不太有用。不過那是改天要打的仗了。另一個比較平靜的日子。

「爹地?」是傑斯柏。他神遊了多久?錢德勒責備自己,就連通五分鐘的電話,他也不能給他們完整的注意力。

「對,我還在這裡,傑斯柏。」

他在腦海中想像話筒另一端的兒子。九歲大,身高不到一百四十公分,一頭亂髮像荊棘,無論梳子或髮膠都沒用,只有用大量的水沖下來,才有辦法順利整理成型。

「我今天在車庫裡看到卡丁車,等你回來之後,我們可以把它開出來嗎?」

卡丁車是去年夏天的活動。感覺好像是好多年前的事了。自從夏天結束後,它就停放在車庫後頭,等著再次引起男孩的注意。

錢德勒考慮要叫他去找爺爺幫忙,但是打消了念頭。**要他們留在屋裡**,他提醒自己。他不需要擔心,傑斯柏已經剔除了這個選項。

「爺爺幫不上忙,他太老了。他沒辦法推著我到處跑,他一下子就累了。」

一想到爺爺聽到這話會有多生氣，錢德勒便微笑了。「沒錯，你不可以讓他追著你到處跑。我已經警告過你這件事了。」

「好，爹地。」

錢德勒看了一眼櫃台。尼可還在講電話。「現在請你去叫爺爺或奶奶來聽電話，好嗎？」

「好，再見，爹地。」

「再見，傑斯柏。」

話筒的另一端立刻窸窣作響。他母親聲音裡的怒火從電話線延燒過來，已經準備開戰了。

「所以你不回來囉？」

「你聽到多少？」

「夠多了。」尖銳的口吻裡滿是惱怒。「怎麼樣？是出了什麼事？」

他母親一如往常地犀利。她知道當她兒子答應要回家卻做不到，一定是出了大事，她想知道究竟是什麼事。她的語氣十分堅持，彷彿她覺得自己有資格知道，而且除非她從他口中套出消息，否則絕不罷休。

「只是有點事，」錢德勒說：「我能告訴妳的只有待在屋裡。」

這時出現了短暫停頓。「聽起來很嚴重。」

「有可能。」

「你預期會遇上一場大風暴嗎？」她說。她套用隱語，彷彿她以為電話有人監聽。

「不用替我擔心。」

「你要當媽的不擔心，除非等到她入土的那一天。」

「媽，」錢德勒沮喪地說：「別說這種話。」

「大家都這樣說。」她壓低了音量。「別讓自己去涉險。」

「他們付我薪水，就是要幹這種事。」

「他們付的還不夠。」

錢德勒同意這點。

他的母親繼續說：「好吧，你去忙。你父親要我跟你打聲招呼。」

她掛斷了。這是她結束通話的標準台詞。錢德勒知道他父親從不曾要跟他打招呼。事實上，他可能根本沒察覺有這通電話，而是全神貫注做別的事，比方看電視、讀報紙，或是其他什麼的。當他父親專心地做某件事，你很難引起他的注意力，就跟他九歲的孫子一樣。

雖然電話的那端已經悄然無聲，錢德勒還是能聽見他母親的話。別讓自己去涉險。他可能別無選擇。現在有兩種選項：他要不是有一個嚇壞了又腦子不清楚的證人，躲在鎮上的某個地方，不然就是有一個狡猾又足智多謀的連續殺人犯。

12

錢德勒等不及要走上街頭。但只有等到一切安排妥當，他才能考慮加入行動。所以目前他要待在他強迫尼可置身的煉獄，接受他必須堅守辦公桌崗位的命運。

州警方面確認可以在一小時內，派遣警力就定位。尼可查閱社群媒體，確認了鎮上一切平靜無事，除了有幾個人察覺警察的能見度似乎比平常更高。沒什麼太過張揚的事，一切都在控制之下。**這是刻意隱瞞**，他的良知提醒他。他想辦法間接提醒自己的家人不要外出，但是鎮上的其他人依然毫無防備。

當他在等待不可避免的大量來電及質疑時，他決定考驗尼可。

「你認為加百列從旅館逃走後，發生了什麼事？」

尼可立刻拿掉耳機，彷彿他一心在等錢德勒提出問題。

「好，所以我們目前知道的，或者可以假設的是他從逃生梯逃跑了。然後他逃到了街上，可以說是一個陌生人在陌生的城鎮裡。假如我是他，我會去我知道的地方。或是找我知道的方法。也就是說看他當初是怎麼進城的。」

「腳踏車。」錢德勒記得。

「沒錯，但是騎腳踏車出城太明顯了。而且我們知道沒有人通報汽車或任何大型交通工具失竊。所以只剩下比較小型的工具，也許是四驅車？那種車主暫時不會注意到不見了的車。尤其是可能停放在穀倉裡。」

「好，我們先這樣假定好了。」錢德勒說，延續這位年輕警員的猜測。「那麼，接下來要去哪裡呢？駕著四驅車開到鎮外去？還是更遠呢？天色暗了之後，長頸鹿會在大馬路舔著白線上的露珠，這樣會很危險。」

「偏僻小徑呢？」

「有可能，但是我們很難全面掌握。」

「或許他留在鎮上？」尼可提出可能性。

「不無可能，」錢德勒說：「但是這裡沒有太多地方能讓陌生人藏身。而且他說怕自己有生命危險，心存恐懼的人不會以靜制動。」

「當然這是假設他無辜，」尼可說：「假如我是逃亡的凶手，我會找人帶我出城。」

錢德勒點頭。尼可的這番推論以及話裡傳達的熱情，同樣令他感到印象深刻。尼可又補充說：「或許他表現得像是一個迷路的旅客。他載過想搭便車的人，或者自己搭過便車，所以知道該說些什麼，該怎麼做。他利用他的魅力搭上別人的車，然後強迫對方載他出城。要我的話就會這麼做。」

「你的想法挺有道理的，尼可，」錢德勒說：「聯絡譚雅、魯卡和吉姆，要他們密切注意出城的本地人，以防他們遭到脅迫。要他們檢查車輛，但提醒他們保持低調，別把事情搞大了。」

「我可以當這件案子的派駐專家。」尼可說。這話一出口，剛才的好表現立刻大打折扣。「我可是把連環殺手的心理脈絡摸得一清二楚。」

錢德勒正要提醒他，警方的工作和電視裡演的不一樣，但是被赫斯的吼叫給打斷了。

錢德勒留下尼可打電話和吉姆聯絡，自己走到了監禁區。

「誰在外頭？」赫斯在牢房裡大吼。

「詹金斯巡佐。」錢德勒說，厭惡地搖了搖頭。使用正式頭銜的疾病會傳染。

「你不能把我關在這裡，巡佐！我不想困在這裡，加百列卻在外頭逍遙。」

「就我們所知，他是要逃離你的魔掌。」錢德勒提醒他。

「你們知道個屁。」赫斯停頓了一下。「我們不可能**兩個都是**同一個罪名的嫌犯。」

「在這個時候，沒有什麼是不可能的，巴威爾先生。而且假如他在外頭要抓你，那麼你待在這裡就是最安全的了。」

赫斯笑了。那是一種尖銳刺耳的聲音，錢德勒注意到裡頭帶了點失常錯亂的感覺。「安全？在你相信了他的鬼話，然後放他走之後？」

「他的說詞和你的一樣。」

「哪可能一模一樣。」

錢德勒把牢房門上的金屬蓋板猛地往下一拉，查看他的犯人。赫斯的臉緊貼的房門，頸間戴的十字架勒著他油膩膩的汗溼皮膚。

「主體內容是一樣的。」

「比方說？」

錢德勒面露微笑。「我不能透露這個。」

「所以你就把我關在這裡，等著看接下來會怎樣嗎？看他是否會闖進來，結束他未完成的事？」

「我們有正當程序要走──」

「正當程序個屁！你只是想看你是否能再把他找出來。萬一找不到，你就把這件鳥事賴在我頭上。我知道事情會怎樣發展下去。那套證明有罪之前都是無辜的規矩怎麼說？」

「有人會說你自己踩了那條線，因為你想偷車。我們有足夠證據能指控你那條罪。」

「是嗎？假如我不是怕自己有生命危險，幹麼去偷車？我又沒犯過法。」赫斯停頓了一下，手指撫弄著頸間的十字架，轉動纏繞著。「好吧，一件輕微的傷害案，」他往下說：「不過當時我醉了，對方也是醉醺醺，對我的朋友講話不乾不淨。」

錢德勒在赫斯說話的同時，研究他的舉止。他發現赫斯難以解讀。他汗流浹背，像是有罪之人，不過在這個小得像蛋糕盒的牢房裡，哪個人會不流汗呢；那個小方窗偶爾吹進一絲微風，悶不透氣。赫斯一個人在裡面，先前待過的人所懷的罪孽，滲進了四周的牆壁。赫斯不斷叫嚷，兩頰鼓鼓地開始噴氣。基於他的挑釁態度和火爆脾氣，很容易把他視為可能的殺人凶手。

「所以我打了他，」赫斯繼續說。「那沒什麼大不了，對方不想提出告訴，我不想提出告訴。不過店經理還是打電話報警了。」赫斯停住了。他盯著錢德勒，似乎發現了什麼他不喜歡的地方。或許是一個眼神，告訴他這番話毫無用處。

「你這是犯下一個大錯，」赫斯忽然語帶威脅地說。「一旦讓我離開了這裡……」錢德勒等著他大暴走，一時氣不過脫口招認。假如他能在米契來到之前把一切搞定，他就能避開他自己的行刑大隊。

「我會找我的律師或隨便什麼該死的律師告死你。還有政界人士。有人警告過我，西邊到處都是怪胎，這裡的人會拿刀刺你，只為了沒事找點事來做。不過發現自己在一個怪胎橫行的小鎮……」

赫斯現在怒不可遏，乾燥的嘴唇周圍噴濺了點點唾沫。這股怒氣隨即轉變成絕望，他拿手掌拍打油膩不堪的牆。「可以給我一點喝的嗎？還是把空調打開呢？我有人權哪。」

「有的，也包括保持緘默的權利。」錢德勒離開時提出這一點，並且感受到一股失望之情。他原本希望從這番情緒大爆發中得到一點什麼，能有跡象顯示他沒有關錯人。但是除了一頓失常錯亂的憤怒叫囔之外，什麼也沒有。

錢德勒把自己關在辦公室裡，從頭聽一遍那天早上的錄音，沉浸在從擴音器傳出來的聲音裡。

現在聽起來，加百列的聲音幾乎像是遙遠的記憶，深深嚙咬著錢德勒的內心，因為他放走了他，即便當時他不可能知道那會是個錯誤的決定。他聽了整場偵訊，設法想像加百列的陳述及習性，找出和赫斯的版本相異之處，描述之中似乎心虛或不夠清楚的地方，任何能夠指向或偏離他的證據。

當他聽到加百列說明他如何聽從別人隨口的建議，來到內陸找工作，錢德勒的直覺是相信那個從錄音帶流瀉而出的絲緞般聲音。或許是那個平穩的音調哄得他深信不疑，或許只是因為他先聽到加百列的故事，下意識認為這個版本聽起來更真實；率先聽到的翻唱版本就成了他腦海裡的原唱了。

錄音繼續播放。加百列感到失望，因為赫斯的車並未呼嘯而過。他失望極了。他對那部車的描述，不管是顏色或破爛的外型，都害赫斯的說法如出一轍。然後是那一句：「沒有哪個殺手會介紹自己吧。」

錢德勒停止播放錄音。

沒有哪個殺手會介紹自己。

這話說得彷彿他知道殺手應該會怎麼做，會有什麼樣的表現。

他按下播放鍵。加百列的聲音繼續下去，說明他們朝內陸前進，赫斯說服了他，他知道哪些地方更能找到工作，工錢更好。喝了水，怪味道，還有生動地描述那水是如何讓他渾身麻痺。那座棚屋，以及被銬在牆上。手銬和工作台。對屋內及裡頭事物的清楚描述。

成為「第五十五號」的威脅。設法掙脫。他為了砍斷鐐銬逃走而在手腕及手上留下的鮮明紅腫印記，兩側手腕及雙手都是。描述赫斯坐在凌亂的書桌前，圖畫和紙張，牆上的十字架。詳盡的描述。逃亡和墳場。摔落山崖。醒來看見赫斯躺在身旁。沒有察看他的綁架者是否還活著便逃離，騎腳踏車來到鎮上。

這是一個奇怪的選擇。如果是撒謊的話，錢德勒不會選擇這種即時的交通方式，而且這種方式也難以追查。再者，從嘉納山到鎮上要騎不少的路。任何被殺手追著跑的人應該能找到更好的方式逃跑。

比方說偷一部車。

加百列的證詞到這裡結束了，不過錢德勒一直在想加百列在這之後所說的話，關於無處可去，一個人孤伶伶在這世上，無依無靠。

他往後靠坐，讓那些細節慢慢沉澱。哪些合乎道理、哪些不是，以及哪些引他猜疑。首先浮現心頭的是那句評論：**沒有哪個殺手會介紹自己**。這是驚人的陳述，冷酷的事實。還有對棚屋及小木屋部分的深入描述，包括牆上的十字架。令人難以想像的清楚。不只是驚慌失措的匆匆一瞥，或許他見過這地方不只一次了。不過話說回來，恐懼或許強化了加百列的感官感受，為了逃走而努力記住所有細節。

趁著他對加百列的證詞還記憶猶新，錢德勒改聽赫斯的偵訊。首先最明顯的不同是缺乏他要去哪裡的細節，彷彿他沒時間事前準備這些資訊。其他在兩個故事之間就沒多少特別不同之處，直到他被下藥為止。赫斯的回憶比較模糊，這種模糊感持續出現在整個說明裡，包括他如何逃脫，描述得比較少，恐懼阻擋了細節，他在回想時，聲音中帶著顫抖，甚至瀕臨崩潰，彷彿他在那一刻又回到了棚屋，銬在牆上，設法砍出一條生路。假如他真的被下了毒，那種模糊感便恰如其分。但是錢德勒不知那是否只是一種謀略，刻意模糊了細節，太努力想表現得無辜。

還有就是赫斯逃脫過程的細節描述不足。在墳場之前只是簡短提及加百列坐在書桌前，還有在樹林裡相遇和跌落山崖。在加百列的身旁醒來，繼續逃跑。接下來的部分令錢德勒憂心，當他遭到指控偷車時表現出的憤怒，憤怒以及缺乏悔恨，堅持這一切都是不得已。他在這過程流露的暴躁脾氣，以及在牢房裡依然顯露的壞脾氣，還有他扭轉頸間項鍊的模樣，這些都讓錢德勒聯想到他是怎麼描述自己被鎖在小木屋裡。

每個故事都有漏洞。

錢德勒需要把它們找出來，挖出事實真相。

13

二〇〇二年

這世界有能力精確指認出所有的事物，包括最微小的原子到足以吞噬太陽的超新星，但馬丁的下落依然不明。熱能人體掃描一無所獲，信號發射器也一樣。空中搜尋什麼也沒找著，只見一片荒蕪大地。手機追蹤毫無回應，電池早就沒電了。剩下的就只能靠人們的眼睛、耳朵和雙腳，而崎嶇的地勢讓大夥兒吃盡了苦頭。

在早上第一次休息時，錢德勒提醒大家要徹底搜查其餘的地區；不是為了找線索，而是要趕走任何飢餓的猛獸。這天早上，錢德勒發現坐在身旁的是幾位來自梅格尼山的警員，因為有搜尋失蹤登山客的經驗而調派過來。他已經注意到他們在行進期間不曾彼此閒聊，保留體力，迅速徹底地全面搜尋，幾秒內便排除整個地區，繼續前進。

搜索進行了一週後，大家紛紛議論起馬丁存活的可能性。一致的看法是，這要看他的裝備有多齊全，以及他的心智有多清醒。

「從目前得知的狀況來看，這機率微乎其微，」米契說：「他的情緒混雜，既震驚又憤怒。」

梅格尼山的警員雅列以低沉有力的嗓音打斷了他：「假如他想永遠消失，他能輕易辦到。讓一個身強體壯的人在這裡搶先出發四十八小時，你想找到他們的機會便很渺茫了。打倒他的不是飢餓或口渴，而是慌張。你明白自己身處絕境，想脫困卻無能為力。他會鋌而走險，犯下錯誤，然後一個不注意，他會跌落，摔斷了腿，死在某個溝渠裡。」

四下一片沉默。錢德勒慶幸馬丁的家人都不在附近，沒聽到這番話。

米契插話說：「你們有多常找到他們？」

「機率大概是百分之十吧，」雅列說，那些志工們聽了紛紛竊竊私語。「這個嘛……」他修正說：「事實上或許是百分之四到五而已。」

更多的埋怨聲四起，志工們質疑他們為何要為了注定失敗的任務來到這裡。這份失敗主義也讓錢德勒的心中感到糾葛不已，他的心思飛到了泰莉和他們未出世的孩子身旁，以及他們對即將來到的事是如何措手不及。

他是今年在鎮上的一個新年派對才認識了她。他不是受邀前往的。錢德勒和米契是兩個年輕又單身的菜鳥警員，只好輪那天晚上的班，讓隊上其他的人能回家和家人慶祝同歡。泰莉從海岸城市回到鎮上和家人團聚，利用這趟旅行當作放縱玩樂的藉口。

鄰居打電話報警，擔心隔壁的派對有未成年的人在喝酒，於是錢德勒和米契前去處理。這是一件小事，他倆都不是很在意。跑這一趟只是找罵挨而已，因為他們要不是打斷一場氣氛正好的派對，要不就是得趕人出去。

他們一踏進屋子裡，四下就免不了響起不以為然及辱罵的叫嚷聲。大家一看到穿制服的便紛紛走避，但是泰莉沒有。她挺身面對他們倆，顯然已經醉醺醺了，藍色的洋裝從肩頭滑落，露出了紅色比基尼的肩帶。錢德勒比她高出了許多，站在那裡要求屋主出面。泰莉要他倆離開，因為他們搞砸了氣氛。不過直到她朝錢德勒的胸口推了一把，他才真正注意到她以及那雙銳利的棕眼。那是一雙大眼，和山林野火一樣危險。他看到她有點醉了，於是準備和她好好談，但是米契就沒那麼寬容了。那套制服才穿上身兩個月，他的搭檔已經和它形影不離，沉浸在這種權威感裡，以近乎狂熱的信念秀出他的警徽，像個聲音尖銳的青少年揮舞著他不曾有過的權力。

正當米契和泰莉差點要以某種型態的嚴重衝突來展開新的一年時，錢德勒不得不介入兩人之間。即使當他把米契帶到門外，提醒他要保持專業態度，卻只惹得米契更加生氣時，他也能感覺到泰莉的嬌小身型不斷在他背後推擠。

錢德勒讓米契像一頭發火的公牛，一個人繞著巡邏車來回踱步，他回頭進了屋裡去處理鄰居原本的抗議。最後他說服了屋主和泰莉，這只算是一次訓斥，她愈快同意，就能愈快回去狂歡慶祝。他警告她未成年飲酒的事，要她保護自己。泰莉的回答是，要是有人想輕舉妄動，包準會挨烈酒杯砸臉。錢德勒驚訝於這麼直截了當的誠實，警告她千萬別這麼做。她回嘴說難不成要她寫封信給對方，客氣地請他們滾蛋。他立刻看了出來，怎麼回答她都不對，而且可能永遠不會有正確的答案。她是一股自然力量，到了他們談話結束時，她不知如何讓他同意了，一小時之後下了班再回來這裡。

錢德勒就此打住，提醒屋主把所有狂歡者從院子裡拉進屋內，不要吵到別人了。同時要他留意那些年輕的賓客，警告說他會再回來查看。

後來他又拖了幾小時才下班，米契依然對派對上的那個女孩怒氣難消，因為她對他和他的警徽表現出那麼不尊重的態度。錢德勒點頭，要他的同僚好好睡一覺。在開車回家的路上，他繞道經過那棟派對之家。前院空蕩蕩的，只有蟋蟀的唧唧叫聲……直到前門忽然打開，一名脫到只剩四角褲的男子從門裡滾出來，似乎是被轟隆的音樂聲給轟出門。

錢德勒走進去，身上還是穿著制服。大夥兒再度為他讓開了路。

「跟你搭檔的那隻狗呢？」

錢德勒轉身。是她，泰莉。就算徹夜狂歡，她依然保持警覺，嬌小的身軀不知為何能消化掉所有的酒精。

「他回家了。」錢德勒說。

泰莉顯然留下深刻印象，甚至因為錢德勒甩掉他而鬆了一口氣。「他是個討厭鬼。」

「他只是比較嚴肅。」

「嚴肅的討厭鬼。」

錢德勒並未表示不贊同。他已經很清楚不要和她唱反調比較好。

「所以呢，你在值勤嗎？」她問。

「沒有，現在下班了。」

「很好，」泰莉說，然後塞了一瓶啤酒到他手裡。「把警徽拿下來吧。」

那天晚上兩人就這樣在一起喝酒聊天，直到清晨四、五點。錢德勒隨即感受到那些數不清的酒瓶的威力。

過了那一夜，還有接下來的幾個月裡，在他不當班的時候，他便時開車到黑德蘭港去見她。到了二月，她就滿十八歲了。四月的時候，她懷孕了。等到六月，他再也不必大老遠開車到海岸。她搬到威布克鎮，和他及他的父母住在一起。六月和七月就在面對新住處和新生活的興奮之情中過去了，但是到了九月，玫瑰的葉片紛紛凋落，她和他那對專橫父母的爭吵讓殘存的花朵也枯萎了。

現在是十二月初，冰霜凍結了一切。她懷有八個月的身孕，脾氣暴躁，在這個她稱之為鳥不生蛋的荒郊野外，置身於炎夏盛暑之中。他想回家去支持她，但是他有任務在身。在這片荒野之中，尋找一個把自己搞丟了的男孩。

14

「州警署想找你談。」尼可從櫃台大吼。

警員替他們接通電話。

「錢德勒？」

「史帝夫。」

沒有中規中矩的那套禮節。史帝夫．耶克斯利是紐曼市的一名老派隊長，勤奮工作但平易近人，樂於助人。他的聲音轟隆地從兩人之間的電子儀器傳了過來。

「我聽說了你那邊的情況，我們的小組已經就定位，守住高速公路和九十五號公路，進出都不可能。」

米契的動作很快，動用各方關係，不用錢德勒的幫忙，一切都順利安排妥當了。展現他的實力。

「謝啦，史帝夫。」

「我也跟安德魯斯督察通過電話了，」史帝夫說：「先提醒你一聲，他正往你那邊過去。真不知道哪個比較糟，他？或是逃逸的殺人犯？」

「至少米契必須按某些規矩行事。」

「我想是吧……」史帝夫說。

「你還需要我提供什麼嗎？」

「其他的你也幫不上忙了。進出鎮上的主要幹道都封住了。假如你有多餘警力的話，也許能派他們守住我們顧不到的泥土路。你比我們還清楚那些地方。」

「謝謝你，史帝夫。」錢德勒說。他不知為何有種被忽略的感受，好像他是問題的一部分，而不是要來解決問題的人。

他掛完電話後，和三名下屬聯繫。所有人都沒有可疑狀況要回報，幾位本地人提出疑問，但沒有任何車上載的乘客符合加百列的描述。在這之後又回到了等待，不斷上升的氣溫只是加深了可能會出事的恐懼，以及他面對這種狀況卻無能為力的挫折感。現在的重點就是時間了。他們不知道在加百列再度出現，或是另外有人現身之前，他們還有多少時間。

「巡佐？」

錢德勒看著尼可，他似乎坐立不安，無法處理文書工作。

「怎麼了？」

「你的牢房裡曾經關過連續殺人犯嗎？」

「尼可……」錢德勒正要開始說，但試圖阻止這名員警的豐富想像力又有什麼用呢？接下來的十分鐘，錢德勒傾聽尼可那些非正式研究的成果，細數那些惡名昭彰——當他聲稱他們是「**那些偉大的**」時，錢德勒出言阻止了他——澳洲連續殺人魔，包括沃瑞爾和米勒：七〇年代時，他們在阿得雷得勒斃了七名女子；彼得．杜帕斯：他在維多利亞至少殺害三人；最後才說到奪魁的伊凡．米拉特。就連錢德勒也聽過他，一個讓人難以原諒的人，八〇年代末期到九〇年代初期，在彼朗洛州利森林殺害七名背包客的瘋子。

「你知道的，巡佐，」尼可說，忽然停止了他那部陰森恐怖的傳記：「或許這傢伙是模仿犯，挑選年輕的旅行者，殺害他們，再把他們扔到嘉納山上。」

這話加深了錢德勒的憂慮。或許他的牢房裡的確關了新一代的伊凡・米拉特。又或者他是在鎮上到處流竄。

尼可繼續說。「還有八〇年代末期的約翰・韋恩・克洛弗。他殺害六名年長婦人，因為他痛恨他的岳母。他最後在牢裡上吊自殺——」

這段敘述引發了片刻的恐懼。他們已經採取了所有必要的防範措施，拿走了囚犯的皮帶和鞋帶，不過那條嵌在赫斯頸部皮膚的項鍊……

錢德勒衝向通往牢房的門口，希望聽見一些動靜，回音或鼾聲，什麼都行。他聽到的不只如此。

「我聽到你們在那裡說話。」赫斯說。他的聲音顯得絕望，呼吸不夠順暢。

錢德勒打開監視孔，向裡頭窺看。赫斯並未如同他害怕的那樣，懸吊在窗戶欄杆上。他滿臉通紅，依然在把玩那個十字架，纏繞到嵌入了肌膚，彷彿試圖要迫使上帝來幫助他。

他的囚犯走到監視孔旁，扭著頭彎下腰來，彷彿想從縫隙之間擠出來。「我不是殺人犯。」

錢德勒往後退一步，保持距離。

「我也不是什麼怪物，」他哀求地說：「我看起來像嗎？」

尼可的聲音從光禿禿的牆面反彈回來。「泰德・邦迪看起來很正常，他甚至去當求助熱線的志工。羅伯特・李・葉茲也是，卻殺害了十三名妓女。狄恩・克羅是一家糖果工廠的副總裁，起碼殺了——」

錢德勒打斷同僚的話。「尼可，我們聽懂你的意思了。你惹得我們的客人不開心了。」

赫斯以迅雷不及掩耳的速度，用力拍打堅固的鋼製牢門，迸出一聲痛苦的哀號。「我當然不高興，」他氣急敗壞地說。「我什麼也沒做，你們卻把我關起來，好像我是人魔漢尼拔一樣。」

「你要有耐心，巴威爾先生。假如你像自己說的那樣無辜，我會查明白的。」

「我是啊。」赫斯嗚咽地說，他看著自己的一隻手，現在和他的臉一樣紅通通了。

「還有，我需要那條項鍊。」錢德勒說。

「為什麼？」

「為了預防任何意外。」錢德勒說。

赫斯停頓了一下，詛咒著，然後拿下了那條細細的金項鍊，從監視孔遞出來，走回去那張長凳旁，坐了下來。

當錢德勒看著他的嫌犯頹然坐在長凳上，有種感覺在噬嚙他的內心。雖然他沒證據，但某種感覺警告著他，說他關錯人了。在赫斯、加百列，現在又多了一個米契在玩的這場遊戲裡，他只不過是一個卒子而已。那種無助感一點兒也不好受。

15

沒多久，威布克鎮就等到了米契爾．安德魯斯督察返鄉歸來。正確來說是兩小時又二十二分鐘。他眼前的道路幾乎全面淨空，在職權保障下拋開速限，在這片荒蕪大地上縱橫交錯的黑色柏油碎石路奔馳前進。

錢德勒在辦公室外面看著米契大步走進警局，他的隨行人員緊跟在後。根據他了解的米契，他很可能堅持其他人落後一步，讓他先進去，王者之王。他穿著一襲灰色西裝，就算套在一九三〇年代的聯邦幹員身上也不顯突兀：寬墊肩、窄袖口和劍領，長褲燙得筆挺，褲腳整齊地塞在靴子裡，彷彿他是從冷凍櫃裡走出來，而不是外頭的炙熱暑氣。其餘的小組成員穿著相同的黑色套裝，活像一支陰森的送葬隊伍，偷偷地　眼四下窺探，彷彿要找出下一個步上黃泉的人。錢德勒有種感覺，那個人可能會是他。

當米契跨著大步走向錢德勒時，他的平靜臉龐確實帶著一抹微笑，完全無視尼可的歡迎。**沒必要跟下屬打好關係**，錢德勒心想。

錢德勒略感意外的是，米契伸出了手。錢德勒握住那隻手。兩人的握手冷淡之外還帶點敷衍，但已經是超乎他的預期了。在對方專注的表情中，錢德勒看到了某種情感，與昔日的脆弱連結，好與壞緊密交織在一起。這種交織就是他心中的感受，他納悶米契是否也有同感。

儘管穿上一套想讓身形顯寬的西裝，但看來米契這些年的體重保持得一如往昔。他的個頭比錢德勒高，下顎高高揚起，嘴唇依然是青紫色。年紀和眼角的魚尾紋賦予他一種政治人物的外表。或許這就是那套西裝的用意，強化他為自己打造的一種氣場，讓他的職位更顯權威感。不過在錢德勒的眼中，他的外表和打扮依然像個偷偷兼差當警察的政治人物；一具塑膠製品，彷彿剛從模型裡取出，然後裝上了活動的身體組件。特種部隊的警察版。這形象和他們小時候在鎮上的戶外音樂演奏台旁，那家潘妮霍爾商店偷糖果時，相去甚遠。

「有好些年了，是吧，詹金斯巡佐？」米契說，同時打量著看起來像是以一大塊混凝土鑿刻而成的警局單調模樣。

「的確是。」錢德勒回答，這種友善態度卸下了他的心防。

「鎮上似乎還是老樣子，」米契說：「人也是一樣啊，」他繼續說，朝他那些文風不動的小組成員點了點頭，但話裡的嘲笑之意毫無疑問是衝著錢德勒來的。他可以預見接下來的命運。

「我們有正事要辦。」錢德勒說，希望能搶得先機。

「沒錯，收拾你的爛攤子，巡佐。」

「我們還不知道**真正的情況**如何……督察。」

「假如你把我們從西岸一路拖到這裡來處理這件事，那麼它就是個爛攤子。」米契再度四下張望。

「還有，咖啡在哪裡？」

「我們沒有把你拖過來，是你自己要來的。我馬上找人去準備咖啡，」錢德勒說，話中掩不住諷刺的口吻。

「你請便，巡佐。還有，我們在忙的時候，外頭停車位不夠的問題就交給你處理。」

「我不知道你會把整支大隊都帶過來。」錢德勒說，並且指著那些身穿黑西裝的成員，像癌細胞一樣緩緩地呈扇形擴散到整間辦公室。「再說，假如你們的車都停在外面，可能會引發流言，導致一些你害怕的媒體活動發生。」

「別擔心，巡佐，那些車都沒有警方的標記，而且大多數都停在下一條街。」米契說，並且把他的帽子脫下，牢牢地擺放在辦公桌正中央，彷彿在宣示他的地盤。「再說，現在第一批通過路障的那些人可能已經在發推文了。萬一我們的嫌犯有辦法上網，他會知道外頭的情況如何，還有誰在追捕他。」

「這或許不是件壞事，」錢德勒說：「這可能會增加投降的機會。」

「或者逼得他躲起來，」米契反駁說：「假如他還沒逃離的話。」

「這個嘛，兩名嫌犯到局裡時，身上都沒帶手機。兩人都說手機在案發時就被拿走了。所以加百列是有可能不知道。」

「對我來說，可能不知道還**不夠**好，巡佐。**我們**需要的是答案。**我們**需要找到他，而且逮捕他。」

「你以為我們一直在努力做的是什麼？」錢德勒說。他在辦公桌對面站了起來，不打算退讓。「我的大部分屬下都出去找人了。」

「一共三個。」米契帶著微笑說。

「沒錯，三名好警員。」

「譚雅、吉姆和……」米契說。他把頭側向一旁，臉上依舊帶著微笑。

「魯卡，再加上那邊的那位新員警，尼可。」錢德勒說，同時望向櫃台。尼可朝這邊揮手。

米契沒有揮手回應，而是開始安置他的小組。「洛普、戴倫、芙蘿，你們用那張辦公桌。」米契說，並且指著魯卡凌亂的工作空間。「約翰、蘇絲、艾琳，你們用那張。」他又說，指著吉姆空蕩蕩的辦公桌。「其他的人，自己去找地方。」

錢德勒看著黑德蘭港小組設置總部，把魯卡尚未完成的文件堆成一疊，擺在角落，然後迅速掏出亮晶晶的黑色筆電，把連接埠插滿電子裝置和設備；啟用之後，處理器嗡嗡作響，指示燈像是機場的塔台，閃爍發亮。

「你要用偵訊室來辦公嗎？」錢德勒問。他和米契之間有愈多道門愈好。

「喔，不了，沒那個必要，巡佐。我們可能會需要用到它。我要在你的辦公室坐鎮指揮。」

「好，我會清出一些空間。」

「清出所有的空間。除了證詞之外，我們不需要你的任何東西。」

「你不能過來這裡，然後——」

「然後怎樣？」米契一面說，一面走得更近。他的音量降低了，但罵得更不留情。「我愛怎樣就怎樣……**錢德勒**。」他繼續說，省卻了稱謂，不過確保沒有其他人會聽到。

錢德勒覺得自己像條狗，受到主人的訓斥。他試圖反擊。「那麼你希望我去哪裡呢……**米契？**」

米契往後退了一步，但沒有被嚇倒。「我們別讓一點小爭執阻礙了這次的調查，巡佐。我們是來共同努力的。」

「好吧，那你要我怎麼做呢？」錢德勒問，測試米契說的那套話。假如他有計畫——而且就他對米契的認識，他早就擬好一套計畫了——那麼他應該能明確說出錢德勒及小組的指定任務。

「讓我們先安頓好，」米契齜牙笑著說，接著朝辦公室大喊：「蘇絲，去開巡佐的電腦，把那兩份偵訊內容複製給我。」

蘇絲年近三十，不過打扮得像四十歲的銀行家。她離開剛分派到的辦公桌，飛快地經過他們倆，走進錢德勒的——不久即將成為米契的——辦公室。黑套裝從她纖瘦的肩頭披掛而下，白上衣的翻領隨著每個步伐輕輕拍動。很顯然地，自從他們最後一次見面之後的這些年裡，米契變得很擅長把他的小跟班們指揮得團團轉。至於他是否變得比較懂得聽取建議，這就有待後續觀察了。

在極短的時間內，這座小鎮警局就成了米契的總部。他的部屬匆忙來去，像陀螺轉不停，安裝印表機、把電話貼上號碼、設備貼上標籤，像是憤怒的失婚人士標記著離婚協議書裡頭分配的物品。他們的工作方式之中帶著某種狂熱，錢德勒不得不承認，他很佩服米契帶領他們時所展現的某種氣度與權威，那是錢德勒做不到的自負表現。錢德勒猜想，想一步步往上爬，你就要有本事往別人的頭上踩。

「到我的辦公室集合。」米契宣布。錢德勒沒開口，和其他人一起擠進辦公室裡，十幾個身體讓這個小空間的溫度又上升了一點。

米契對大家發言，老舊的投影機把一張小鎮地圖的幻燈片投射在牆面上。

「好，我想大家都聽過這起事件的簡報了，不過總括來說，我們有一名嫌犯在逃，可能藏匿在鎮上，也可能正在出城的路上。目前為止，我們一直在設法困住他，但現在我們需要更主動積極。」他揮著一支雷射筆，指向螢幕。「洛普和芙蘿，你們負責沃金斯到芬利；戴倫和尼爾，波馬洛到溪邊。艾琳，你和米克負責北邊往下到老鷹溪；麥肯錫和桑恩，你們負責這一區。」米契說，同時指向喬治街和戴斯克，也就是錢德勒住家的所在地。

「我的人呢？」錢德勒說。

米契的目光沒有離開地圖。「他們繼續待在原地，和原本一樣繼續檢查交通。」

「那我呢？」

「你負責指揮，巡佐，」米契說：「和我一起。」他說完後舉起雷射筆，把紅點重新指向地圖。「我們在天黑之前要找出嫌犯。要是辦不到的話，我們就不得不採取其他手段了。大家明白了嗎？」

他下完了指令，面向他的觀眾，接受服從的點頭，然後小組成員一個接一個迅速離開，就像沒有思想的機器人一樣。錢德勒希望他們不會像他們的長官一樣，早已抹煞了自己所有的情感。

錢德勒保持落後。他很好奇米契說的「**不得不採取其他手段**」是什麼意思。這似乎是說對於這種可能性，他已經做好計畫了。要是錢德勒真的和他共同指揮，那麼他就應該透露內情。

「所以要是到了天黑，我們還是找不到他呢？」錢德勒問。

米契沒上當。「那麼呢，就像我說的，我們要採取其他的手段。」

「我了解你，米契，」錢德勒說：「你很清楚自己要怎麼做。」

米契點頭。「沒錯，巡佐。假如真的發生這種情況，我會揭曉的。」

如果錢德勒在米契還沒來的時候，覺得受到排擠很糟糕，現在他人來到這裡，感覺還要糟上十倍。這是一種對個人加倍的漠視。

「所以我們現在要怎麼做？」錢德勒問：「你還需要知道些什麼？」

「我需要知道的，巡佐，是進出鎮上的**所有**可能路徑。」

「你在那張地圖上就能看到了，怎麼不使用你的雷射筆呢？」

「是沒錯，但我想聽**你**的說法，哪些是最可行的路徑。把它們畫出來，讓我知道。告訴我一隻老鼠要怎樣在最不為人注意的情況下，進出這座小鎮。」

「加百列不會知道的，他來自伯斯或那個方位。**你**比他更清楚那些路徑。」

米契安靜了一會兒，深呼吸了一下。「好吧，讓我換個方式說。我們假設他**確實**知道。我們假設他**就是**一隻老鼠。找出他能逃出去的最佳方式，巡佐。等你找到了再來找我。」

就這樣，米契停止說話，眼神快速地朝門口示意。

錢德勒收到了提示，很高興能離開那裡。辦公室空無一人，螞蟻都離開蟻穴，出去覓食了。尼可守在櫃台，看起來焦慮又急切。

「那就是米契。」錢德勒說。

「他非常的……嚴肅。」年輕的警員說，停頓了一下想找出正確的形容詞。

「這是職權作祟。」錢德勒說。他想相信以前那個有些魯莽的青少年還活在米契內心的某個地方。

「至少他讓事情開始動起來了。」尼可說，接著開始回溯這一切。「我不是說你不如他，巡佐，只是因為他帶了更多人手過來，而且……」

他的員警顯然對這份權威排場大感驚嘆。

「沒關係，尼可。他怎麼說，你就怎麼做吧……假如他會來找你說話。」

在米契的新指揮中心裡，錢德勒的電腦被塞到了角落。於是他登入了譚雅的電腦，叫出一份鎮上的地圖。他不久便發現，在加百列的逃逸路徑中，可能的藏身處多不勝數。費瑟街後方以及暴雨排水道、足球場後方的悠比巷、羅斯大街、林肯街，假如他夠狡詐的話，甚至是庫克街後方的小巷都有可能。他把這些都標示出來，紅色線條從旅館四面八方延展出去，像是岩漿竄流。他把這份地圖拿去給他的上司看。

米契往後靠坐在錢德勒的座椅上，臉上的微笑證實了他很開心看到前任搭檔照聽從他的命令行事。

「我們目前知道的是這樣，」錢德勒說：「許多進出的途徑。吉姆在這裡，」他繼續說，並且以手指向投映在牆面的影像，設法不教燈泡的刺眼光線閃瞎了眼。「譚雅在這裡，魯卡在這裡。州警守住九十五及一三八號公路。他是從嘉納皇宮旅館逃跑的，就在——」

「我知道在哪裡。」

「好，所以他走逃生梯，離開鎮上最快的路徑是從魯斯特巷，沿著洗衣店的旁邊繞過去，然後跨過那條巷子，進入後面的荒原裡。不到十或十五分鐘，如果你要確定不被人瞧見的話。」

「你知道洗衣店的生意向來很好，」米契反駁說：「他們總是在後面晾衣服之類的。」

「是沒錯，」錢德勒說。他立刻抓住這機會，想要略勝米契一籌，讓對方相信他需要自己對本地——以及最近狀態——的了解。「不過**那家**洗衣店去年就結束營業了，所以沒人會打擾他的潛逃，**假如**他決定走那條路的話。吉姆去檢查過了，沒見到任何跡象證實他確實那麼做。」

對於自己被人抓住了小辮子，米契似乎不為所動。「說得滿像一回事的，巡佐，有模有樣，不過正如你所說，沒有嫌犯的蹤跡。你或許比我更了解這個鳥地方，但你還是找不到他，所以確實需要一點新的思考方向。」

「你需要我的協助。」錢德勒說。

米契糾正他。「我需要你的**參與**，巡佐。而且我需要你的小組參與。但是你的**協助**？假如我需要你的協助，我會開口。」他說。這時微笑不見了，他的臉龐變得像大理石似的；嚴峻、坑坑疤疤、深不可測。「而我目前需要你參與的部分是，確保局裡的運作順暢，我在外頭的小組需要的樣樣不缺。紙張、文具、電話、一支專線讓他們聯絡州警以及任何需要聯絡的人。你是讓這一切運轉的齒輪，巡佐。」

錢德勒聽夠了，轉身想走。

米契叫住了他。「這可是重要的任務，巡佐。少了祕書處理那些雜事，那些大人物什麼事也做不了呢。」

錢德勒一轉身。「我才不會跑來跑去給你們端茶，餵你們吃餅乾。」

米契笑了。「當然不會了。我的小組不需要你做**那些**事，他們自己照顧得了自己。你能做的是負責本地的問題。我們會遇到很多人提出質疑，關於發生了什麼事、警察在大街上走動、穿黑套裝的陌生人在鎮上晃蕩。你的任務是緩和他們的恐懼，巡佐。」米契說。對於他不斷使用正式稱謂，米契感到煩躁不已。但是他的老同事還沒說完。「你照料那些瑣碎小事，我來負責大目標。」

錢德勒深呼吸了一口氣。「你一點都沒變，是吧，米契？」

米契忍住了笑意。「我也可以說一樣的話。無論大便在溝渠裡待了多久，還是不會變成黃金。」

「我以為這不會是一場戰爭？」錢德勒說。

米契笑開了，那笑容的背後似乎隱藏了什麼。在那一刻，錢德勒彷彿瞥見以前的那個米契，那個永遠心懷詭計，讓自己快速擺脫麻煩的米契。

「戰爭還沒開打呢，我的老友。」

16

結果一如預期，不到十五分鐘後，電話便開始響起。尼可很快就應接不暇，開始把電話轉給錢德勒。來電的大部分是本地人，想和這場鎮上多年來面臨的最大騷動沾上一點邊。不安的母親、關切的父親、感覺受冒犯的退休人士、咯咯傻笑的青少年，大家都想打聽那些可疑的黑色轎車為何在大街上緩慢前進搜尋。

有些人想知道他們是不是特勤小組，或是在舉行間諜大會，各種推論無奇不有。他才剛安撫好一位居民，另一位又打電話進來，想知道他們是否該打扮整齊，為那位顯然來頭不小的訪客組成某種的先鋒部隊。有些人想知道那是誰，才好搶得頭香，第一個散播這場八卦。其他人則是不希望來訪的是首相，或是那些該死的政界騙子。錢德勒對每個人提出相同的建議，一些他不想說出口、卻得逼自己說的話：其實沒什麼事，他們在這段期間應該待在家裡，萬一有事發生，他會讓他們知道。他巧妙地答覆了大約十通電話，然後聽到了他最害怕的那個問題，問到路障以及吉姆、譚雅和魯卡為何主動搜索汽車。這問題出自一位憤怒人士的口中，賽門．厄普頓牧師。他無法相信警方會攔下一位神職人員，搜索他的車。對一位平時還算溫和的人來說，他抱怨得有點過於激烈，彷彿他真的想隱瞞某些事。那些事證實了鎮上的流言蜚語，說他有段不甚光彩的過去。

「他們**真的**動手搜查你的車嗎，牧師？」錢德勒問。

「沒有，不過他們攔下我的車。我正要去喬吉娜．帕特森的家，她病得很嚴重，你知道的。」

「我知道，牧師。請替我向她問候。」

「我是否能問，你們為什麼在搜索呢？」牧師問，現在他的聲音和每週日在講道台上一樣氣勢十足。在那個以愛八卦出名的牧師還沒機會散布更多——不算全然沒必要的——恐慌之前，錢德勒承認這只是一種預防措施。

「別給我來這一套，詹金斯巡佐，你不會為了預防起見就架設路障。你不能對鎮上的人隱瞞這消息。」

錢德勒停頓了一下。他必須給牧師一點什麼。「你說得對，我們懷疑有一名扒手正在設法逃出鎮上。」電話的那頭出現一陣停頓，彷彿牧師在等待神啟，看錢德勒是否說了真話。答案出現了。主並未被說服。「巡佐，你不會為了區區的扒手而架設路障，進行搜索。所以我要再問一遍：你要找的這個人危險嗎？他或者她，有可能是逃獄的囚犯嗎？」

「不是的，牧師，」錢德勒以冷靜的口吻說：「我們想只是問對方幾個問題。但是為了把這人找出來，我們需要大家待在屋內，這樣我們才能專心追查嫌犯，不會顧此失彼。」

牧師立刻逮到錢德勒的口誤。

「嫌犯！啊，所以他的確是罪犯。或者即將入獄的罪犯！」

錢德勒感覺到他的腦袋切換成危機處理模式，他的口氣變得更溫和，希望能讓牧師冷靜下來。

「牧師，這是我們的用語。一名嫌犯。如果要我說的話，他比較像是嫌疑人。我們只是要檢查他沒有搭某人的便車，或是自己開車。」

「我可不是那種會為了罪犯而犧牲的人，巡佐。他不會在我的車上。」

錢德勒鬆了一口氣。這種語氣及方向的細微轉變，協助引導牧師走向錢德勒希望他去的地方。

「我知道，牧師，不過我指示我的屬下檢查每一輛車。在現階段，我們甚至無法確定他是否還在鎮上。他可能早就離開這裡，這件事就成了州警的問題。但我想要打安全牌，搜尋車輛，確認一下。我敢說你對此不會有任何異議吧。」

這位上帝在人世間的代言人沒話說了。話筒那端傳來含糊不清的咕噥回答，聽起來好像是說他會盡全力協助之類的。他會在清晨彌撒問他的會眾——錢德勒心想，總共十位吧——是否注意到任何異樣。錢德勒謝謝對方，然後掛斷電話。

電話依然不斷進來，民眾卡在檢查哨，打來詢問為什麼他們不能進出城鎮。現在就連尼可也也被找去協助米契的小組，帶點難為情地快步經過錢德勒身旁，加入了行動。錢德勒單打獨鬥，安撫惱火的本地人所提出的抱怨，同時側耳聆聽米契和他的小組決定怎麼做，以及接下來要去哪裡。

忽然間，有人用力推開警局的大門。兩名米契的組員進來，直接走向錢德勒的辦公室，那裡現在是米契的大本營了。

錢德勒的心思飄離了話筒裡質問的聲音，想偷聽他的辦公室裡發生了什麼事。除了一些含混不清的話語，他什麼也沒聽見。不到一分鐘後，那兩位組員又離開了警局。

錢德勒掛斷電話時，米契走到辦公室門口。

「怎麼回事？」錢德勒問。

「不用你擔心。」米契回答。

「他們要去哪裡？」

錢德勒的電話再度響起。

「你只要專心讓本地鎮民保持冷靜就好了，」米契說，然後又問：「朱尼普太太打過電話了沒？」

朱尼普太太是本地的好事者，也是「小子」馬隆尼的前妻。當初她為了意氣用事嫁給他，等到理智恢復後便跟他離婚。但凡一有風吹草動，她就四處打探消息。或者至少她曾經是如此。

「她死了四年了。」錢德勒說。

這時米契應該要自我反省或感到不安，但他只是無動於衷地一聳肩，不慌不忙地回到辦公室裡。尼可經過錢德勒的身旁，正要回去櫃台。

「他們去哪裡了，尼可？」

這位年輕員警搖了搖頭，繼續往前走。他的逃離速度讓錢德勒相信他有所隱瞞。米契正緩慢地拆散他一手打造、關係緊密的團隊。

錢德勒叫住了他。「尼可？」

「我不知道，巡佐，是真的。他們彼此咬耳朵，我聽不到。」

米契出現在錢德勒的身旁。「我想訊問巴威爾先生。」

「那你怎麼不去呢？」

「鑰匙在你這裡，巡佐。」

錢德勒從座位上站起來。他的身高比米契矮，但外形比他更嚇人。他的寬闊肩膀不需要假墊肩。

米契搖搖頭。「不用了，我不需要先前的訊問來混淆視聽。我需要一張全新的白紙。」

「但是我能分辨他是否改變了說詞。」

「我也可以，」米契說，並且指著他的太陽穴。「我記得一清二楚。」

「多一個人聽有益無害。」

「我跟你一起過去。」

米契停頓了一下，下巴往前伸。這是一種非自願又笨拙的反射作用，他從小就這樣。「好吧，巡佐，不過我來主導。你把嘴巴關緊一點。」

「由你主導。」錢德勒說，忍住不多說。無論什麼都比接電話來得好。

錢德勒走進監禁區，米契緊跟在後。他打開監視孔，嘎吱的聲音在通道裡迴響。赫斯的臉猛地湊上來，有如狗在找食物，外頭的人看得到的只有他的嘴。他的咆哮裡滿滿的都是問題。

「外面是怎麼回事？是誰在外頭？」

「巴威爾先生，請從門邊往後退，」米契命令他，聲音冷靜但頗具威嚴，孩提時代的口音消失得無影無蹤。從米契在服飾及手工打造風格所投注的金錢和努力來看，錢德勒就算發現他去找了發音教練來改變腔調，也不會感到驚訝。

「**他**是誰？」赫斯問錢德勒，意指米契。「我的律師嗎？」

「他是督察，要來訊問你。現在請往後退。」

當錢德勒準備要打開牢門時，米契緩緩地把外套往後撥開，把手放在他的警槍上。錢德勒納悶他是否曾使用過那把槍，然後很快便斷定他一定使用過。

錢德勒率先走進去，掏出了一副手銬。

「沒必要拿那個，」赫斯說，舉起了雙手。「我要律師。」

「假如你是清白的，幹麼要律師呢？」米契皺著眉頭問。

「每個人都能找律師。」赫斯說。

「或許是吧，」米契說，繼續保持冷靜的姿態：「不過只有有罪的人才會**堅持**要找律師。我只是想要再對一遍你的故事。跟上我這位同事的進度，了解你經歷了什麼。」

赫斯皺起了眉頭，盯著米契，彷彿想判斷他的真正意圖。

停頓了一會兒之後，他轉臉面對著牆，讓錢德勒把手銬套上他受傷的手腕。錢德勒感覺到他痛得畏縮了一下。他們把人帶到偵訊室之後，錢德勒讓赫斯坐下來，然後才小心地拿掉手銬。

「我只會把我的故事再說一遍。」赫斯說。他輕輕地搓揉手腕，先是看著米契，然後看著錢德勒，後者在他的同事身旁就座。

米契主導這場訊問。他的袖釦在燈光下閃閃發亮；那是一對有稜有角的大袖釦，昂貴又花俏，但不會太華麗，優雅之中帶點低調感。銀製品向來是米契的最愛，或許會讓他想起他摯愛的警徽，又或者只是因為銀製品能展現出一種高貴的派頭。米契喜歡展現派頭。

赫斯開始說話了。他重新敘述一個故事，和原來的版本差不多，或許在他第二度敘述時，多了一點修飾，詳細描述搭便車的部分，在下藥及逃跑部分就說得比較模糊。在錢德勒聽來，唯一顯著的差異是，他想到小屋裡有張紙，上面寫了一個名字：塞特。當米契逼問他這點時，赫斯說他到現在才想起來，一個用大大的紅色字體寫下的名字，彷彿極為重要似的。錢德勒記了下來，要在失蹤人口紀錄裡搜查塞特。

「要是你設法偷到了那部車，你會去哪裡呢？」米契問。他看了他的筆記一眼，彷彿這問題只是用來殺時間的。

「哪裡都行。」赫斯說，汗珠從髮際線底下緩緩滴落。

「你在原本的筆錄裡聲稱你要過來這裡，到鎮上。」米契說。他抬起眼來注視這名嫌犯。

「我是啊……不過我想要做的只是遠離他。我依然想這麼做，可是你們把我困在這裡，而他——」

赫斯渾身顫抖，一些汗珠從他發紅的皮膚滑落，滴在桌面上。

「意圖偷車不能算是無辜的表現。」米契說。

「對，那是害怕的表現。」赫斯說。

「那麼你的過去呢?」米契問。錢德勒知道米契在改變話題,想設法混淆嫌犯的思路,讓他供出什麼來。

「過去怎樣?」

「有家人嗎?」

「一個也沒有。」

米契保持沉默,讓赫斯去詳細說明。他的確這麼做了。

「我父母親都死了。」

「我深感遺憾。」米契漠然地說。

赫斯搖搖頭。「他們死了好多年,當時我還不到二十歲。」

「怎麼死的?」米契問。

「癌症。我媽是乳癌,我爸得了大腸癌。中間相隔兩年。」

錢德勒覺得這時要略表同情地暫停一下,但米契的訊問進行得正順手。

「你還會想到他們嗎?」

米契盯著桌子看了一會兒。「會,不過我已經接受了。也接受我可能比較容易罹癌。」

赫斯從口中吐出這些話時,帶著某種近乎病態的倦怠感,彷彿他期待死亡就在不遠處等著他。或許他和加百列的衝突證實了這點,又或者這種加諸自身的死刑判決,只是讓他覺得他應該盡可能帶更多的人跟他一起走。

「有人跟你說過你會死嗎?」錢德勒問。

赫斯的注意力轉到錢德勒身上,而米契顯然對有人打斷他的流暢節奏而大感惱火。

「除了加百列跟我說過之外，沒別的了。不過人總有一死。」他再次以了無牽掛的口吻說出這些話，就這麼疲憊地接受了它，彷彿他早已成了一抔黃土。

「問題只在於怎麼死，不是嗎，巴威爾先生？」米契說。

這個誘導性問題把赫斯的注意力吸引回來。

「你說這話是什麼意思？」

米契揮了揮手，表示他只是隨口說說而已。「沒什麼。繼續跟我談談你的家人。」

「我有一個哥哥，一個姊姊。」

「名字呢？」米契作勢要記下他們的名字，暗示他會追查這條資訊，警告赫斯別撒謊。

「羅斯和琵帕，菲莉琵帕。我們為遺囑的事吵翻了，彼此沒聯絡。」

「你的父母把遺產全都留給你嗎？家裡最小的兒子？」

「沒有，」赫斯帶點失望的口吻說：「正好相反。我只拿到一點零碎的東西，他們兩個分到那棟房子。不過那些事都過去很久了，我們沒來往了。」

「他們難道不在乎你被拘留嗎？」

「只有聽到我的死訊時，他們才會在乎吧，」他苦澀地說：「加百列差一點就完成他們的願望了。」

米契點頭。「但你沒有任何東西能證明你的身分嗎？」

「他把那些都拿走了，皮夾、駕照，什麼也不剩。」

「好吧。」米契不置可否地說。

「你們抓錯人了，巡佐。」

米契驚訝地揚起了眉，為了在不經意之間遭到降級而閃現一絲怒氣。

「目前你是我們手上掌握的唯一人選，巴威爾先生。」他說。他流露出明顯的挫敗神情，看著錢德勒，然後才繼續說下去。「你提到第五十五號。」

「他是這麼形容我的。」

「他是否提到其他人呢？」

「沒有。」

「一個字也沒提嗎？」

「沒有，什麼都沒說。」

米契深吸了一口氣，拇指和食指交互摩娑著。錢德勒認得這個習慣。點燃引線，彷彿想在兩根手指之間擦出火花。錢德勒很想知道，這些日子以來，要怎麼做才會引發一場爆炸。

「這個塞特呢，他有可能是受害者之一嗎？」

赫斯搖搖頭。「那只是我看到的一個名字而已，可能不代表任何意義。」

「不過你看到那些墳堆了。」

「我看到看起來像墳堆的東西。」

「有多少個？」

「我不知道。」

「大概猜一下。」米契的怒氣不斷累積。

「事情發生得太快，我不敢確定。」

「講個數字吧，巴威爾先生，給我一個數字。五個？十個？十二個？還是更多呢？」

赫斯結結巴巴地說：「六、七、八個吧……我不敢確定。我當時急著逃命。」

話一說完，米契猛地站起來，上半身探過長桌，和嫌犯面對面。他提高了嗓門。「我們要的不只這樣，巴威爾先生。到目前為止，你什麼也沒對我們說，只有一些傳聞：你聲稱自己看到了什麼，聲稱自己遭受怎樣的對待。所以給我們一些事實真相，讓我們去調查。否則你會在那間牢房待上很久。」

米契距離赫斯很近，對方大可以一把抓住他，實在太危險，於是錢德勒介入兩人之間，把米契拉開，雙手想辦法要抓緊他身上的冰涼絲緞。

米契的怒火轉移目標，發洩在錢德勒身上。「把你的手拿開，錢德勒！」

「你再問也問不出什麼了。」錢德勒壓低了聲音說。

「你懂什麼？你偵訊過幾個命案嫌犯？」

「一個也沒有，」錢德勒承認：「不過你看看他，他的狀況糟透了，疲憊、受傷、汗流浹背。我們現在從他口中逼問出來的，很可能是真相、謊言，或者只是一些讓我們能閉嘴的話。讓他先冷靜一下吧。」

米契沒有移開目光，但也沒說什麼。他那雙深棕色眼睛深處的怒火逐漸緩和了。錢德勒在那雙眼中尋找他的老友，但是在過去這十年來，所有的惻隱之心早已消逝殆盡了。

「把他帶回去，讓他休息一個小時，晚點再試試看。」錢德勒說。

米契把錢德勒的手從他的光滑外套上拍掉，然後大搖大擺地朝赫斯走去，臉上掛著勉強的微笑。

「我相信目前這樣就夠了，巴威爾先生。這位巡佐會送你回牢房。」

米契跨步走向門口。到了門邊時，他回頭看了一眼錢德勒。儘管怒火中燒，米契沒打算被人指控失職，讓同僚單獨處理一名危險的嫌犯。

錢德勒走到現在渾身顫抖的赫斯身旁，喀噠一聲扣上手銬。當他抬起頭來，米契已經消失在門口了，換成譚雅站在他的位置。

17

錢德勒領著赫斯走回牢房。他像是前天晚上喝了太多的醉鬼，沒有惹麻煩也沒有抗拒地移動。這不是錢德勒認為的危險殺手會有的舉止。不過危險殺手會表現出什麼樣的舉止呢？

當他走進他的錢辦公室時，米契拚命點著滑鼠，眼睛盯著閃爍的螢幕。

「所以呢……你相信他的說詞嗎？還是加百列的說法？」

米契把視線從螢幕上挪開。他的聲音平板單調；他顯然還沒忘記錢德勒在偵訊室和他作對的事。

「巴威爾先生的說法似乎煞有其事，在我們的第二位嫌犯依然不見蹤影的情況下，顯得更真實。我們要找到他，找出那個塞特會是誰。」話一說完，他的視線又回到螢幕上。他又封閉了起來，溝通結束。

錢德勒坐在譚雅的辦公桌前，開始工作。他覺得自己像條狗，儘管不斷受到虐待，還是會跑回主人的身旁。他強迫自己把注意力放在眼前的工作上。在失蹤人口的資料庫裡，他搜尋名叫塞特的人，希望能找到相符的資料。搜尋引擎立刻帶出一筆結果。完全空白。他重新調整為包含過去十年的紀錄。殺害五十四個人卻沒有吸引過度的關注，這會需要花一點時間，就算擁有最聰明的心智也一樣，而赫斯顯然不是這種人。或者看起來似乎如此。搜尋結果再次空白。沒有叫做塞特的人。他開始認為那名字只是一名驚恐男子的模糊記憶。

或者是想誤導他們的刻意錯誤。

他深感沮喪。先是受到嘲笑，被踢到一旁，然後回到了組織內部後，卻立刻闖進死胡同。他往後靠坐在椅子裡。錢德勒凝望著窗外遠方的嘉納山，雙腳在地板上點啊點的，愈來愈不耐煩了。這份不耐催生了一種想法。到目前為止，他們一直找不到加百列的下落，但這不表示他們無法找到那兩人都詳細描述過的那地方：那座棚屋。加百列甚至有可能溜回那裡去躲藏，心想警方不會找到那裡。

「我要出去一下，尼可。」他低聲地說，儘管米契待在那間辦公室裡，約翰及蘇絲則是埋頭處理他們自己的公事。「我要去山上找找看。他們倆都提到同一座棚屋，所以一定有這地方。」

「對，不過兩人也都聲稱不知道它的位置。」尼可提醒他。

「一定是在烏龜家附近，就是赫斯想偷車卻被逮到的那地方。」

「我可能是這裡的菜鳥，資歷尚淺，巡佐，不過那個範圍很大耶。」

「我知道，不過或許我能追查清楚。至少我可以試試看。」

「那我要怎麼跟**他**說？」尼可問，他把脖子歪向米契的方向。

「說我去追查一條線索。」

「好吧……」尼可說，語氣聽起來不是太肯定。

錢德勒拿了鑰匙和外套，正要跨出警局的大門，米契正好從他的辦公室輕飄飄地走出來。

「你要上哪兒去，巡佐？」

有那麼一刻，錢德勒想到要編個藉口。

「我要去查看在赫斯被逮到的那地方，後面的那片樹林。」

米契的臉色再度變得面無表情，眼神快速地左右掃視，想判斷這是否是個好主意，值得他加入這個行動。

「我跟你一起去。」

錢德勒想出一個備用計畫。「你還記不記得烏龜？米——督察？」他問。

「烏龜．西佛？我當然記得，巡佐。」

「很好。但是烏龜不會記得你，他的記性不行了。上次他拿槍打了一個人，只因為對方企圖跟他說，約翰．霍華已經不是首相了。而且那人是他自己的親兄弟！」

錢德勒沒說完的是，他其實只是打傷了對方的手臂，而且沒人提出告訴。

「我跟你一起去，巡佐。」米契說。

於是就這樣，錢德勒又有了搭檔夥伴。

這趟車程很安靜，錢德勒不敢打破這股沉默，以免他在這個兩人都無處可逃的狹窄空間裡，說了些什麼不該說的話。

幸好這股沉默為時不長。二十分鐘後，他把車停進了烏龜家的前院。首先映入眼簾的是一部破爛的雪佛蘭，像馬一樣被綁在用來代替手煞車的混凝土柱上。烏龜本人並不在院子裡，朝著他們揮舞他的獵槍。他的綽號就是這樣來的：他無時無刻都在防衛自己，背上背著龜殼，獵槍裡有子彈上膛。

「別忘了，他不太喜歡警察。」在他們下車時，錢德勒這麼說。

「我知道。」米契說。他拋開這份顧慮，掃視整個前院。

「所以讓我來開口。」

米契沒回答。他們小心翼翼地在搖搖欲墜的穀倉和機械之間蜿蜒前進，下陷的前廊傾斜地倚著木屋，彷彿想要逃離。這是一座需要整修的農場。一座有很多地方能藏身的農場。

他們走在通往農舍的路上，這時一名彎腰駝背的老人從紗門裡頭走出來。他的獵槍槍口朝下，但是高到足以表態。

「你們在這裡做啥？」烏龜問，用的是他一貫的拖長語氣，他的下顎磨啊磨地，活像是院子裡那台爛收割機裡頭的打鼓筒。

錢德勒還來不及回話，米契便開口了。

「我們是警察，西佛先生。」

「我問你們在這裡做啥。」烏龜說，他沒有從前廊走出來。

「你介不介意我們走近一些，省得這樣大吼大叫？」

「先說說你叫啥名字啊，小子？」

「烏龜，」錢德勒插嘴說：「是我，錢德勒，詹金斯巡佐。」

烏龜側著頭，用好的那隻眼睛掃視地平線，另一隻眼睛直視前方，不過瞎得跟蝙蝠一樣，什麼也看不見。現在他們離他不到三十呎，錢德勒還看到他的雙眉似乎是拿黑色粗簽字筆畫上去的，畫在額頭一半高度的地方，看起來像是永遠驚訝的表情。他又來了，在煤氣爐全開的時候點火，讓一團火焰轟地直噴上他已經焦黑的臉龐。

「你想幹麼？錢德勒？」

米契走上前。「我們希望你保持冷靜。」

「我很冷靜，小子，我**超超超**冷靜的。你想幹麼？」

錢德勒開口了。「我們要到處看一看，烏龜。」

烏龜的頭轉了過去，這樣那隻好的眼睛才能正對著錢德勒。不過這麼做帶來了不幸的副作用，現在那把獵槍直指著他們。

「我又沒幹啥壞事，你們不能證明我偷抓了那些魚。」

「我們——」錢德勒正要開始說。他朝米契瞥了一眼，後者的手正握住槍托，小心翼翼地提防著那把獵槍和那個愈來愈煩躁不安的老人。「我們不是為了那個來的，只是要四處看看而已。」

米契勉強壓低了聲音，對錢德勒嘟囔著說：「他知道這件事的機會有多大？」

「微乎其微，」錢德勒同樣勉強地回答，雙眼盯著烏龜不放，後者的槍依然指著他們。「他不會是他們的同夥，盜獵是他幹過最嚴重的事了。」

「我還是想搜索一下。」米契說，雙眼也是緊盯著烏龜不放。

「我們要找的地方還要更進去一些。」

「我想把這地方排除。」

「我跟你說——」

「你自己說他的記性不行了。我們的嫌犯可能現在就在這裡，或是他曾經到過這裡，假裝是他兒子；我記得上次聽說他是在雪梨買賣贓車。」

烏龜或許記性愈來愈差了，但米契的記憶力一點問題也沒有。西佛家最小的兒子因為在一處廢棄倉庫經營贓車拆解廠，現在還關在雪梨市郊的監獄裡。

錢德勒輕鬆跨步朝烏龜走去。「我們一下子就好了，烏龜。我們不是要找你做過什麼的證據。我們是認為有人可能擅闖你的土地。」

「是誰？」烏龜問，他的臉皺成一團，但是雙眉依然不動如山。

「一個外地來的人。」

烏龜一轉身，彷彿魔鬼會隨著召喚現身。他的大腦和視力都在退化中，這種事是很有可能的，「他還在我的地上嗎？」

「沒有。」錢德勒保證。他最不希望的就是烏龜暴走，壞了他們的事。「我們想看看是否能找出任何線索，追查他來過這裡之後，又去了哪裡。」

老人默不作聲，考慮這個請求。

「沒必要的話，我們不會亂動任何東西。」錢德勒說，他就快說服成功了。

「別碰壞了我的那些曳引機。」烏龜警告說。

錢德勒心想，那不成問題，因為大多數早就壞掉了，成了農場過往的遺跡。那時候西佛家的人還懂得努力耕種這片土地，而不是拆解贓車、偷捕魚以及威脅警察。

米契小心地退回到警車旁，錢德勒則確保烏龜完全同意接下來會發生的狀況。

「你們會毀了我的農場。」

「假如有人弄壞了任何東西，你可以請求賠償。」

「真的嗎？」

錢德勒指著米契。「叫他們去找安德魯斯督察，目前呢，是由他在當家作主。」

「那個長得像一條無尾熊大便，卻穿著上漿衣服的企鵝？」

「他是在威布克鎮土生土長的孩子，你可以信任他。」

「他的口音聽起來不像是本地人。」

錢德勒點頭示意，作為回應，然後回到站警車旁的米契身邊。他正在研究平板電腦上的鄰近區域地圖。

「我們先去查看外圍建築，」錢德勒說：「然後是主屋。我可以去——」

「這裡不需要你了，巡佐。」

錢德勒停頓了一下，努力想消化這消息。「為什麼不需要我了？你不可能一個人搜尋這整片地方。」

「我知道，我已經找我的小組過來了。」

「但是我對這地區瞭若指掌，我可以——」

「我們都安排好了，巡佐。我的小組馬上就會抵達。他們知道我的工作方式。我要你去跟那個老人說明——」

「你忘了我也知道你的工作方式。」

「是我**以前的**方式。」

「你到底對我待在你身邊有什麼意見啊？米契？」

米契把平板電腦放在汽車引擎蓋上，看著錢德勒。「我需要我能信任的人。」

「我是做了什麼事，害你失去對我的信任？」

「什麼也沒有，詹金斯巡佐，我從來就沒信任過你。你就摸摸鼻子認了吧，這裡由我來下命令，我來挑選我的組員。」

「你這是把我們過去的舊帳翻出來，妨礙這次的調查。」

米契緩緩地搖頭。「就我的認知來說，我倆沒有過去，巡佐。這決定單純是基於我認為該完成什麼樣的目標。你了解這些鄉下人，那是沒錯，不過你和他們的關係太親近了點。當你們如此親近，很容易會漏掉某些事情。或者是視而不見。」

「所以你是在指控我什麼嗎？不夠專業？心存偏袒？還是貪贓舞弊？」

「我沒有指控你任何罪名，巡佐。這是一名**督察**……」他在這字眼上停頓了一下，才繼續說：「該做的事。做出不討人喜歡的決定。」

「要是我決定留下呢？」

米契又拿起了平板電腦。「那我就別無選擇，只能把你踢出這件案子，暫時解除你的職務。」

錢德勒毫不懷疑這份威脅的嚴重性。

「總之，你有什麼好抱怨的？」米契繼續說：「我帶領小組在這裡出勤務時，你就去負責總部的事，和蘇絲及約翰一起工作，以防萬一出現了什麼新線索。」

錢德勒明白米契是在搪塞他，不過和烏龜發生這場騷動之後，就算加百列在這裡，早就有太多機會能閃人了。再說，烏龜的農場不是綁架和命案的發生地點。那個老瘋子或許半盲了，但是耳力好得很。在這塊地上的方圓幾公里之內，要是有人喊救命，烏龜一定聽得見。而且會忍不住去看個究竟。

18

二〇〇二年

「當心腳步，米契！」

錢德勒大喊，即使有直升機引擎在頭頂上方颼颼作響，他的同事根本不可能聽得見。他退到安全距離外，遠離那些會要人命的葉片。葉片捲起了強勁的沙塵旋風，矇住人眼，幾乎看不清眼前的直升機。

搜尋馬丁的行動進入了第五天，他們依然繼續往內陸的更深處前進。他們走得如此深入，以至於現在得搭機進出，並且帶上足以讓他們在這片濃密的樹林及灌叢帶中存活幾天的補給品。這一帶的地形保持原始樣貌，狂野荒涼，人跡罕至，一片誘人的未知之境，深深吸引著錢德勒的個性裡頭愛探險的那一面，青少年的那一面，迷失的那一面。他和米契以前會去野地露營，但從沒到過這麼遠。開越野車的話要花上一整天的時間，外加兩缸汽油。這裡的地形粗獷又隱蔽，沒有天然路徑，意味著低車速及高危險性。

米契衝過布滿車轍的凹凸地面，避開了螺旋槳葉片。這時直升機開始緩緩升起，捲起了範圍愈來愈寬的弧形塵土，已下機的錢德勒也掩住了臉。等到直升機飛到樹梢上空，強風才逐漸停歇，接著它便調整角度向前，加速朝鎮上返航。

他們是今天送進來的第二批，讓總人數來到了十五人。這數字每天逐漸縮減，在錢德勒看來，這對他們需要搜索的範圍來說猶如杯水車薪。他背上背包，去和其他人會合。

當他們的聽力從刺耳的引擎聲中恢復之後，閒聊的話題就轉向比爾今天的晨間會報。接下來三天的搜尋範圍已經標示出來了，同時也提醒他們，到了第三天結束時要找到一處空地，直升機才能過來解救他們。在這之後的剩餘會議逐漸淪為激勵人心的大會。不過錢德勒能感受到，就連比爾也對於空中搜索一無所獲而大感沮喪。

他的沮喪還有另一個原因。主管層級有人靈光乍現，邀請馬丁的家人出席這些會報，其中包括失蹤男孩的母親，希薇亞。就算待在有空調的房間裡，她的溫柔臉龐依然熱得紅通通的，給人一種她處在崩潰邊緣的印象。她在搜尋行動的第二天就是這樣，當時他們不得不以無線電通知直升機來送她就醫。在那之後，亞瑟便禁止她再加入野外行動了。這家人的出席所帶來的改變是，簡報成了正式事務，大家對說話的內容及表達的語氣都謹慎萬分，以免聽起來太過負面。字句都經過斟酌，目的在於帶來希望，而非陳述事實。每次在野外搜尋了一整天卻一無所獲，他們的說法卻是現在排除更多的地區了。他們所帶來的情感依附一開始成功地驅策志工們努力前進，但現在卻成了某種包袱。錢德勒覺得自己比較像是諮商師，而不是警察，對那一家人的福祉和監督搜尋的進展一樣關心。

今天的情況更糟了。應付那對父母飽受折磨的情緒似乎還不夠辛苦，亞瑟還把他剩下的那個兒子也拉了來。那個十二歲的孩子來到陌生的地方，面對團隊裡的其他人，他睜大了毫無生氣的雙眼，但錢德勒看得出來，他決意要扭轉情勢。這種固執的特質毫無疑問是源自他的父親，還有他哥哥。

大家準備出發時，亞瑟做了晨禱。他的眼圈依然明顯泛紅；錢德勒前一天晚上瞥見疲憊不堪的泰莉蓋好被子時，看到他在電視上接受訪問時潸然淚下。亞瑟流露出真情與傷心，搜尋他的長子的在地行動因而演變成全國性的新聞故事。結果導致今天早上錢德勒在局裡及基地營被記者追著跑。總部提醒過他們，對進展要保持緘默，由上級主管負責發言，但錢德勒不需要他們提醒。他不信任那些仰賴人們不幸維生的禿鷹，所以他沉默地穿越那些密密麻麻的攝影機和麥克風。要不是這起事件引起全國的關注，還有深怕漏掉了獨家新聞，那群人才不會在乎這家人的不幸。當他們啃光了骨頭，嗅到風中飄來的血腥味時，他們就會再次飛走，獵捕下一個受害者了。

儘管一開始的運氣不佳，到了正午時分，約莫在避開一天最熱的兩小時休息時間，有人發現了一條線索。一位來自伯斯南方莫瑞河的青少年志工，在一處野玫瑰花叢間發現了一塊碎布，像旗幟般在微風中飄搖。

錢德勒不久便抵達現場。一群人圍著那塊紅布條，但是不敢走上前，深怕它就在他們的眼前消失不見。起初的觀察結果是，那是從某件衣服扯下來，而不是剪下來的。布料的邊緣脫線磨損，好像上千根小指頭在對著他揮手。

「這是什麼？」米契追上了這群人之後說。

「可能是一塊布料吧，扯破的，」錢德勒說，雙眼緊盯著那塊布。他從那塊布料在風中輕盈飄動的模樣，判斷那是一塊輕薄的料子。「拿一個證物袋給我。」

米契在背包裡翻找證物袋。錢德勒輕巧地從倒刺上挑起那塊布，放進證物袋裡，壓緊了夾鏈。他拿起了袋子看個仔細。所有的目光都跟著它轉，對這項發現幾乎肅然起敬。布料上看得到部分的商標，有一個N，還有看起來很可能是O的白色大寫字母。

「你覺得呢？」錢德勒問。

「No Fear……North Face……Mizu—no.？」米契說。

「假如這是扯掉的，他想必是行色匆匆。」

「所以其他部分呢？」

「我來看看。」亞瑟說，介入了這場激戰。他挺著肚子往前走，並且把小兒子緊緊拉在身旁。

錢德勒把證物袋遞給了這位老人，後者的手在熱氣之下變得腫脹。

「North Face，」亞瑟說。「馬丁買了很多那個品牌的東西。他也有那個顏色的衣服，但是希薇亞能跟你說得比較仔細。」

「這個品牌很常見。」米契輕聲地說。

「總是有所發現了，」老人口氣粗暴地說。「起碼我們知道他走了這麼遠。」

「除非是風吹——」

錢德勒揚起的眉說明了一切，米契閉上了嘴。事實是發現這塊布料引起的問題和它回答的一樣多。馬丁是否來過這裡呢？是風把它吹來這裡，或是直接扯下的呢？這能確定是馬丁的衣服嗎？撕裂的布料也可能意味著他曾遭受攻擊。馬丁的失蹤和他們持續搜索的這地區一樣神祕難解。他們現在能做的就是搜尋更多的衣物碎片。

米契也在擔心，不過是為了不同的原因。

「我們愈來愈接近離開這裡的時候了。」

「你想去哪裡，米契？」

「去海邊。在上班之前去晨泳。或許讓激流悄悄地把我捲走，像前總理荷特一樣。像馬丁一樣。」

錢德勒生氣地看著他的搭檔。「別讓任何人聽到你說那種鬼話。」

米契四下張望。「他們聽不見我說什麼。而且面對事實吧，這方圓幾里內根本沒別人。包括馬丁在內。」

這番話雖然直白，但或許是真的。

米契還沒說完。「你認為他是故意這麼做的嗎？」

「做什麼？」

「搞失蹤。」

「像是某種精心策畫的自殺嗎？」錢德勒問，他是在取笑米契的荒唐理論。

「我猜是假裝的。離家出走，改頭換面成為別的人。記住我說的，二十年之後，他會現身，指紋出現在某件命案凶器上。我是說，你有什麼理由要假裝死亡，冒充其他人的身分，除非你已經做過或是打算去做違法的事。」

這正如錢德勒所預期的，是一個荒唐的推論。他們仔細調查過馬丁的過去及現在，但是一無所獲。他在表面上看來，沒有任何理由會想要消失，展開另一段新生活。只有最近和女友分手，不過根據希薇亞的說法是，糟到足以在平靜無波的湖面上引起波瀾。

不過米契的想法讓錢德勒不禁思索，假如這名青少年想消失——永遠不再露面——這種荒郊野外是這麼做的絕佳場所。離開這個國家會留下一連串的文件記錄；跳海的話，屍體會浮出海面。不過在這裡，經過一段時間之後，他們會不得不向大自然投降，把他歸類為失蹤人口，推定死亡——他就能自由展開新人生了。

「他沒打算要回來，」米契繼續說：「那輛車是一堆廢鐵，沒汽油，懸吊系統壞了，除了散熱器裡剩下幾滴水，什麼都沒有。」

錢德勒雖然對米契的推論很感興趣，但還是決定就此打住。是該幹點正事了。「讓其他人去思考吧，米契，我們領的薪水只是來搜索的。」

米契揚起了眉。「哇，有夠冷酷無情的。」

「你難道不知道，這地方本來就很冷酷無情。」

「你還是沒回答我的問題。」

「我不必回答你的每個蠢問題。」

「你知道我說得沒錯。」

錢德勒中計了。「裝死是大膽的推論。」

「不過是正確的。所以我要在這一次好好發揮表現。」

米契露出志得意滿的笑容。錢德勒很高興有機會戳破他的美夢。

「假如你讓那孩子跟他哥哥一樣不見蹤影，那可就不行了。」他說，同時指著亞瑟的小兒子正走上一條叉路，離開了其他的人；他父親忙著研判地面，無暇看顧他僅存的骨肉。

錢德勒跑過去攔截那男孩，米契緊追在後。

19

開車回警局的路上，錢德勒回想這一切，再一次地，有人奪走了他的主導權，也偷走了他出風頭的機會。他又退回到跑腿男孩的位置了。

等到他把車停進他的停車位時，他已經轉移注意力，不再心煩這件事了。在下車時，他朝對街麵包店的方向看了一眼。起士雞肉特餐在呼喚著他，不過一旁的小巷裡有隻手一閃而逝，吸引了他的目光。本地的小孩經常抄那條小巷去後面的足球場。

他的直覺要他去看個究竟，叫那些孩子回家去，待在屋子裡別出門。他躡手躡腳地走到角落，跳出來要嚇他們。但受到驚嚇的卻是他自己。

在巷子裡幾公尺遠的地方，加百列的手裡抓著好像是一把長柄廚刀的東西。

錢德勒伸手去掏槍，卻落了空，那隻手在顫抖著。加百列後退了幾步。錢德勒往前逼近幾步，最後終於抓住配槍，把槍掏出來。

「待在原地，把刀放下，加百列。」

加百列緩緩地後退，握在手中的刀子搖搖晃晃，彷彿他想放手，但是他的肌肉不肯配合。他的臉部表情不知道是因為痛苦或驚嚇而扭曲，幾乎像是他曾昏厥過去，醒來後就面對這個緊張的場景。

「加百列，把刀放下！」

錢德勒盡量說得清楚又大聲，讓對方不會產生任何誤解。

加百列看看刀子，然後看著錢德勒。

「把刀放下，加百列！」

加百列的手顫抖著，不過刀刃還是指著他。錢德勒的手指搭著板機。**加百列怎麼會出現在警局附近呢？**這幾乎像是他在自投羅網，或是為了威脅警察而遭槍殺。

「加百列，我不想要——」

彷彿失去控制般，刀子從他的手中掉落到混凝土地板上，他高舉雙手投降。

錢德勒小心翼翼地走向他。

「手舉高，貼著牆。」

加百列服從指令，伸出雙手貼著磚牆。

錢德勒格外謹慎，快速地將加百列瘦而結實的手臂反剪在背後，不理會那悶聲的痛苦哀號。

「求求你……」加百列哀求著。

「你為什麼從旅館偷偷溜走？」錢德勒問。他沒等到回去警局就開始訊問了。「你上哪兒去了？為什麼又回到這裡？」

「我不知道。」加百列哭著說。

「你拿把刀子要做什麼？」

「我要防著**他**。我一直在想，他會從每個角落冒出來。我覺得不安全。」

錢德勒也有同感，因為他此刻正獨自和嫌犯在小巷裡。

「趴在地上！」他命令。

聽到這聲怒吼的命令，加百列的順從天性消失了。「你不必這麼做，警官，」他說：「我自首。我很抱歉我偷跑，但是待在那房裡教我覺得害怕，彷彿困住了，好像又回到了棚屋。我實在受不了，非離開不可，我需要一點空間。」

「我說了，趴下，加百列。」

「我只是想離開——」

他的嫌犯拒絕服從，錢德勒別無選擇，只好扭住對方的手腕，逼他跪下。加百列痛苦哀號，試圖掙脫，但他的膝蓋撐不住，跪倒在混凝土地面上。錢德勒抓起手銬，心臟猛烈跳動，雙手滿是汗水，奮力拉開棘輪，最後終於牢固地銬上加百列的手腕。直到現在，他才讓自己稍微鬆了一口氣，把槍塞回槍套，拉著他的嫌犯站起來。

「你沒必要這麼做——」加百列痛苦地嘶聲說。

「你已經脫逃一次了。」

加百列沉默了。

「離開旅館之後，你去了哪裡？」錢德勒問。

「好啦，好啦，」加百列說。「我企圖偷車，但是車都上了鎖。我不想待在大街上，以防赫斯也來到鎮上。所以我就在一條巷子裡頭坐著。我不知道在哪裡……不知道待了多久。然後我聽到有人說，他們逮到一個叫赫斯的傢伙。我真是鬆了一口氣。」

「那麼你怎麼沒有到局裡自首？」

「我在培養勇氣。」

錢德勒銬好了加百列之後，帶著他往警局的方向走。他原本以為外頭會號角齊鳴，但迎接他的只有一條空蕩蕩的灰色大街。

「現在你有勇氣了嗎？」

「我不想讓他再出去殺人。假如是因為我驚慌失措而讓他重獲自由，我不會原諒我自己。我想當一個好撒馬利亞人，所以你不需要上銬。」

「我需要。」錢德勒說，這時他們走到了警局的門口。他決定測試一下這個自稱是回頭浪子的歸來。「你說得沒錯，我們逮到了赫斯。不過他說了跟你一模一樣的故事。」

「什麼**故事**？」加百列說，並且試圖從錢德勒的身旁掙脫。

「和你說的那個完全相同。」

「所以這是好事，對吧？」加百列帶著充滿希望的眼神說。「這證明了我說過的話。」

「不是的，強森先生，是一模一樣的故事。不過把**你**說成是殺人凶手。」

他的嫌犯抗拒得更用力。錢德勒把加百列的手腕抓得更緊。

「他在撒謊！你不相信他，對吧？他還是關在牢裡嗎？你沒放他走吧，有嗎？」加百列大喊，眼神瞥向大門。「我跟你說的是實話。撒謊是一種罪，巡佐，我從小是這樣被教育長大的。」

「我可以向你保證，他關在牢裡。你是安全的。」

加百列注視著他，淚水就要奪眶而出。

當錢德勒好不容易帶著加百列走進警局時，尼可嚇得下巴都掉了。他從椅子上彈起來，椅子往後撞上了已經斑痕累累的牆壁。

錢德勒容許自己露出淺淺的笑意。勝利的感覺真美好。米契在烏龜的農場上搜尋線索，想找出加百列的下落，而嫌犯就落在他的手裡。

「你在哪裡找到他的？」尼可說，手上翻找著需要填寫的文件，眼睛卻盯著他們今天逮捕的第二位潛在連續殺人犯。

「從天上掉下來的。」

他環顧局裡，尋找米契的那兩個小跟班，比爾和班恩，或是隨便叫什麼來著的。尼可猜到了他的疑問。

「督察用無線電傳呼，要他們去烏龜家，說你正在回來的路上，要接替他們。真高興你回來了，我才正覺得有點孤單呢。」

「赫斯呢？」加百列問。錢德勒的手感受到他緊張得發抖。

「在牢房裡。」

「別把我也關進去。」

「我們非這麼做不可，暫時是如此，」錢德勒說。「三號牢房，尼可。」

「那他呢？」

「不在三號牢房裡。」尼可說。

「喔，」加百列說。他看著錢德勒，後者持續感受到對方的渾身顫抖。「我很抱歉早先發生的事，巡佐，惹你生氣和其他的。我只是好害怕……」加百列的音量愈來愈微弱。

「你不會在牢裡待太久。」錢德勒說。

「那就好。」嫌犯臉上的擔憂神情似乎緩解了。「你會放我走嗎？」

「不是，我們要再次訊問你。」

擔憂的神情再次浮現。「為什麼？你已經有我的說詞了，那一點也沒變啊。」

「我們要再問一次，問得更深入。」

「這話是什麼意思？」加百列說，同時皺起了眉頭。
「我們晚一點再說明。」
「好吧，你確定他不會跑出來嗎？」
「他跟你待會兒一樣關得那麼牢。」錢德勒說。
他的囚犯緊張得渾身打顫。「我們不能在別的地方訊問嗎？比方說在那家旅館？」
「經過了上次的經驗之後，沒可能了。」錢德勒嚴厲地說。他不會再上一次當。要是他重蹈覆轍，不如立刻遞出辭呈，不必等米契回來把他踢出這個小鎮。
「我不會逃跑。」
「那不是重點。我們所有的錄音設備都在這裡，你也是，」錢德勒補充說：「放輕鬆，你現在沒有危險。」
加百列皺眉蹙額，深刻的皺紋讓他的臉龐立刻老了好幾歲。「當你被人下藥、綁架、在內陸逃命，而且當著你的面說你會死於非命，這時危險無處不在啊，巡佐。殺手就躲在每處暗影裡。」
加百列咬緊了牙，閉上眼睛。他從鼻子深深吸入了一口氣。「不過必要的話，我已經準備好面對他了。」
「你不需要面對他，」錢德勒說，並且帶他走向通往牢房的門口。「只要回答幾個問題。」
在他踏入監禁區之際，他回頭大喊：「尼可，準備好偵訊室。」
「那些路障呢，巡佐？我是否該通知督察，我們逮到人了呢？」
錢德勒停頓了一下。他應該立刻取消搜尋行動，但是再持續一下子也無妨吧。街頭的危機解除了。加百列**以及**赫斯都落網了。

「給我半小時。」錢德勒說。

尼可遲疑地點頭，回去櫃台了。錢德勒的心頭湧上一絲不信任的感覺。這名年輕的員警是否會聽從他的指示，或是跑去跟米契和其他人講？錢德勒在他這年紀時，服從上級的每個指示，但是尼可似乎沒受到這種盲目忠誠的困擾。就錢德勒目前的領導方式來說，這或許是件好事。

當他們接近三號牢房時，加百列開始企圖掙脫錢德勒的掌控，身體抵死不朝等著他的那間牢房前進。

「他在裡面嗎？」加百列低聲說。他的聲音如此輕柔，錢德勒一開始還以為是自己出現了幻聽。錢德勒沒回答，只是繼續拉著他朝牢房走去。

「別這樣。」加百列說，那張曬得黝黑的臉龐幾乎沒了血色。他的眼睛往後看著錢德勒，那個緊抓住他的人。他的聲音輕柔得有如夏日微風，幾乎無法察覺，但一樣熱氣逼人。那聲音和他的稀疏鬍髭以及恐懼態度形成對比。

「誰在外面？」

和加百列的輕柔嗓音相比，赫斯的憤怒問句在牢房裡迴盪，導致加百列一動也不動，目光射向那聲音，想找出是發自何處。

「是我，巴威爾先生。」錢德勒說，同時把加百列推向牢房。「現在別出聲，先休息一下，」他補充說。他把加百列推進了三號牢房，然後才解開他的手銬。他很快退回門邊，把門關上。兩個人都抓到了。關進大牢裡。他們在裡面無法再傷害任何人了。

關門聲響起，赫斯的好奇心大增。「你把誰關進牢裡，巡佐？是他嗎？」那個宏亮的聲音變得斷斷續續，裡頭的力量瞬間消失無蹤。

「是他嗎？」赫斯又問了一次。

錢德勒沒回答這問題。他的手上有兩名囚犯，害怕彼此的程度似乎不相上下。但是兩人都沒有流露出連環殺手的冷酷本質。至少他看過的書和電視上都是這樣描述的。

錢德勒回到辦公室，這念頭卻揮之不去。尼可坐立不安，正在等著他。

「他說了什麼嗎？」

「沒有，那裡面的其中一位絕對是出色的演員。」

「或者兩個都是，」尼可說：「偵訊室準備好了。」

「很好。」

「你知道大部分的連續殺人魔，撒起謊來都面不改色。泰德・邦迪是——」

錢德勒很高興聽到赫斯的吼叫聲穿牆而來，打斷了尼可的另一篇病態傳記。

「怎麼了？」錢德勒問，並且打開了赫斯牢房門上的監視孔。

赫斯的臉立刻貼上來。

「我受傷了，我想我有根肋骨斷了。」

「你之前都沒說。」

「我跟另外那兩個說過了。他們根本沒替我檢查。我知道你可以毫無證據就把我關起來，你們多年來都是這麼幹的，但是我在這裡頭快要喘不過氣了。」

他苦苦哀求，一隻手抓住身體側邊，緊貼著血跡斑斑的衣物，聲音中流洩出痛苦。錢德勒分辨不出這是否是一場戲。

「我來想辦法，」錢德勒說。

「你會去找人來幫忙嗎？」赫斯咆哮著。

「我說了，我來想辦法，巴威爾先生。」

錢德勒轉身離去。他經過三號牢房。雖然赫斯大吼大叫，這裡頭卻未傳出任何動靜。錢德勒很想親眼看看這位新客人的反應，同時也浮現某種奇怪的預感，說不定加百列又消失了，於是他打開了監視孔，向裡頭窺探。他鬆了一口氣，因為他的囚犯蜷縮在床上，盯著朝一號牢房方向的那面牆壁看，彷彿預期赫斯會衝破強化的磚牆而出。可悲的傢伙，害怕得魂飛魄散了。他看起來也受了傷，但是沒抱怨。

錢德勒左右為難。如果他讓他們接受治療，他會損失寶貴的訊問時間；但拒絕醫療需求可能會害局裡挨告，不利於最後的謀殺審判。他的選擇只有一個。

「你先聯絡哈倫醫生，然後取消路障。」他對尼可說。錢德勒衡量著是否能由他陪醫生去治療赫斯，自己去訊問加百列。他隨即做出決定，任由一名年紀較長的醫生和一個菜鳥警員單獨去見一名可能的連環殺手，這樣太冒險了。

錢德勒在米契的手機留言，告知他們把加百列關進大牢了。不到五秒鐘，米契便回電了。

「別對那名囚犯做任何處置，詹金斯巡佐，等我回去再說。別讓他離開你的視線。」

那聲音裡頭有種怒氣，錢德勒記得很清楚，一種遇到對手先發制人、技高一籌的盛怒。錢德勒自認是個品德正直，己所不欲、勿施於人的那種人，但是聽到米契難受的聲音，還是帶給他一股一湧而上的快感。

米契起碼還有二十分鐘的車程。哈倫・亞當斯兩點剛過就出現了。他家距離警局不到兩百公尺，但進門時還是氣喘吁吁。他倚著櫃台，肚子上下起伏，有如一個龐大的肺。

「現在是什麼情況？」他一邊喘氣一邊問。

「你確定不需要先休息幾分鐘？」

醫生一揮手，把這話當成胡鬧，於是錢德勒就繼續說下去了。

「我們有兩名男子，大約二十多歲，兩人的身上都有割傷和挫傷，一個抱怨喘不過氣來，自我診斷有根肋骨斷了。」

「自我診斷，」哈倫瞇起了眼，把眼鏡往上推，架在靠近鼻梁的深溝紋上。「疑病者和意志薄弱的人才會自我診斷，我的朋友。我敢說他沒有什麼大問題。」

「你可以親自去看看他嗎？」

「我就是為了這個而來的。」

「但是我要先提醒你，不要靠得太近。」

哈倫揚起一道濃眉，提出了疑問：「為什麼呢？」

錢德勒知道他應該警告醫生，不過他也知道哈倫的反應可能會是以下三種之一：產生興趣、心生恐懼，或是把他當名人對待。哈倫診治的繫獄病人通常是醉鬼和衣衫襤褸的人，身上大多是最表淺的傷口。雖然加百列和赫斯的傷勢似乎一樣微不足道，但他們犯下的罪可就不是了。

在進入牢房之前，錢德勒把他拉到一旁去。

「哈倫，等你離開這裡，你要保證不會把這件事張揚出去。」

醫生的眼睛在厚重的眼鏡後方張得老大。

「我是說真的，哈倫。我是為了你的安全起見，才把這件事告訴你。不過你一定要保密。」

「我絕對不會洩漏一字半句。」

錢德勒只能抱著一絲希望，哈倫是在說實話。哈倫．亞當斯有洩漏祕密的習慣，尤其是喝了一、兩杯之後，他的醫師誓言屈服於分享八卦的欲望。不過他是鎮上唯一的醫生。要找到年輕醫生來住在這種荒郊野外，真的太難了。

勉強安靜了幾秒鐘之後，哈倫的大腦壓制不住激起的好奇心，命令他的嘴巴說點什麼話。

「那麼是誰起了肢體衝突呢？是我們認識的人嗎？是礦工？本地人？還是家暴事件？這裡沒什麼事好做，家暴也算是一種嗜好吧。」

錢德勒伸手去開門時，擋下了那個矮胖的男子，觸碰那件潮溼的無袖上衣。「沒有，都不是。進去之後，自己小心點。」

錢德勒的語氣中不見絲毫戲謔的成分，成功地減緩了醫生的勃勃興致。至少暫時是如此。

「裡頭關的是什麼人？他們想必很危險。」

「的確是，」錢德勒說：「他們很有可能是如此。」

因為赫斯在抱怨，所以先去看他。哈倫替他做檢查時，錢德勒就站在一旁，準備隨時出面介入。哈倫雖然說話大聲又惹人厭，不過做起事來很專業。他先拿了一大堆紗布和棉花棒清理赫斯的臉，對他的病患及貼身保鑣說明沒有什麼大傷，不必太擔心，只有一點擦傷和嘴唇割傷，清理一下就好，不必縫合傷口。

然後哈倫開始閒聊了。

「所以說，你怎麼會來到這裡呢？」他問，手上拿著棉花棒，清理赫斯沾染灰塵而泛黑的臉頰。

「哈倫……」錢德勒提出警告。

「他們認為——」赫斯開始說了。

「巴威爾先生，你也是，」錢德勒打斷他的話，「你再多說的話，我就把醫生帶走。」

「你自己當心點，小子，」哈倫說，並且帶點惡作劇地咧嘴一笑。「別最後落得和史基尼・畢夏普一樣的下場。史基尼也不認為自己有罪，不過在牢裡蹲了一陣子之後，結果呢，不管是有哪些證據，或是缺乏證據，他還是被判有罪！」

「哈倫，我現在就帶你出去。」錢德勒說，即便他意識到，叫醫生閉嘴等於是提高了那件傳說的可信度，相同的誣陷也可能會落在赫斯的頭上。

「誰是史基尼？」赫斯問，他發紅的臉龐看起來有點驚慌。

醫生搖搖頭，兀自咯咯地笑著，一雙專業的手在赫斯的肋骨上挪動，輕柔地戳刺。赫斯猛地往後退，舉起了雙手，彷彿要擋開醫生。錢德勒出手要壓制他，但是當醫生收回了手指頭，赫斯又把手放下了。等到哈倫往後退，摩娑著光滑的下巴時，錢德勒這才領悟到他的心臟在胸腔裡猛烈跳動。

「挫傷，有可能骨折了。」哈倫說。

「感覺骨頭斷了。」赫斯說，他一面調整姿勢，一面痛到臉部肌肉抽搐著。

「你要把手銬解開才行。」哈倫說。

「為什麼？」錢德勒問。他看了赫斯一眼，尋找任何理由來拒絕這項請求。

「我要檢查他的動作範圍，確定沒有更嚴重的問題。」

「有這個必要嗎？」錢德勒問。

哈倫靠了過來。「除非你希望他在扭轉姿勢時，不小心將肺部戳個洞。」

錢德勒看著赫斯。

「好吧，起來，面對著牆，巴威爾先生。」

赫斯不需要對方說第二次便站了起來，注視牆壁，隨錢德勒解開手銬。

錢德勒把他轉過來。赫斯的臉滲出斗大的汗珠，既痛苦又害怕。「現在不准有突然的動作，否則你會立刻上銬，不管你的肋骨斷不斷都一樣。」

赫斯點頭，所以錢德勒幫助他坐下。這次他待在嫌犯伸手可及的地方，哈倫擠壓肋骨中間，以便做出診斷。

哈倫抓住赫斯的前臂，把它們舉高。

「舉高別動，孩子。」

赫斯照做了，起先看著醫生，然後看著錢德勒。錢德勒的內心湧現一股不安。當哈倫以手肘將錢德勒輕推到一旁，並且把赫斯轉身朝側面時，錢德勒難掩他的不安之情。

「怎麼樣呢？」錢德勒問，他想盡快替囚犯上手銬。

赫斯張開了嘴，錢德勒等著他疼得倒抽一口氣。

然而他卻瞬間站起來，把矮胖的醫生朝錢德勒一把推過去。

「別動！」錢德勒大喊。他往後退，想躲開搖搖欲墜的醫生。他摸索著他的配槍，但笨手笨腳的哈倫雙腿打結了，害兩人撞得失去了平衡，像一對笨重的骨牌般摔倒在硬邦邦的混凝土地板上。

赫斯沒有多等，往門口跑去，這時尼可剛好前來救援。

「尼可，當心——」

赫斯搶先反應，壓低肩膀將年輕的員警撞開，像是力求達陣得分的英式橄欖球球員。

但是他沒料到會有第二波的防禦。米契出現了。他利用和他的高瘦骨架不相符的力氣，抓住失去平衡的赫斯，讓他雙膝跪倒，再一把他扔到牢房外面另一端的牆，癱倒在地上。這次赫斯的痛苦哀號似乎是真的，但米契沒有停手。他立刻撲在嫌犯身上，壓制住他，把他的手臂往後扭，引發更多痛苦的憤怒吶喊。

「巴威爾先生為什麼**他媽的**沒上銬呢？」米契怒吼，針對錢德勒發出疑問。

錢德勒站了起來，讓醫生自己去爬起來。他感覺好像有聚光燈打在他身上，尖利的光束穿透屋頂，提高了悶熱牢房裡的溫度。

「哈倫必須檢查——」

「你是決心要把他們兩個都放走嗎？把兩個帶進來，貼上標籤再放走，好像他們是什麼瀕臨絕種的物種？」

「他抱怨胸痛，我們在檢查——」

「好痛啊。」赫斯上氣不接下氣地說。米契的膝蓋精準無誤地抵住他的背，把他壓制在下面。

米契無視他的哀求。「把他上銬，關進牢房，巡佐。」

「求求你，長官——老大，」赫斯語無倫次地說：「他們和加百列聯手共謀要誣陷我。或是害死我。我知道這些鄉下人的詭計。你要幫幫我。」

「你們逮到加百列之後，為什麼沒有立刻通知我？」米契問，然後轉身面對顯然在逃避這問題的尼可。

「這件事和尼可無關，是我的決定。」錢德勒說。

「我知道是你的決定，巡佐。我只是納悶你的愚蠢是否會傳染。」

赫斯雖然又進了牢房，但是仍滔滔不絕地提出抱怨和瘋狂的陰謀論。「督察，你的巡佐和加百列共謀，想把罪怪到我頭上。」

米契回答說：「在裡頭小聲點，巴威爾先生。」

「我不會壓低嗓門的。」赫斯大吼大叫。

米契不理會那番話，步履輕鬆地朝哈倫走去。醫生正在牢房對面的木製長凳上休息，讓自己鎮定下來。「你能不能讓他鎮定一些？」米契問。

哈倫正要回答，米契便打斷他的話。「不對，算了。我要再訊問他一次。首先是加百列。」

督察彈開牢房門上的監視孔，向加百列說話。他的口吻又變得愉快，怒火暫時熄滅了。「裡面還好嗎？」

米契想在一開始就和嫌犯建立起和睦的關係，錢德勒看得出來，加百列依然俯臥在床上，但是轉過頭來面對他們。他的表情依然震驚不已，但是儘管如此，他的身體完全靜止不動，像一條等待翻身猛撲的蛇。錢德勒試圖趕走腦海中的這種對照比較。他的心裡不斷想起剛才和赫斯的遭遇，他有多容易上當。米契解救了他，免得讓另一名嫌犯也脫逃。這帶給他一種負債的壓抑感，還有他所鄙視的拙劣感激。

「把他帶出來，巡佐。」米契下令。

錢德勒照做，提防任何忽然的動作，舉起雙手或試圖奪槍。結果沒這個必要。加百列很聽話，只有在他被帶出來，走進偵訊室時，不安地朝赫斯的牢房方向瞥了一眼。

錢德勒讓加百列坐下，替他解開手銬，然後問他是否需要醫療照護。這時米契插嘴了。

「誰都不准看醫生，直到我訊問完為止。」

加百列沒有提出抗議，但是在某個瞬間，他的眼中閃現了恐懼之外的某種情緒：冷漠，要不是接受了他可能會疼一陣子，要不就是後悔自願投降。這是他今天的第三場訊問，這次錢德勒不會在場。

「你可以走了，巡佐。」米契說，這時錢德勒才剛把銀色手銬塞回腰帶上。

「可是我知道他的說詞，赫斯的也是。」

米契怒視著他，眼神中帶了點憐憫。「我會用我自己的人，是換人聽聽看的時候了，巡佐。」

錢德勒轉身離去。他會改在錄音室裡頭看，雖然不盡理想，但總好過一無所知。

當他走到門口，米契叫住了他。「外頭有幾個記者在那裡徘徊不去。你知道的，跟喪屍一樣，當其中一個出現了，認為可能有什麼能吃的，其他的會全部出現。讓我把話說清楚，巡佐，」他提高音量說：「只有我才能跟他們說話，好嗎？跟你的屬下說清楚。我已經發表聲明，說我們目前無可奉告，因為偵訊正在進行，我不希望你亂說話，把事情給搞砸了。或者就這個情況來說，你什麼話也別說。」

魯卡和吉姆回來了。譚雅也是，她正在錄音室準備器材，要捕捉每一個字句和動作。她轉動調整旋鈕，一側的耳朵沒戴耳機，像個DJ待在全世界最小又最沉悶的夜店裡。現在機器傳出的聲音是米契粗暴的抱怨；他隨意和兩名助手，麥肯錫及桑恩交談，無視加百列就坐在桌邊。他的聲音清楚地傳輸出來，語音模式的起伏也捕捉無誤，麥克風準備要錄製某人一生中，從最脆弱的細節到最後時刻的一切。告解室已準備就緒。

過了幾分鐘，米契面對加百列，開始進行訊問。加百列的說詞依然不變，米契深入挖掘，但是一無所獲，處處碰壁。

「你在哪些農場工作過？」他問。他的聲音從擴音器流瀉而出，像是遙遠過往的回音。

「先是在莫瑞河附近，然後往上到卡納芬和艾克斯蒙斯。摘番茄、水果，什麼都可以，什麼都幹過。國內沒有哪塊地是我沒幹過活的，或者感覺是如此。」

「那些地方有任何人能證實你的身分嗎？」

加百列聳聳肩。「你可以去問問看，不過那都是當天現領的差事。」他停頓了一下。「你不用說，我知道那樣不合法，不過假如想要工作就得領現金，我當然會接受了。」

「缺少不在場證明似乎挺方便的。」米契說，彷彿他是在提供建議，而不是主持一場偵訊。

「這是實話，」加百列回答：「我不在乎這有多方便。」

米契繼續問他關於父母及家人的問題。從上方的角度，錢德勒看到加百列的冷靜態度不知為何改變了，彷彿觸碰到他的某根神經。在他們驅車前往旅館的路上，也發生過這樣的情況。

加百列說明他的父母都過世了。他哥哥也是。還有一位叔叔及阿姨都不在人世了。

「你的身邊似乎充斥著死亡。」米契說。雖然他背對著鏡頭，錢德勒想像米契的臉上慢慢浮現齜牙咧嘴的笑容。這招真卑鄙，他企圖粉碎加百列的冰冷無情。

米契讓這種感覺延續了一會兒，然後繼續問：「**他們**是怎麼死的？」

加百列沒說話。他的身體保持平靜，但是眼睛定住不動。即使從遠處望去，那眼神依然教錢德勒感到不安。

「他們死於一場車禍。」加百列說。

米契不帶絲毫同情地點了點頭，只把它當成是拼圖裡的一片。「在那之後呢？」

「在那之後，我四處遊走，督察，隨風飄盪。」

「很有詩意。」米契說，毫不掩飾諷刺之意。

「沒有，這是實話。」加百列說。現在他被激怒了。

米契成功了。他讓嫌犯上了鈎，現在開始收線，把他從漆黑混沌的水域裡拉向岸邊。

但他們還是不知道自己捕獲的是什麼。

20

加百列往後坐，他的說詞已經陳述第三遍了。米契立刻堅持他再說一遍。

錢德勒聽夠了。在一天之中聽四次相同的故事，錢德勒覺得沒這個必要，因此他離開了錄音室，前往局裡的大辦公室。米契的小組馬不停蹄地忙著，表現出令人印象深刻的職業道德，但是明顯缺乏個人特性，只是複製他們先前的領導人。

錢德勒發現他受到自己的小組吸引：吉姆、魯卡和尼可在櫃台附近走來走去作壁上觀，譚雅關在錄音室裡，可能起碼要再待一個小時，聽取重播。

「這算警務嗎？」吉姆問，同時看著米契的組員匆忙來去。一如往常，你很難判斷他是認真的，或者只是練習他貧乏的幽默感。

「**貨真價實**的警務。」魯卡回答。

「我們有機會參與嗎？」吉姆問。

錢德勒回答：「假如你想要的話。不過你或許要自己爭取機會。」

「我向來喜歡挑戰。」魯卡說。

錢德勒心想，假如有人能巧妙迂迴地加入那個團隊，那會是魯卡。在這幾個人之中，他是最懂得抓住機會的一個。

在他們後面的尼可拿下了耳機。「巡佐？」

「對，尼可，你想試試看也可以。」

「沒有，不是這件事，巡佐。肯恩來電，說烏龜家後方的樹林裡起火了。」

「距離多遠？」

「他說：『遠到我他媽的才不會過去看。』」

錢德勒疑惑那是否就是他們在找的地方。

「我會過去。」錢德勒說。

「我也去。」尼可自告奮勇。

「不用了，你留在這裡。」

這位年輕的員警頹然倒坐在椅子上。

「魯卡，吉姆，你們哪個想去？」錢德勒問。

吉姆揚著眉，斜眼看魯卡，他的表情說明了他不想在盛夏的天氣下去爬嘉納山。

「看來要我出馬了。」魯卡咧嘴笑著說。

趁著大家都在忙，要從局裡消失很容易。魯卡負責開車，他們疾馳出城，前往嘉納山。錢德勒傾身向前，從擋風玻璃看出去，看不到山坡上有煙霧升起。他希望這不是肯恩為了稍早的事在搞小動作報復。那個瘦削結實的老傢伙就是愛記仇。

在他繼續搜尋煙霧的蹤跡時，魯卡說話了。

「我知道你不認同，可是我覺得他做得不錯。」

「誰？」

「督察。他來局裡，主導一切，辦好案子。」

「而且惹怒很多人。」

「主要是你，巡佐。」

錢德勒沒理會這句話。

「有時候你有點太溫和了。」魯卡繼續說。

「你要我把你們當機器人嗎？」

「有時候執法要嚴厲，大家尊重這點，他們需要這樣。」

錢德勒朝這位年輕的同事看了一眼。「你是從哪本心理勵志書籍偷來的概念？」

「這是真的，有時民眾要見到我們行使公權力。」

錢德勒感到失望，他又有一名組員對米契大為讚嘆，不過就魯卡而言，錢德勒看得出來吸引他的是哪一點；這兩人都抱持同樣冷酷無情的態度，以求得出人頭地。魯卡毫無疑問是位好警官，熱衷學習，熱衷做事，不過他也展現了某種魯莽輕率的性格，深深影響了他的私生活。他沾染過鎮上大部分的適婚女子，有如一種病毒特強的流感。他的每個組員都培養一個打探消息的小圈子：譚雅是媽媽界的熱心發言人，吉姆是為黑樹墩藍領階級發聲的喉舌，魯卡有一支二十來歲的女性軍團，不過他約會完就甩掉人家，所以她們正漸漸疏遠他。錢德勒的觀感是，魯卡認為自己能在水上行走。

他們來到距離烏龜家以南約一公里處時，錢德勒看到了，在灌木林深處有繚繞煙霧升上天際，彷彿是溺水的人伸出一隻灰色的手，在樹林上方揮動求救。希望在他的心中油然而生。他設法抑制這份期望，提醒自己這可能沒什麼，同時指示魯卡往前再開十公里，前往隱密的「布拉弗的唬爛懸崖」入口；這地名是為了取笑前鎮長才取的，因為他拒絕用他的名字為一條泥土路命名。

他們蜿蜒上坡，車子在顛簸的髮夾彎及上升的海拔之間奮力前進，那一縷輕煙時而出現、時而消失在眼前。

錢德勒要魯卡停在停車場附近。他下車後，準備長途跋涉，穿越那片兩名嫌犯聲稱自己踉蹌奔走的灌木林。他揹起了背包，裡面裝滿飲用水和必需品。他沒預計要在這裡過夜，但他不會讓自己陷入險境。

魯卡揹上自己的背包，並且問錢德勒，「所以你相信哪一個？」

「我們討論過這個了，魯卡。首先我們要拿到證據，然後——」

「你的直覺，巡佐，」魯卡打斷他的話，「大家都有直覺。我選赫斯，他被人拿槍押進來，想偷車被發現，而且還攻擊你和醫生。這一切都顯示出某種程度的狡詐、策畫的能力，還有殺人犯會有的那種脾氣。」

錢德勒把背包的肩帶調緊。他不想去理會魯卡說的話，但這位年輕的員警有些觀點還蠻合理的。他親身經歷過赫斯的威脅性言行，不過儘管所有跡象都把箭頭指向赫斯，他還是無法排除加百列的涉案可能。他從緊張不已到冷靜無感的多變舉止，深深地困擾著他。

在他思索的同時，魯卡搶先他一步，進了樹林裡，像是跑在小徑上的警犬。這個沒耐性的男孩走在前頭；他原本在雪梨出生長大，後來他的藝術家父母搬到西部，想尋求和平、安靜及靈感。魯卡不只一次告訴他，他等不及要回去那座城市，或是某個不只有一家夜店的地方，而且他也找過其他工作，想離開這裡。錢德勒走到路旁時，忍不住心想，這又讓他想起了米契，讓他想起上一次來到這裡的情景。

他們前往樹林裡去查看起火的源頭。

過程十分艱辛，內陸沒有提供任何的參照點，他們只能跟著不斷升起的縷縷輕煙前進，從樹梢的這種角度幾乎看不見。

他們在前進的路上，天光逐漸變暗，他們蹣跚跨越石塊、巨礫和傾頹的樹，沒發現任何新墳，或是令人失足的山崖。

在路上，魯卡提出他在研究的另一個理論：棚屋裡可能還有人，某個共犯或是另一名受害者。如果凶手把一個受害者關了起來，那麼他可能還綁了另一個，晚點再處置，就像掛起來等著醃製的肉，儲藏準備過冬。雖然這只是魯卡又提出的一個古怪推測，不過錢德勒因此加快腳步，朝著樹梢的裊裊煙霧前進。大地異常安靜，沒有任何蟬或蟋蟀的鳴叫，彷彿牠們全都沉默了，等待著一場可怕的大發現。這氛圍令人不安，像是陪審團宣告裁決之前，群眾忽然陷入一片安靜。周遭是如此安靜，以至於當無線電的嘶嘶聲響起時，錢德勒滿心歡喜，直到米契的聲音從那些白噪音裡頭傳出來。有人注意到他們的潛逃，大家警覺到他們的目的地和這件事可能的重要性。

「錢德勒，我是米契爾。」

米契的語氣中少了那套官方口吻，多了一絲驚慌。

「不准你對那個地方做任何處置。我們在路上了。」

21

錢德勒遇上的不只是一堆悶燒的灰燼而已，殘存的矮牆墩從地面突起，焦黑得猶如燒到盡頭的火柴。他發現距離燒毀的棚屋約五十公尺處，有一個金屬鑄造的小水缸，坐落在一個自家打造的凹槽裡，雜草沿著四周及把手叢生，利用它們的支撐，往天空生長延伸。雖然錢德勒接到明確指示，不要亂動任何東西，但火不能繼續這樣燒，毀了可能遺留的任何證據。

「魯卡，過來這裡，」他說，並且快步跑向水缸。「你爬得進去嗎？」

那位性急的年輕員警無法抗拒挑戰。他甩掉背包，很快爬進凹槽裡。雖然年久失修，這個凹槽出乎意料地堅固。魯卡就定位之後，錢德勒從水塔下方那堆鏽蝕水桶中，遞了一只給他，然後從他的手中接回裝滿了水的水桶。水從桶子裡晃溢出來，浸溼了他的衣服。

他把桶子裡的水倒進悶燒的混合物之中，灰燼和濃煙有如演唱會上的乾冰，在他的四周迸飛四散。他咳掉一些氣味不佳的灰燼，回到水缸去裝水。

他來回奔跑，提了一桶又一桶的水，輪流澆溼建物的各部分，同時設法避免自己被熱氣及不知從哪裡噴濺出來的零星火花給烤焦了。

灼燒的熱氣及炙烈的強光逼得他睜不開眼睛，他腳步踉蹌地走向水缸。

「還剩下多少？」他問，並且吐掉乾黏在舌頭上的灰燼。

「還有一半，沒問題。」魯卡大喊，錢德勒回到燒紅的餘燼旁，把頭側轉過去，把水潑在另一處悶燒的地方，灰燼揚起四散，露出了看似焦黑的金屬殘留物，在逐漸褪去的陽光下閃爍發亮。這項發現促使錢德勒繼續努力，他的雙眼刺痛，經過了一個半小時之後，火勢終於控制住了。這兩個臨時代打的救火員彼此祝賀地拍了拍對方的背，錢德勒的烏黑手掌在對方汗溼的襯衫留下深色的掌印。他們眼前的殘骸似乎所剩不多，不過他們已經竭盡所能地搶救一切了。

錢德勒走到邊緣。他從餘溫猶存的汙泥朝裡頭看，看到了扭曲變形的金屬。要先等它冷卻一些，他才有辦法處理。

「是人為縱火嗎？」魯卡問。

「還不能確定，不過看起來很像。」

這場火來勢洶洶，摧毀了這棟用途不明的建築。雖然周遭的樹被烈焰烤焦了，但火勢並未延燒，乾枯的木條板有如引火柴，錢德勒知道他們運氣好，沒有引發出一場森林大火。

他抓住一根焦黑的樹枝，繞行這堆廢墟，仔細搜查殘骸，找到幾塊沒有在烈焰高溫下融燬的金屬，包括幾個桌子或工作台的右側角鋼，以及一個由鋸子及小斧頭在高溫下熔合而成的笨重器械。他用樹枝探入雜物堆中撈取，把它穿過一組鍊條已經硬化的鐐銬，然後拖到外面的地上降溫。

他沿著小木屋繞行，燒成焦炭的木屑和紙張隨著熱空氣飄動，懸浮在半空中，重到飛不走，卻也輕到無法落地。錢德勒伸手想抓住幾片，但是全都化為塵屑。

他拿樹枝再搜索殘骸一遍，揚起了一陣煤煙。有個邊緣燒得焦黃的東西飛了出來。是紙片。他試了兩次才抓到，小心翼翼地不要造成更多損毀。他又仔細地搜尋某個角落，找出了第二片，比第一片更完整。他很快就找到不少的文件，包括非常重要的一件，赫斯不見了的駕照，塑膠比紙張更耐得住高溫。姓名的部分已經燒燬，但赫斯的臉在黑白照片中注視著他，一笑也不笑地，幾乎顯得肅穆莊嚴。像是嫌犯大頭照。

米契和他的小組忽然抵達，像海軍陸戰隊執行祕密任務一樣，從樹林裡冒出來，身上帶著證物袋及乳膠手套。這段路程只花了他們四十五分鐘。

米契不帶絲毫感激，而是滿懷怒氣。錢德勒倒也沒指望他會有其他反應。

「你幹了什麼好事？」他指責錢德勒。

「把火撲滅。我們要確保裡頭沒有其他的受害者。」

「所以有嗎？」米契氣急敗壞地說。

「沒有，但有些紙片——」

米契抓住錢德勒的肩膀，把他拉到一旁。這樣的碰觸大出對方所料，也令人感到不快，在短短的一瞬間跨越了一道不言自明的分際，但他隨即放手了。

「你接獲通報時，應該告訴我，巡佐。無論你喜不喜歡，我都是你的上級主管，負責這項調查任務。萬一搞砸了什麼，都要由我來承擔，而我沒打算讓這種事發生。這不是我做事的方式。」

「我用我認為適當的方式去處理。」錢德勒說，堅持自己的立場。

「你要用**我**認為適當的方式去處理，巡佐。明白嗎？假如這表示你要先問過我，等我點頭才能去尿尿，那麼你也要照做。所有的一切都要透過**我**。是你做的決定，要留在這裡，錢德勒。這是你一手造成的。別讓嫉妒蒙蔽了你的心。」

「不是這樣的，米契。你**認為**我在嫉妒。我選擇建立我的家庭，你選擇追求你的事業。」

這番話只得到對手的獰笑回應。「或許我兩者都有了。」米契說。

「這話是什麼意思？」

米契沒回答。他是在暗示他成家了嗎？他上次見到他的堂兄弟時，他們沒提過婚姻或家庭的事。他的手上沒戴戒指，但這當然無法證實什麼。錢德勒納悶自己為何在意。米契已經有十年的時間不在他的生命之中，而且距離好幾百公里遠。是發生了這一連串的不幸事件，才讓他們又恢復聯絡。

「我們回去做事了，」米契說。他大動作的指著錢德勒，然後指向樹林。「去圍起警戒線——」

一聲響亮的砰打斷了他們，米契往後退了幾步，伸手去掏槍。某種黑色的東西衝上半空中，然後掉落在米契的小組旁，那群人正忙著記錄錢德勒從殘骸裡拖出來的證物。那個燒焦的物體在他們的腳邊冒黑煙，那是一只從小木屋成功脫逃的噴霧罐。

「你可能會想要訊問它。」錢德勒說，然後往樹林走去。

他拿黃色及藍色膠帶繞著附近的尤加利樹叢圍起來，同時看著米契的小組從厚厚的一層灰燼裡撈出更多的殘骸。他們歡迎魯卡加入，成為他們之中的一員。當這些小跟班仔細篩檢殘骸，他們的主子沿著外緣逡巡，把iPhone貼在嘴邊，錄下他的想法和觀察，而那個叫洛普的，一個老是沉著一張臉、嘴角下垂的肌肉男，正拿著錄影機紀錄所有動靜。

當所有立即可見的證物都以三角錐或標籤標示之後，米契安排小組從一側開始，仔細篩檢灰燼，緩慢但徹底的遍及整個區域。他們又發現了幾張碎紙，包括一小片地圖，上面少了等高線，也就是說這是一處平坦的地面，不是他們目前所在的山區。初步搜尋完成後，米契把範圍擴大到除了證物之外，還要找出起火的可能原因，例如裝有易燃液體的容器，或是異常的燃料分布，例如報紙堆或集中堆放的家具。他們尋找點火裝置，除了噴霧罐之外，像是打火機、火柴，甚至是某種定時裝置。他們從那層灰燼裡找出更多金屬，包括鏈條的剩餘部分，幾乎整個斷裂了，整齊的切面顯示它是被砍斷的，不是在高溫中爆裂開來。

接下來要進行的任務會讓他們待到很晚。他們要找出有人在那裡待過的跡象，無論是自願或非自願，包括頭髮、纖維、指紋、血跡或體液。大部分應該都會在大火中摧毀了，不過錢德勒知道米契不會輕言放棄。他命令錢德勒回去車上拿更多蒐集證物的工具。這是一件微不足道的工作，適合位階較低的人去跑腿。但米契煞費苦心地挑中錢德勒去執行。

當錢德勒沿著小徑回去車上時，米契連聲催促他的小組快行動。那個從容不迫地走進威布克鎮警局、冷靜又自信的督察，這時在壓力下開始崩潰了。他旁分的頭髮黏在頭皮上，即使在高溫底下依然滿頭是汗，彷彿汗珠光是從他的頭頂上滲出來。他的臉龐依舊異常乾燥，好似毛細孔都教憤懣給滿滿地塞住了。

22

二〇〇二年

米契把他的稀疏長髮往後撥好，每一綹都像是水手死命地抓住沉船的甲板。「快點，動作快！沒時間休息，」他大聲地說。「再走一公里，今天就到此為止了。」

志工們擠在一塊龐大的紅色砂岩旁。這塊岩石在樹林間顯得很突兀，像是沙漠裡的烽火台，植被藉著它底下的一大片陰影來繁殖生長，志工也利用它來遮蔽陽光。高掛天空的太陽逐漸低垂，每分鐘都加快了速度，彷彿地平線正在收緊軸線，把它拉回去。

「五分鐘就好了。」有人哀求地說。

「你可以休息一整個晚上，」米契說：「馬丁可能還在外頭。」

這是米契以退為進的激勵手法：用馬丁當誘餌。但是錢德勒知道，他的同僚現在想要找到馬丁，只有一個原因。米契在這幾天坦承過，他的態度也因此產生劇烈的改變：米契想成為找到那個青少年──無論是死是活──的警官，讓他的名字登上報紙。

從這方面看來，他沒有太多競爭對手。事實上只有錢德勒而已。搜尋馬丁的行動規模愈來愈小，資源轉到幾天前在黑德蘭港發生的一件可怕的卡車司機命案。錢德勒和米契的角色也有了非正式的些微改變。由於找到馬丁的機會微乎其微，現在兩人的主要任務是避免志工和家人遭遇到類似的命運。

不過當局下達命令，他們打算撤銷搜尋行動。在整體行動的第十三天，也就是這個階段開始的第二天早上，錢德勒和米契談到這個話題，後者立刻表示他們必須繼續走下去。

那種虛偽的熱忱聽起來很刺耳。這是在利用他人的絕望來沽名釣譽，錢德勒是這麼跟米契說。錢德勒相信，他起碼對自己的意圖坦承不諱；他們愈快找到米契，或是他的遺體，他就能愈快回到泰莉的身邊。前天晚上，她又和他的父母發生爭執。於是她又流了一夜的淚，罵他又要為了這場該死的搜索再度出門三天。泰莉很遺憾那人死了，不過她希望錢德勒能陪她。

為了激勵大夥兒，亞瑟開始了他那出自好意卻過度激動的禱告。老調重彈，只不過現在琴弦有些鬆了。他想勸誘那些志工繼續前進，卻只是惹惱了他們。

當他們出發時，錢德勒把亞瑟拉到一旁，提醒他說他和米契才是專業人士。

「真是抱歉，我了解，」亞瑟說。他擦拭著眼睛，錢德勒分不出他抹去的是汗水還是眼淚。「我知道你們是專家，但是你們冷靜的理性思維需要一點真心。」

「我們有真心，」錢德勒說：「假如這群人沒有真心，就不會來到這裡了。」

老人朝他的小兒子點頭示意，要他先走。過了一下子，在他更堅定的堅持之下，他才走開。這兩人的角色互換，男孩表現得像是他父親的監護人，而不是恰恰相反。

現在亞瑟自由了，他和錢德勒沉默地走了一會兒，然後輕蔑地悶笑了一聲。「我們大家都跟馬丁一樣，你知道的。」

「怎麼說？」錢德勒問。他望向他身旁的灌木叢，沒指望看到什麼，而實際上也是如此。

「在這裡……慢慢迷失了自己。我們可能只要再走一、兩個小時，就會走進荒野，消失無蹤。」

錢德勒更擔心亞瑟的精神狀況了。「你怎麼會這麼說呢？」

「這是事實。」

「假如你不舒服的話……」

老人搖搖頭。「我沒有問題，除了起水泡和曬傷。我是累了才這麼說，什麼也沒找著，每一步都踩在死掉的東西上頭，死去的植物、死去的動物，死氣沉沉的大地。」

他轉身面對錢德勒。「我知道你不希望我禱告，喋喋不休，但這些和激勵他人無關。這是為了激勵我自己。」

錢德勒看著亞瑟走開，去陪他的兒子。然後他走到米契後方的位置。

「取消行動的時候到了，米契。」

他的夥伴不敢置信。「什麼？才過了兩週而已。」

「是沒錯，不過那個爸爸快要崩潰了，那男孩有如行屍走肉，每天都有志工退出。比起擔任警察，我更像是個悲傷輔導員。」

「只要那家人想要試試看，我們就會繼續走下去。」

「這樣不切實際，你心裡很清楚。」

「你要去告訴他嗎？」米契問，同時傾身靠得更近。「假如我們找到他，那麼他的死就會帶來正面影響，他會死得有意義。」

錢德勒搖頭。「對你來說是這樣。這件事對他的家人來說已經有其意義了。」

「是沒錯，」米契回答：「可是假如我們現在放棄，這一切會變得有點沒意義，不是嗎？走進了未知的領域。而且不要給我來那套報紙的屁話，說什麼一個即將成年的孩子在進行成年儀式。成年儀式有它的意義在裡面，而不只是一個心情低落的孩子尋求滅絕。」

「你是這麼說，但你不認識他。或許這的確是他的成年儀式，他走入成年的轉換過程。」

「這就是泰莉想對你做的嗎？把你變成大人？」

「放手吧，米契。」

米契搖頭。「放棄搜索……這是放棄生命。」

「不對，恰好相反。」

「你不能肯定這點，錢德勒，除非你親身經歷過。」

23

光線很快消失了，但米契有備而來。他的小組在現場周圍架設起許多探照燈。錢德勒在邊緣觀看，有更多金屬和紙片從灰燼中挑了出來，沾染煤煙的手指烏漆墨黑，尋找最微小的證據好明確指出這裡究竟發生了什麼事。

米契趾高氣昂地走過去，全神貫注地查看現場，把細節紀錄在他的iPhone裡。

「你要排班嗎？」錢德勒問。

「排什麼？」米契怒目相視，他為了被打斷而感到挫敗。

「幫我們排班，讓工作能通宵進行。」

米契停頓了一下。「不必，我的小組應付得來。你可以回家了。」

「你真的那麼固執嗎？」

「回家去，巡佐。好好睡一覺，你今天忙夠了。」

米契說完便離開了。錢德勒被當成空氣。他考慮不管如何還是留下來，幫忙在廢墟裡盡力找回可能的一切。不過和他的孩子及溫暖的床共度一晚，好過在冰冷的夜裡翻找火災殘骸。讓那些混蛋去做吧。即使他們設法找到了什麼去起訴兩名嫌犯之一，米契也只能控告他們綁架，或許再加上殺人未遂的罪名。最多是這樣了。除非他們找到那些墳堆。而那需要新的一天和明亮的日光。

當錢德勒經過探照燈的刺眼黃光時，他看到芙蘿從殘骸裡撈出了某個東西。那是一塊金屬，薰得焦黑但沒燒毀，毫無疑問是個耶穌塑像，掙脫了曾經束縛祂的十字架，四肢向外伸展。錢德勒想到兩名嫌犯在證詞裡都提過十字架，還有在家裡等待的一個小女生，為了明天的第一次告解感到緊張不安。忽然間，他等不及要回家去見她了。

不過他得先回那個現在空蕩得詭異的警局，裡面只有譚雅和尼可在值班。譚雅在處理文書工作，尼可一個人守在櫃台。兩人都報告說牢房裡一切平靜，兩名囚犯逐漸接受了現在抱怨也沒用的事實，只能在牢裡待上一晚了。

在短暫視察後，錢德勒開車回家，但很失望地發現孩子們都睡了。他母親也一樣失望，因為他沒能早點回來。

她去替他開門，一頭金髮摻雜灰白髮絡，長長地披垂在肩頭，雖然時候很晚了，還是梳理得一絲不苟。她是徹頭徹尾的威布克鎮女孩，幽默感和她生長的這片土地一樣乾涸。

「我要進去看他們。」錢德勒說。

她擋著路，雙臂張開，像火場救出來的金屬耶穌像一樣。「不行，不可以吵醒他們，」她說。她壓低了音量，但是語氣堅決。

「我不會的。」

「他們在生你的氣，因為你沒回家。」

這話只讓錢德勒更想看到他們。「我有事走不開，我也沒辦法。」

「卡洛琳，好了。」他父親的聲音從客廳傳出來，語氣一派冷靜。「他們在生氣，但不是因為他沒回來。」

從這個角度看過去，好像是那張老舊的米色扶手椅在說話，側邊沾染了翻閱報紙留下的油墨印痕。

大部分的妻子會為了這種髒亂而大發怒火，但錢德勒知道他的母親很樂意見到這種事，因為要是彼得一天到晚坐在那張椅子上，他就沒時間瞎攪和了。她曾經試圖刮除那些油墨印痕，但只要一清乾淨，椅子上就會神奇地出現另一組印痕，而且更鮮明。那位藝術家在上一幅作品的痕跡上頭打造出一幅新作品。

他父親撐著椅子的扶手站了起來。他已經年近七十，頭髮早就掉光了，臉上的皺紋有如一幅地勢圖，五官最突出的就是那個鷹勾鼻。這副容貌給人一種印象，這是一名嚴厲的男子，但事實根本差了十萬八千里。他像隻小狗似的，對生命的好奇和興趣跟六十年前的他沒兩樣。

「他們會生氣是因為第一次告解的事——」他父親開始說。

「是彌撒。」她母親糾正這種說法。

「彌撒取消了，其他的孩子都怪你，因為你是主要負責人。」

「米契在的話就不是了。」錢德勒嘀咕地說。

「那個小米契爾．安德魯斯還好嗎？」他母親問。

錢德勒最不想談的就是米契，所以他只是聳聳肩，假裝不知道。

「假如他都來到鎮上了，肯定是有大事發生。」她補了一句。

「可以的話，我就在這裡過夜，」錢德勒說，想要改變話題。雖然兩名嫌犯都關在牢裡，而且他只要兩分鐘就能回到家，他今晚還是想要和他的孩子睡在同一個屋簷下。

他母親的好奇神情轉變成眉開眼笑，「你要吃點東西嗎？」

「不用了，我不餓。」

「我去替你弄點吃的。」她說，同時把他推向廚房。

錢德勒走向棉花糖般的沙發，讓那刷白的舒適感包圍著他。他睡不著，於是閉著眼檢視那些證據。

他有兩名嫌犯，說詞幾乎一模一樣：一個是害怕的加百列，聲音裡的顫抖暗示心中的焦慮緊張，但其中也有一種令人不安的特質，他的聲音毫無疑問能說服一名急著想搭便車的旅人。不過假如他**就是**綁架犯和凶手，為什麼要在逃走之後又回來，束手就擒？比較有可能的是他想當好心的撒馬利亞人，要阻止赫斯再去殺人。另一個是赫斯，激動又暴力，除了偷車之外否認一切，而且就連和加百列處在同一個屋簷下，他也抗議連連。假如他是在演戲，那麼他演得很逼真。這種演技也可能說服一個焦躁的徒步旅行者上了他的車。雖然加百列實際上投降了兩次，但赫斯不曾自願做過任何事。

他們在體型方面也恰恰相反，加百列又高又瘦，赫斯屬於矮胖型。兩人都有那種在戶外勞動曬成的黝黑膚色。兩人都父母雙亡，也難得和其他的手足聯絡；赫斯是出於自己的選擇，而加百列是因為天人永隔。錢德勒手邊的證據不夠，無法判定哪個是主要嫌犯，所以兩個必定都是。假如兩個都是的話，很有可能他們聯手搭檔，直到出了某件目前還無法確認的事件，兩人就分道揚鑣了。是為了這個原因，兩人才如此害怕對方嗎？因為他們知道對方有能力做出什麼事？

那座棚屋也令他深感困擾。目前找到的證據顯示出那裡是命案的發生地點，或者至少是受害者遭到鎖鏈囚禁的地方。但它是怎麼起火的？是意外嗎？還是太陽的光束強烈照射在一疊紙張上？可能當他們在追逐彼此，踢翻了煤氣爐，把棚屋變成一片火海。但是天氣這麼熱，怎麼會需要煤氣爐呢？剩下的推論就是凶手刻意縱火。或許是一個縱火裝置，加裝了定時器啟動，以免他／她沒有在某個特定時間回來？假如是這樣，那麼時間呢？赫斯的話，可能在加百列走進警局到肯恩拿槍押著他進局裡之中的這段時間。或者是加百列，在他偷溜出旅館之後，長途跋涉回去嘉納山，為了銷毀證據。但是加百列是怎麼走到那裡的？為什麼又回到警局，自投羅網呢？他何不在放火之後，一走了之？

時間的間隔和動機折騰著錢德勒原本已經夠混亂的腦袋，但事情還沒完。他的腦海浮現了最後一個思緒。要是他們並非兩人聯手，而是有第三個同夥協助他們的罪行呢？

這開啟了一個全新的方向。錢德勒需要一點什麼來縮減可能性。他向來偏好在固定的範圍內工作，所以他才會留在威布克鎮。這個鎮和他的小孩像是他的太陽，他們的引力意味著他無法也不願離開他們太遠。

雖然是凌晨三點，他的動力來源之一悠悠晃晃地走進廚房。撒菈穿著睡袍，探頭到冰箱裡，沒有看到他。她長得很快，幾乎已經跟她母親一樣高了，高聳的顴骨和偏窄的臉龐和她母親一模一樣。那些部分怎麼樣都無所謂，只要她沒遺傳到她母親的性情就好了。

她根本沒想要降低音量，拿出牛奶，用力把冰箱門關上，玻璃杯在流理台上框啷作響。她一如往常手忙腳亂，因為她堅持要在使用手機的同時，設法去做另外一件事。

「妳不會這麼晚了還在傳訊息給別人吧？」他說。

她倒抽了一口氣，原本要倒進杯子裡的牛奶流了出來。

「該死——」撒菈開口，然後停住了。

「你要為了說這種話去告解。」錢德勒說。

他女兒又開始倒牛奶。

「我要喔？會有這種事嗎？」她低頭看，又開始滑手機。

她沒有回答。

「到時候就知道了。」

「妳這麼晚了還傳訊息給誰？」他問，好奇之中還帶點擔心。

「沒有傳給誰，我是事先寫好。」

「事先——」

「為了明天的事，」撒菈說：「等一下……」

她拿著手機，伸長了手自拍。另一隻手還端著一杯牛奶。錢德勒不懂為什麼。或許他本來就不該懂。或許這是近來流行的娛樂。他心想這應該沒關係吧。他對娛樂的觀點對她來說，可能一樣奇怪。在孩子們去睡了之後，來瓶啤酒，看看電視上的體育節目，板球、高爾夫球、澳式足球聯盟賽，他都無所謂。有時他會看完一整場比賽，卻不知道最後的得分。但是他的心靈得到平靜，也多了一點勇氣。

撒菈自拍完了，正在研究成果。

「妳在生我的氣嗎？」錢德勒問。

這時出現的一陣停頓顯示她的確是。

「沒有啦。」她說，一頭烏黑秀髮披散在臉龐。

「撒菈？」

他掙脫沙發的魔掌，去廚房找她，她一下子就喝掉半杯牛奶了。

「我知道妳很失望。」

她左右甩動她的頭，彷彿她的腦袋是一顆神奇八號球，她想利用它來求得答案。「他們覺得那是你的錯，是你害告解無法進行。」

「我們非取消不可。」

「為什麼？」他說。他能聽得出她的聲音裡帶有一絲怨恨。

「我有可能無法到場。」

「為什麼？」她問：「而且**只有**你不會到場？你總是告訴我們說不要自私。」

錢德勒微笑了。如果要這麼說的話，聽起來的確有些自私，把整件事延期，因為他有其他的事要做。

「這是有些自私，但你的第一次告解是一件大事，我可不想錯過。是因為我要調查一件案子。」

「他們做了什麼事？」

「我們不確定。他還沒自白他的罪。我們還沒成功逼他坦白。但我們會的。」他以堅決的口吻補充說，彷彿企圖說服他女兒，他可以做得到。「而且就算這週日沒有舉行彌撒，改天也會的。」

「那麼這也是上帝的計畫嗎？」

「只有上帝能給你答案。」

笑容又回到了她的臉上。現在牛奶喝完了，他輕輕地把她推往臥室的方向。沒一下子，她又開始滑手機，拇指在觸控螢幕上畫出奇怪的圖案，盡量用短短幾個字更新她的狀態。他很容易看出來，她受到這個小地方以外的花花世界所誘惑。他感到憂心。擔心她終有一天會想去大都市黑德蘭港和她的母親一起住。萬一這樣的話，他不確定自己是否能夠——或者甚至是想要——去阻止她。

24

天亮了，錢德勒照例為了缺少睡眠而感到懊惱。他從沙發爬起來，在屋子裡還沒有動靜之前便走了。

他走進警局，吉姆勉強擠在櫃台後方，露出他每次坐這位子的尷尬表情，用一根手指大聲地敲打鍵盤。錢德勒點頭示意，吉姆朝後面的辦公室一指。米契在日光燈的照射下，低垂著頭，沒注意到他的到來。

錢德勒逐漸接近辦公室。他懷疑米契會跟他說他錯過了什麼，但是他有責任要問清楚。他走得更近一些，米契看起來像在埋頭研究眼前的檔案，但其實是悄聲對著iPhone說話。錢德勒側身走到門口，希望能偷聽到案情。

「在進行了，」米契說，然後停頓了一下。錢德勒領悟到他不是在口述錄音，而是在講電話。「沒有，我還沒見到他們，我為什麼要去呢？我是來工作的。」

錢德勒的良知告訴他要離開門邊，但無論電話的那端是誰，對方都沒讓米契好過，這實在太精采了，豈容他錯過？

「沒有……對，我能接受有現成的小孩。」

這話聽起來很怪。米契一定也是這麼想，所以說完了之後抬頭看了一眼，發現錢德勒在他的門外徘徊。自從米契來到這裡，這是他第一次露出不安的表情，他的四肢猛地抽動一下，變回了錢德勒記憶中的那個緊張兮兮、笨手笨腳的高瘦青少年，那個還會同理及同情他人的人。

電話的那頭傳出清晰可聞的連續嘶嘶聲，對方還在線上。他等著米契表示准許他在場，然後回去講電話，但是米契沒有這麼做，整個人愣住了，電話另一端傳來的沉悶電子訊號聲愈來愈響亮了。

米契終於開口。

「我晚點再跟你說。」他對著電話咕噥地說，然後掛斷了。掛完了電話，他的權威感很快又恢復了。「什麼事？」

「早安。」錢德勒說。

「是嗎？」米契皺著眉頭說，用手掌摩娑著臉，強調他整晚沒睡的事實。

「昨晚在火場找到了什麼嗎？」

他嘲諷地一笑，顯示他們有所斬獲，但是對米契來說，隱晦的回應遠遠不夠。他在凌亂的辦公桌上快速掃視了一下，拿出一只證物袋。

「看一下。」

那是一張紙片，和錢德勒發現在灰燼中翻飛的那幾張一樣，不過這一片顯然保存得特別完整，他看得出來是一份手寫的清單，最上面寫著「開頭提到的名字」。

「犯罪現場找到的，」米契說，陳述著明顯的事實。「我們想查明這是否是他殺害的人名清單。」

「他們全列為失蹤人口嗎？」

米契的笑意立刻減了幾分。「有些是，我們正在查。」

「有多少人？」

「現在說還太早。」

「所以這**可能**是任何事物的清單。」錢德勒愈來愈習慣澆人冷水了。

「我們只是還沒查出其中的關聯性，巡佐。可能的人選來自全國各地。」

「你應該叫我過去。」錢德勒說。

對方的回答很不客氣。「現在你知道那是什麼感覺了。」

「我以為我們不再計較那種小事了。」

「我們沒有計較，不過你需要多花點時間和你自己的家人相處。」

「這關你什麼事呢？」錢德勒問。

米契閉上眼。「因為看起來你把大部分的時間都花在這地方，像保姆一樣照顧那幾個。」

「他們是優秀的部屬。」

米契的臉皺成一團。「魯卡或許還有點希望，但是譚雅的年紀太大，吉姆太魯鈍，而尼可呢……他一天到晚喋喋不休，好像要把腦袋裡的東西都倒出來才行。」

「他會成為一位好警官。」

「或許吧，假如他能閉上嘴，讓腦袋去好好思考。」

米契說完後，把手機塞進口袋，轉頭去看他的筆電了。

「所以今天要怎麼做？」錢德勒問。

「我要把發現這張名單的事告訴兩名嫌犯，看能探出什麼口風。有人故意放了那把火。我們找到一個露營瓦斯罐，上面有條電線接到一個現在已經燒燬的電池。這是蓄意及預謀的手法，不是特別聰明，但絕對有效。」

錢德勒待在錄音室裡，看著米契把那張名單分別唸給那兩名嫌犯聽。他唸出三個人的姓名、年紀及出生地，全是他們比對失蹤人口資料庫所找到的，但兩名嫌犯的反應都是一臉茫然。接著他敘述長相，還是沒有得到任何回應。兩名嫌犯都毫無反應，米契進一步刺探，洩漏這些人的父母、手足及伴侶的姓名，當作釣餌，讓他們意識到自己幹了什麼好事。他逼近他們的個人空間，傾身靠攏，距離貼近到錢德勒唯恐對會起而攻擊。不過每次他站起來要離開錄音室，米契就會後退，幾乎像是他在捉弄的是錢德勒，不是那兩名嫌犯。

儘管米契施展壓力策略，還是一無所獲。兩名嫌犯都不改說詞，聲稱自己是無辜的。兩人都沒聽過這些人的名字，只想重獲自由。

米契在兩人身上各花了一小時之後，氣沖沖地離去，臉上寫滿了挫折。

「沒有新證詞嗎？」米契問，譚雅開始關掉設備了。現在只剩下再看一遍證物，前往棚屋，或是追查有沒有證人能指認赫斯或加百列出現在某個失蹤現場。

「你認為他搶劫那些人嗎？」譚雅問，兩人走出了錄音間。

錢德勒轉身面對她。「這話是什麼意思？」

「綁架他們、凌虐他們，直到他們揭露個人的大小事，然後把他們的戶頭洗劫一空？」

「我們目前沒看到任何跡象指向錢財的動機。就兩人的穿著看來，他們都沒有什麼錢。」

「所以假如不是為錢，那是為了什麼？復仇嗎？還是嗜血？」

「或許單純是欲望吧？」錢德勒說：「一場性愛遊戲出了差錯？」

米契在辦公室附近怒氣沖沖地走動，彷彿想找人打上一架，這時立刻出手攻擊錢德勒。「兩名嫌犯都沒有任何跡象顯示他們幹過那種事。我們在火場中也沒找到任何類似的設備或裝置。」

「什麼都沒有，除了你的機車態度。」錢德勒回答。

整個辦公室陷入一片安靜。

米契終於打破沉默，轉身面對辦公室。「我們掌握到的是一種合作關係，」他大聲地說：「或是曾經有過的合作關係。現在兩人都企圖要陷害對方。」

「我考慮過這種情況，」錢德勒打斷他的話。「沒有任何證據把兩人連結在一起——」

「除了犯罪現場以及兩人相同的說詞？」米契說：「不對，這之中**一定**有合作關係，也**一定**發生爭執。結果兩人意見不合，互相責怪對方。這說明了他們的說詞為何如此類似。」

「我不認為他們會一起合作。他們很怕——」錢德勒開始說，但米契已經走開，對著他的小組成員之一，那個看起來毛剛長齊的年輕人，麥肯錫訓話。或許受到頂頭上司的十足威嚇，他退化成那一副孩子氣的模樣。米契正在指示他安排一場記者會，應付外面那些禿鷹。

錢德勒想說的那一番話，已經放在心底好一陣子了，只不過和譚雅討論之後才浮出台面。假如赫斯和加百列真的聯手合作，像某種雙重殺人機器，後來發生了爭執，兩人對於如何來到樹林的說法應該不一樣，那些呈現在他們各自腦海裡的說法。米契或許自認聰明，但是他大錯特錯。他跟著說法走，而不是實地去看證據。他們之中的一個，而且**只有**一個，是真正的受害者，凶手是複製另一個人的故事。沒有別的解釋了。

25

記者會開始，米契站在警局前的台階，兩側站著他的親信，身上的西裝才剛刷過，眼睛看著底下的記者。

錢德勒已經把這警局當成是他的了，現在看著米契大搖大擺地站在前面，感覺很不真實。雖然他只不過是機器裡的一個小齒輪，但一個更大的齒輪取代了他的位置。

他一開口，鎂光燈便閃個不停，記者互相推撞，給麥克風找個最佳位置，想在這群受到社群媒體傳聞和路障架設的催化下，蜂擁進城的大批人馬之中，順利收到完美的金句。

米契針對問題一一回答，全神貫注面對每位發問者，一個政治界的天生好手。他笑容可掬，頻頻點頭，手勢果斷，試圖在整個過程中注入一股自信的氣勢。他很擅長以語言之外的方式溝通交流。

「雖然我敢說各位會很樂意得知，但是我在現階段無法透露太多細節——」

因為你知道的寥寥無幾，錢德勒心想。

「——因為正在進行中的調查，有某些部分還不適合談。我能跟各位說的是，目前我們手上有兩個人，正在協助我們進行調查。」

攝影機和麥克風猶如大浪裡的海草般，在米契的面前爭先恐後地推擠。

「調查什麼案子？」人群中有人提問。

這問題引出了另一個勝利的微笑。「大家請放心，等時機成熟時，我會一五一十地跟各位說。」

他擊退了一個問題，有人又丟出另一個問題。

「聽說有一名嫌犯脫逃，所以你才架設路障，這是真的嗎？是否有一名嫌犯在逃，督察，而你並未告知本地大眾這件事實？」

米契嗤之以鼻。「情況沒那麼糟。我們當時在找的那個人和我們失聯了，因此決定架設路障只是一種合適的選擇，確保我們聯絡得到他。所以呢，情況根本沒那麼糟。我不需要媒體在鎮上散布恐懼和謠言。」

儘管錢德勒鄙視米契，卻也不得不承認，他應付群眾真的很有一套。

米契感謝大家前來，提醒記者要尊重警方現在必須執行的任務。在結束之前，他預祝大家能順利找到地方過夜，並且特別和一名來自黑德蘭港的金髮記者開玩笑，說她可能要睡在採訪車上了。**他在結交朋友**，錢德勒心想，**他在所有對的地方都有朋友**。

但米契尚未真正結束。

「最後請容我說明，未來所有的調查都由那邊的那位錢德勒．詹金斯巡佐指揮，」米契說，同時指向錢德勒說：「我們大家當然都知道，他就是本地警局的主管。」

米契說完就走了，留下錢德勒站在那裡，像個被指派的、不情不願的郵筒。

26

二○○二年

到了第十六天，警方的參與規模再度縮減。從一開始的六名人力，到現在剩下錢德勒和米契這兩個基本的支援警力，席薇亞和亞瑟毫不留情地批評警方，居然這樣就放棄他們的兒子，繳了那些稅卻換得這麼可悲的努力。

現在他們每天搜索的範圍減少了，而且不全是為了崎嶇地形的緣故。假線索的情況益發嚴重，他們在每一塊翻找過的岩石或土堆都看到希望，任何文明的殘骸碎片都被當成是馬丁最近來過的證據。

雖然錢德勒明白他們想找到兒子的渴望，但他並不真的了解那種絕望之情，它是如何緊緊攫住這一家人，挖出了亞瑟內心殘存的理性。這名睿智男子一輩子伏案工作，現在卻在盛暑時分被丟到內陸，來這裡找兒子卻一無所獲。雖然錢德勒和老人愈走愈近，他設法不讓自己投入情感。但是說比做簡單，因為那孩子跟前跟後，需要隨時照看。他會一個人到處亂走，只有挨了罵才會回來。這對他來說是一場探險，比上學好太多了。他的熱忱應該會感染每個人，不過那段時期早過了。理性說那男孩應該留在鎮上，比較安全，但理性所剩無幾了。

「他一點用處也沒有，只會礙事而已。」錢德勒對米契坦白說。

「那你建議怎麼做？把他綁在樹上，晚點再來接他嗎？」

錢德勒聳聳肩。「或許吧。真該死，我變得跟你一樣了。」

「我真感到驕傲，你終於明白事理了。」米契說。

「但還是差你一點。」

「只有一點。我真想朝那小鬼的腿上開一槍，我們早該丟下他了。」

米契說完後迸出了刺耳的笑聲，瘋癲的程度恰到好處，讓人分不清他是不是在說著玩的。錢德勒決定他不想知道。

他們遇到一條溪，在布滿塵土的岩石之間蜿蜒而流，銀色的尾端時或上揚，在地面短暫出現之後，又滑落回陰涼的地底。

這一小群人聚集在溪畔，驚訝地注視著它。這是他們三天來第一次見到流水。上次他們回到鎮上之後，又減少了三名志工；那些人有日子要過，有工作要做。錢德勒思索著，不管有沒有馬丁，日子都要過下去。

「我們該裝滿水壺嗎？」亞瑟問。

「在喝那水之前，我會多想一想。」錢德勒說。

「為什麼？」小男孩問，同時把他沾滿塵土的運動鞋鞋尖在水面上晃啊晃。

「你永遠不知道有什麼滲到裡頭去，可能會有一些來自岩石的汞，那對你的身體很不好。」

男孩眼神茫然地看著他。

「它可能讓馬丁繼續走下去……」亞瑟說。言下之意是「假如他走到這麼遠的話」。

亞瑟四下張望了一下，轉身繼續向前走，彷彿他深怕萬一再多站一會兒，有人可能會勸他到此為止吧。

他一走，其他人也跟著他出發，一群悲傷的漫遊者隨著摩西橫越險惡的荒野，亞瑟的沉重腳步用力踐踏腳底下的焦土，彷彿在懲罰它帶走他的兒子，他想折磨那些石塊，逼它們交出祕密。他打贏所有的次要戰役，在他的靴子踐踏下，又乾又硬的泥土紛紛瓦解，但他還是漸漸輸了這場仗。

有人大聲呼喊。應該說是尖叫。錢德勒感覺到希望及恐懼。希望這一切結束了，他們渴望找到了馬丁，即使只是他的枯乾遺體。他可以呼叫直升機過來，在幾個小時內把大家都載離開這裡。

他快速穿越了一處灌木叢，發現喊叫的來源是那位莫瑞河來的青少年。他有著一張青春洋溢的臉龐，毫無懼色，以後想當叢林人。錢德勒提醒他，很少有人的工作是當叢林人，當得成的都是擁有豐富經驗的人。年輕人不在意地揮揮手，透露他已經學會在學校跟蹤別人，每天跟蹤不一樣的人，學習遠距離跟蹤。他從沒被發現。錢德勒無心解釋給他聽，他所形容的技巧是用來是當跟蹤狂，不是叢林人。

錢德勒抵達現場時，那名青少年正在狂亂地扭動，用手扯掉黏在身上的白色東西。錢德勒立刻看清楚發生了什麼事。他不小心撞上了一個無人干擾的超大蜘蛛網。他想在織網的傢伙展開報復之前，把它從身上扯掉。

「快把它弄掉。」他放聲尖叫，雖然對方想出手幫忙，他卻扭動遠離想幫他扯掉膠黏絲狀物的那雙手。

「站好別動。」錢德勒說，同時從他身上扯掉一大片黏著的蜘蛛網。

「牠在我身上嗎？」

「你應該像個叢林人才對吧，」錢德勒說：「冷靜點。」

錢德勒告訴這位青少年，他並未身陷危險。這是獵人蛛的網，一種毛茸茸的大蜘蛛，但是無害，一發現有麻煩就逃走。他話一說完，有更多的人過來幫忙，包括亞瑟的小孩。錢德勒看著那男孩一邊大笑，一邊猛烈搖晃雙手，想甩掉黏兮兮的網，同時責怪自己被黏成這樣，只為了想找到馬丁的屍體，這樣才能完成他想回家的自私渴望。

27

錢德勒不久便發現，媒體迫切想得到消息。他們想知道關係人是誰，涉嫌犯了什麼罪，他們的背景和信仰，關於他們的任何事以及一切，尋找最細微的縫隙，設法擠進去之後，就地生根。

他做完了最新的簡報後，艾琳和洛普回去向米契報告，魯卡在外圍游移，像一顆繞行太陽的新行星。幾分鐘之後，米契對局裡的人說話，毫不掩飾他的失望之情。大部分是針對他們。

「到目前為止，我們依舊找不到棚屋附近的墳地，所以我要把這件事當成我們的優先任務。少了墳堆，少了屍體，我們就沒有命案，也沒有連環殺手，只有兩個人互控對方犯下這案子。假如呢，或者是當我們找到那些墳墓，我們可以對他們施壓，讓其中一個供出另一個。他們會像紙牌屋一樣倒塌。」

「這是假定他們合夥犯案，」錢德勒說。米契對他怒目相視，但錢德勒繼續說。「假如他們真是如此，而且吵架失和，那麼他們會編出不一樣的說詞，描述如何跑進樹林裡。兩人的說法相符根本沒道理。」

「這可能是他們的計畫，讓我們查不出線索。而且這招奏效了。」米契說。

「不對，」錢德勒說：「假如他們的說詞相同，表示凶手複製另一方的說詞。也就是說只有一個——」

米契回擊。「兩人都承認見過那些墳墓。」

錢德勒現在雄辯滔滔，沒打算停下來。「不然你告訴我，假如他們不想和這件事有關，或者想把罪責推到對方身上，為何會承認看過墳墓。這樣根本沒道理，這只會讓他們牽扯得更深。」

「他們或許沒那麼聰明，巡佐。」

「至少聰明到把我們耍得團團轉。」

「轉的圈圈愈來愈小了，」米契說：「我們很快就會逮到他們的把柄。現在我想要的是正面的態度。」他轉身面對大家，但是繼續瞪著錢德勒。「我要小組上山搜尋那些墳墓，由我來協調。」他指著兩人一組，繼續說：「艾琳和洛普，你們又要出任務了。約翰跟蘇絲，麥肯錫和桑恩。」他的目光掃視辦公室，直接跳過錢德勒。「魯卡，你可以和芙蘿一組。吉姆和譚雅，你倆也是。」

譚雅插嘴。

「你應該把錢德勒算進來，」她說：「給他安排一個小組。」

米契沒打算理她。「給你們十分鐘準備就緒。」

譚雅還是繼續說：「他很清楚那個地區，你倆都是。你想找到那些墳墓，不是嗎？那麼你就一定要帶上他。」

這番熱切的話出自一位忠誠的同僚口中，錢德勒的心中竄升一股驕傲之情。

米契停頓了一下，舔著夜空般色澤的唇。「妳說得對，高級警員。錢德勒和我可能有的個人歧異就放到一旁。」米契看著所有的人。「我們來解決這案子吧！」

錢德勒又回到內部圈子了。

「如果我們真的去找那些墳堆，」錢德勒說：「我們不能依他們在訊問時說的去找。」

「這是為什麼呢，巡佐？」米契問。

「因為他們說得很模糊，可能甚至記錯了。」

「這是我們僅有的情報。」米契提醒他。

「我知道，所以我認為我們唯一的選擇是抓一個——或者兩個都要——去那邊替我們帶路。我們需要他們的眼睛。」

「那是……」米契開始說。

「──一個冒險的策略，」錢德勒插嘴說：「我知道。不過這是我們僅有的了。」

他預期會聽到立刻反對，但米契似乎搞不清狀況了。其他人似乎也沒有異議，全都等著米契對他們下達指令。感覺好像過了一世紀才有人開口。

「我們要帶哪一個呢？」魯卡用一種不尋常的保守口吻說，眼睛看著米契而非錢德勒。

這問題讓米契找回了他的聲音。「我們帶強森先生，」他表示。「巴威爾先生不值得信任，他已經企圖逃脫羈押了。」

「強森先生也是。」錢德勒提醒他。

「不過強森先生比較冷靜。」

「太冷靜了。」

「我想是累了吧。」米契說。

「或者是展現了殺手的冷靜性格。」

米契撫平他的西裝翻領。「或者呢，巡佐，他已經接受自己被逮到了的事實。假如你這麼擔心他再次脫逃，我們可以透過錄影連線進行，使用新型的隨身攝影機。」

錢德勒聽說過黑德蘭港首創使用攝影機，取得的影像能下載，也能做為呈堂證供。米契的計畫聽起來很厲害，但是有個重大的缺失，他隨即說明了。

「你在山上收不到任何連線訊號。」

米契揚起下巴。「這樣的話，我們別無選擇。我們要帶強森先生。我不會一次帶上兩個。現在開始行動，給你們五分鐘。」

但是在這五分鐘內，又發生了一個小問題。兩名法庭指派的律師從紐曼搭直升機，來到了局裡。兩位都是頗負名望的執業律師，樂於參與這麼精采的案子。因此兩人走進警局時，態度和米契差不多：要求見他們的客戶、要知道他們被指控哪種罪名，最後要求他們被釋放。他們得到的只有前往偵訊室對他們的客戶做簡短的報告，以及呢，根據錢德勒的猜測，記錄客戶的滿腹委屈。

錢德勒思考他的選擇，其實應該說是米契的選擇。他們需要這兩人帶他們去找那些墳墓，但律師絕不可能允許這種事。在沒有起訴任何罪名的情況下，沒辦法繼續把他們拘留在局裡太久。米契要想出別的方法，隨便什麼理由，才能把他們留在身邊。可能是較輕的罪名，例如偷車或威脅警官。米契不會喜歡這麼做。錢德勒是肯定不想這麼處理。

「我的客戶願意協助你們找到那些墳墓。」

這聲音讓錢德勒嚇了一跳，他抬頭一看。指派給加百列諮詢的金髮律師就站在他的辦公桌前。

「他願意嗎？」

「不顧我的建議，是的。」她嘆了一口氣。

米契彷彿一直在蓄勢待發，此時衝出了他的辦公室。「太好了！大家開始行動！」他說，咧嘴笑到了耳根。

赫斯和他的律師都沒有提出類似提議，錢德勒自願去牢房帶加百列出來。門一打開，他見到那個瘦削的身形並沒有離開床上。錢德勒忍不住回想起他讀過的一篇文章，提到罪犯被逮之後的那一晚睡得最好，因為不斷警覺張望的焦慮感終於消失了。

錢德勒將他上了手銬時，加百列才如夢初醒。

「我們需要這樣嗎？我都同意協助了。」他的聲音顯得厭倦。

「標準作業程序。」

「可是我要合作了啊。」

「對此我們深深感激。」

加百列向前靠近錢德勒，彷彿他不想要任何人，尤其是赫斯，不小心聽見。他的聲音變得滑順，再次展現錢德勒一開始注意到他時，那種難以捉摸的迷人特質。「難道你——或是**他們**——還不明白他在說謊嗎？」

錢德勒端詳這名稍微佝僂的男子，他駝著背，彷彿在牢裡度過一夜之後，蒼老了許多。他看起來幾乎徹底崩潰了。

「還沒有。」

「你們還是認為我……」他的聲音逐漸消失了。

「你倆都還沒有排除嫌疑，即使是現在。」

聽到這個回答，加百列看起來有點震驚。錢德勒帶他離開牢房。米契在律師在場的情況下，對嫌犯說話。

「我希望巡佐已經向你說明，我們要你做些什麼。」加百列點頭。「我們要你清楚明白，你沒有義務要幫忙。但我們希望你會這麼做。」

「我沒有什麼好隱瞞的。」加百列說，然後在錢德勒的引導下走向門口。

「**你們要帶他去哪裡？**」

加百列立刻停下腳步，錢德勒也是。赫斯驚惶失措的聲音從牢房裡傳出來。加百列轉身朝那聲音走去。還有那張臉。為了讓空氣流通，門上的隔板沒關上。兩名嫌犯注視彼此。錢德勒的手沒離開過手銬，但也沒把加百列拉走。他很好奇想看這齣戲會怎麼演下去。

兩名嫌犯四目對望，兩人都沒說話。加百列一動也不動，一條血管在汗溼的鬢角顫動著。在牢房裡，赫斯的臉孔扭曲，眼睛不規律地眨動。他看起來驚恐萬分。

赫斯先打破沉默。

「他是個滿口謊言的禽獸，」他嘶喊著，並且絕望地捶打鋼製牢門。「承認吧！你這禽獸！承認你載了我，帶我去那地方，企圖殺掉我。這群人蠢到看不清這事實，但是我很清楚。」

聽到這裡，加百列別過頭去，緊閉著雙眼，彷彿試圖讓自己保持冷靜。他深深吸了一口氣，先是看著錢德勒，然後看著米契。「我不……他是……」然後又深呼吸了一下。「我們可以走了嗎？現在就走？我會協助你們找到那些墳堆，那些人。」

又是荒郊野地的大熱天。錢德勒坐在後座，戒護加百列，前座坐的是米契和洛普。經過一番爭執，加百列的律師留在鎮上。他們的後面跟著四輛警車，還有一長列的新聞採訪車緊跟在後。這裡的地形對廂型車來說格外難走，但每一輛都成功開到了森林小徑。這些車輛和車上的記者一樣頑強。

錢德勒看著那個坐落於樹林和岩石之間的小停車場出現在他們的眼前。它和這裡所有一切一樣，多年來不曾改變。他往前座窺探，想看出米契的反應。他的臉上沒有閃現絲毫的熟識神情。

停車的時候，錢德勒沒讓加百列露臉，他們把記者都集中在停車場的另一頭。他們倉卒安排了一場記者會，米契在一片竊竊私語中拉高音量，朝一堆麥克風說明，他們帶了一名關係人回去現場，進一步了解時間軸及事件。

「什麼事件?」一位敏銳的記者問。

「現在不管說什麼都為時過早。」米契說。這話引發記者們發出不滿的咕噥聲。

「你根本什麼都沒說。」一個不知名的聲音說。

另一個人開口了:「你能夠起訴任何人嗎?如果是的話,罪名是什麼?」

這些都是合理的問題,錢德勒心想,而且現在他們得盡快處置,因為律師出手了。他們必須盡快起訴一個人,或是假如照米契的意思去做的話,是兩個都起訴。他研究加百列對這場喧擾的反應;這是他引起的,但是並未受到波及。他沒有任何反應,態度消極,彷彿他只是背景而已,一個小配角而非主角。他和米契一樣,似乎能掩飾情感。或是對他的遭遇立起了保護盾牌,而後存活了下來。

「恐怕各位要在此止步了。」米契說,記者們失望的抱怨聲四起。「我知道,我知道,我們都很失望。但是我們有一個可能的犯罪現場,我不希望受到干擾。」他的手一指,繼續說:「這位洛普和大吉姆會留下來,以免各位優秀的記者想跟上來。我可不希望你們在這裡迷路走失。我知道那可能會有什麼下場。」

米契的面具掉落了,只有一下子。錢德勒看不出來,但他的前任老友聲音裡的顫抖說明了一切。米契**沒忘記**。

加百列戴著手銬,在戒護之下帶大家走上小徑,前往燒毀的小木屋。艾琳和約翰負責貼近他一起走,以免他企圖脫逃。

錢德勒跟上走在最後的芙蘿和魯卡。這兩個立刻結為朋友,兩人都年輕又帥得要命。他們低語交談，討論案情，相信他們說的話不會被偷聽。

「這是一場詭計，」魯卡說，閃過了一根低垂的枝椏。「白費力氣找半天，結果一無所獲。一場他們無法脫身的惡作劇。」

芙蘿略微聳了聳她的削肩，一頭黑髮在熱氣裡鬈曲了起來，黝黑肌膚在陽光底下閃閃發亮。她有不同的看法。「如果是這樣的話，強森和巴威爾能從中得到什麼好處呢？他們是愛空幻想嗎？」

魯卡聳肩的模樣跟她一樣。「也許他們想打造一場完美的犯罪，他們可能甚至相信自己已經幹下一樁完美的犯罪，而實際上什麼也沒做。」

「可是為什麼呢？」

「找點事做？拿來寫書？」

她悄悄伸出了手，觸碰他的臂膀。「這也是找人出書的一種方法吧，我猜。《我被當成連環殺手的坐牢日子》。」

魯卡更進一步，把空著的那隻手覆蓋在她的手上，冒著在岩石地面失去平衡的險，也冒著手被拍掉的風險。

「什麼都有可能。」

儘管看著這對年輕人的愛苗在他的眼前滋長，讓錢德勒感到既羨慕又噁心，他的腦中冒出了另一個想法，比他們的更不尋常，不過更有說服力。要是這兩名嫌犯想要假造一件冤獄案呢？他們的拘留時間已經超過法律規定了，而且無法找律師或任何型態的代表。或許這就是他們指望的。使出拖延戰術，說一半的實話或謊話連篇，讓它無疾而終，之後再控告警局。拖走豐厚的和解金，或是賣掉書的版權，就像魯卡說的那樣。等到他們下山後，錢德勒決定他會需要盡快去找地方法官，把事情圓過去。米契不會在乎這種事，他是追獵的警犬，對周遭的事物視而不見。

抵達小木屋之後，加百列有機會決定下一步該怎麼做。那裡很安靜，警方拉起的警戒線在微風中擺盪。火勢已經完全撲滅，殘骸都仔細篩檢過，倖存的證物都收集完畢。這棟建築物剩下的只有幾片焦黑的木板條，以及對於它原貌的臆測：一座狩獵小屋，甚至有可能是製毒工坊，雖然他們不常在這附近查到那類東西，更別說是這麼偏僻的地方。錢德勒希望能查出這裡頭究竟發生過什麼事，找出事實真相。看來加百列似乎也想知道。

「這裡發生了什麼事？」加百列問，同時注視著這片廢墟。一陣顫慄似乎流竄過他的身體。「這裡怎麼燒毀了？」

「你來告訴我們。」錢德勒說。

加百列聳聳肩，顫慄依然持續。「我不知道。**所有的東西**都燒掉了嗎？」

錢德勒想解讀那張長了稀疏鬍髭的臉龐，判斷加百列是否其實樂於見到一切都蕩然無存。米契打斷了他的判讀，走到原本是小木屋前門的地方。「所以呢，告訴我們，你離開這裡之後往哪兒去了。」

加百列閉上眼，正要說出他的脫逃故事時，錢德勒朝山頂看了一眼。山坡上方大約一百公尺處，在西斜的陽光照射下，他注意到地面有些淺色陰影。他走過去一些，發現了兩組足跡朝遠方的山脊而去。那是警員為了收集證據，四處踩踏所造成的嗎？或者是嫌犯遺留下來的呢？還是赫斯和加百列之間的追逐痕跡？

他走到第一組足跡旁，彎下腰去檢視。塵土中的鞋底印痕很清楚，和那些配發的標準警靴不符。這是一雙運動鞋，他猜想，希望是加百列和赫斯腳上穿的那類型。

他把一支筆插進土裡，標示位置，沿著足跡小心翼翼地往山脊前進，將其他人拋在腦後。兩組不同的鞋印都是往這方向走，足跡幾乎是沿著相同的小徑前進，大跨步，斷裂的樹枝和破碎的葉片標示出路徑，包括幾塊布料，看起來像是被樹幹的粗糙表皮扯下來的。他來到山脊的頂峰。另一側是緩降的山坡，除了第一層樹林之外，看不太到什麼。他需要人手協助進一步的搜尋。他轉身回去，想看看小木屋附近的情況進行得如何。

加百列突然邁步從他的身旁經過。

錢德勒沒料到對方跟得那麼緊，驚訝得差點往後摔倒。加百列看了他一眼，露出一抹微笑。但是這名嫌犯並非自由之身。他後面緊跟著一群便服貼身隨扈，一行人緩緩朝樹林的方向前進。

一小時過去了，加百列並沒有以直線的方式前進，而是左彎右繞，逶迤蛇行，在大自然裡橫衝直撞。在錢德勒看來，他們的獵犬顯然記不得早先走過的路徑。要不是這樣，那麼想必就是他刻意拖延，帶他們遠離線索。

不過一行人仍緊跟在後。時值一天中最炙熱的時刻，原本緊繃的氣氛變得令人難以忍受。錢德勒設法把心思都放在執行任務上，但他的身體吶喊著要喝水和遮蔽。汗水浸溼了他的制服，從眉間滴進了眼裡，模糊了他的視線。他從枝椏底下經過，眨眼想趕走這感覺，在一瞬間，加百列的瘦削身形在熱浪中逐漸變成了亞瑟在多年前的矮胖身影。那老人踽躅獨行，徒勞地搜尋著。他緊閉雙眼，把那幻影從腦海中甩去。

就在這時候，加百列停下腳步，張望四下的景致。

「你要休息一下嗎？」米契問，他的西裝外套整齊地掛在臂彎，身上的白襯衫依然挺拔又乾爽，彷彿他根本沒有汗腺。錢德勒心想，米契真是天生的怪胎。

「不用。」加百列嚴厲地說，彷彿很不高興受到干擾。

「怎麼了？」錢德勒走上前去問他。

「那片樹林看起來很眼熟，那塊岩石。」加百列說，並且加快腳步，開始往前走。

「岩石怎麼樣？」錢德勒跟在後頭大聲喊。

「在地平線的折彎……」加百列腳步踉蹌地朝那方向轉過去，一頭撞上了一棵堅挺的樹幹，摔倒在地上。

「你沒事吧？」

加百列疼得齜牙咧嘴，想站卻站不起來。錢德勒抓住他，把他扶起來。「我沒事，可以幫我把這個拿掉嗎？暫時就好？」他說，把銬在背後的手銬給他們看。「以免我又跌倒了。這樣行動很不方便。」

「我可不會像其他人一樣上當，強森先生。」米契說。

「我不會跑掉。」

「我不答應。」

錢德勒走到他的前同事身旁，壓低了嗓門。「萬一他受傷怎麼辦？」

「我們會確保他不會。我們會負責照顧他，你會照顧他。」米契說。

錢德勒注視著他，就像是注視一張石雕的臉龐，堅硬、稜線分明、毫不妥協。

「萬一他跌倒，可能會告我們。這樣你的紀錄不好看吧？」

「不行。」米契說。

加百列聳聳肩，轉身繼續走下去。他的腳步變慢了，可能是在抗議，也可能是筋疲力竭，因為他一面走、一面說，回想著他逃走時的細節，一棵他彷彿記得曾經過的樹，某條乾涸的小溪神奇地召回前一天的畫面。他閉上眼，他的說法是這樣能幫助他回憶。他不斷絆倒，錢德勒、米契或最靠近的人只得衝上前，把他扶好。

就這麼慢吞吞地磨了半小時之後，米契發火了。

「把手銬拿掉。」他終於下達指令，但沒有要某個特定對象去執行。

每個人都停了下來，包括加百列。錢德勒走上前去卸手銬，米契掌握發言權。「強森先生，我們讓你暫時卸下手銬，不過我要看到更多的進展。」

加百列點頭。

加百列守住承諾，立刻加快了腳步。現在這個自由身幾乎是飛也似地走著。錢德勒提高警覺。上了手銬的加百列顯得很無助，但是現在也可以自由行動，而且可能對周遭環境有所了解。雖然速度加快，但走法依舊迂迴蜿蜒，一行人浩浩蕩蕩地跟著他走。

時間一分一秒地過去，炙熱驕陽正在耗損大家的神經和耐性。正當錢德勒開始認為這是在浪費時間，他們應該回去帶赫斯過來時，加百列忽然停了下來，後面的人一個個都撞了上來。

「怎麼回事？」錢德勒問。

「我在這裡跌倒。」加百列說。他渾身顫抖，恐懼在他的體內竄流。錢德勒後退一步，彷彿接觸會打破這個魔咒。「他差點就抓到我了。」

那種顫抖又出現了，而且更激烈。錢德勒不禁要想，萬一嫌犯精神崩潰，他們該如何是好。接著忽然間，加百列拔腿狂奔，這種突如其來的行動讓眾人措手不及。在大家有機會反應過來之前，他早已搶先跑了十幾公尺。

「別跑！」

米契和錢德勒同時大喊，但加百列不為所動，腳步堅定的敏捷動作絲毫沒有慢下來。

在這群追逐大隊中，錢德勒一馬當先。洛普和米契的組員們在外緣辛苦追趕；魯卡也是，雖然現在愈來愈難判斷他是哪個小組的人了。

儘管要他停下來的呼喊聲不絕於耳，加百列拉大了他們之間的距離。又跑了幾百公尺之後，他在一堆大圓石的後方失去了蹤影。米契掏出配槍，命令其他警員取出電擊棒，找到加百列，將他拿下。

錢德勒往前衝，喘得上氣不接下氣。他繞過那堆圓石，以為會發現加百列早已消失無蹤，但他就在那裡，站在灌木林間的一小片空地邊緣。地上有一些長方形的土堆，邊緣太齊整了，不可能是自然成形。是那塊墳地。

「待在那裡別動，強森先生！」米契大吼，其他警員做好準備，有需要時立刻射出電擊槍的帶電飛鏢。但是加百列沒跑。他轉身背對他們，肩膀抖動地啜泣著，繼續注視著那片空地，就連米契強迫他跪下，再次上手銬時，依然是如此。

錢德勒注視著加百列。恐懼深深地刻在他臉上，放鬆的淚水沾溼了他滿是塵土的臉頰。這就是他原先可能的葬身之處。在那六抔黃土底下。最靠近他們的那一堆土看起來像最近才挖的。那頂多才過了幾天而已，土壤的色澤依然偏深，並未全然脫去水分，上頭的黏土在豔陽炙烤下，有如現烤點心般酥脆。

28

乾燥的土壤阻擋不了可怕的腐敗氣息從下方飄散而出，在空氣中揮之不去。錢德勒別過頭去，忍住一陣乾嘔。他瞥見米契在後方來回踱步，對著他的iPhone含糊低語，要求派鑑識小組過來，並且說明他們發現了什麼。

現場的乾嘔聲此起彼落，緊張、期待及汗水緊密交織。他從墳前別開臉，冒險吸了一口氣。他下定決心，要在現場看他們開挖。他吸著氣味強烈的空氣，發現自己正盯著加百列，對方正在另一側觀看這一切，一臉憂慮又震驚地咬著手指甲。

錢德勒回過頭去，看著現場。地底下的東西飄散出的味道襲入他的鼻腔。他再也忍不住了。他衝到樹叢邊，貢獻出他吃下的早餐。而且有了新發現。一把十字鍬隨便藏放在一堆石塊的後面，把手上纏繞著從襯衫撕下來的布條。錢德勒認得那花樣。

「過來這裡！」他大喊。

米契衝過來，在喜形於色之餘仍企圖保持他的權威感。

錢德勒指著那個物件。「那和赫斯的襯衫相符。」

「很好，」米契說，然後才高聲對眾人說：「這可能是我們需要的突破。把這一區圍起來，留待鑑識小組檢視。」

米契的部分組員開始動手，錢德勒想了一下。赫斯。他們要抓的凶手。這就說明了在他抵達局裡時的雙手狀態：因為敲鑿堅硬的地面而起了水泡，那塊布是用來保護雙手。錢德勒的直覺錯了。加百列原來真的是無辜的那一方，他的消失只是想逃離鎮上，遠離那個瘋子的魔爪。

他想他真是搞錯了，錯得很離譜。

鑑識小組魚貫地下了直升機，彷彿垂直降落疫區，全身已穿戴好白色工作服，帶著無標記的設備箱。他可不想在夏天穿那種渾身包得密不透風的工作服，來到這裡。這支八人小組疾步走過他身旁，沒有打招呼。這群出任務的專業團隊只為和米契握手，這才停下了腳步。

錢德勒走過去加入他們，看著他們開始工作。全部的組員在墳地旁跪了下來，用細毛刷把層層的碎土掃開。錢德勒不禁要想，他們找到的屍體會處於什麼狀態，還有，他們會先發現衣服？還是皮膚？

「大家繼續進行，」米契對眾人說：「我們握有證據，連結了其中一名嫌犯和現場。我們來看看能把他和哪個罪名連結在一起。」

鑑識小組探測得愈深，氣味就愈難聞。錢德勒看著他們彼此傳遞舒緩薄荷膏，抹在鼻子下方來抑制那種氣味。有人終於把罐子遞給他，他抹上了，不過那種發酸又令人窒息的死亡惡臭一樣穿透薄荷醇的強烈氣味，撲鼻而入。

清理了一陣之後，屍體的第一個部位出現了：一隻手，赤裸裸而毫無遮蓋，皮膚鬆弛且呈灰色，彷彿滴落的燭淚。指甲斷裂、粗糙，修剪方正，那雙手來自一個靠手勞動的人。萎縮的皮膚給人一種死後還繼續生長的錯覺。工作暫停下來，大家現在能確認，在他們的眼前有一具屍體。

經過一番細心處理，臉部露了出來，幸好眼皮是蓋上的。錢德勒注意到屍體保存的狀況良好，空氣中缺乏水分有幫助，同時也讓人難以一眼看出屍體埋葬了多久。依照腐爛的程度來看，他猜測起碼有幾個星期了。他**能夠**辨別的是受害者是男性，三十出頭，棕色短髮，鼻梁斷裂，至於是生前或死後造成的，在現階段無法得知。

「他是怎麼死的？」米契打破沉默，提出這個問題。

答案很簡單，即使錢德勒所知有限也看得出來。面紙般的灰白皮膚，深色斑點，以及喉部周圍的磨損繩索纖維，答案很明顯。

「是勒斃。」他說，同時看了加百列一眼，想知道這名可能的被害人如何看待這消息。加百列一臉震驚地注視著遇害的屍體。

「工具呢？」米契插嘴說。

「看起來是繩索。」鑑識組主任說。

「拍照，取一些纖維，裝進證物袋，」米契說。他轉身面對主任。「我要立刻查出死者是誰。查出他的身分。」

米契轉身背對他們，呼叫約翰過來，他身上有衛星電話。

「我們找到一個，」他朝手機吼叫，「一具屍體，男性，三十出頭，還不知道身分。」他的臉上慢慢浮現一抹笑意，錢德勒太清楚那種笑容了。事情終於照米契想要的方向走了。

發現了第一具屍體之後，鑑識小組把注意力轉向其他的墳堆。每一抔土裡頭都發現一名受害者，不久後一共挖出五具屍體，腐爛的狀態比第一具更嚴重，目前還無法判定每一具的性別。但所有的死法似乎都相同，勒斃，而且可想而知，這是一種可怕的死法。

挖完所有的土堆後，錢德勒仔細觀察加百列的態度。他依然顯得置身事外，眼神銳利，沒有透露太多情緒。錢德勒納悶，他是否在想著自己差一點就會在這片無情大地擁有屬於他的一抔土。

29

專業團隊接手後，米契解散了其他大部分的人，安排幾名組員負責現場安全，另外派幾個到停車場監視那些記者；在直升機出現之後，他們毫無疑問會迫切想知道究竟發生了什麼事。

錢德勒走到米契身旁，朝依然戴著手銬的加百列點頭示意。

「我們要怎麼處置他？」

「他要求釋放嗎？」

錢德勒搖頭。他以為會聽到一些抱怨，提到他被逮捕，還被拖到這裡來重新體驗那段經歷。但加百列只是旁觀，彷彿在他們開挖屍體時，整個人嚇呆了。「沒有，不過他的律師肯定會催促這件事，因為我們知道凶手是赫斯。」

米契作出回應，咬著他藍得出奇的下唇。米契的兩人合作理論似乎已經不成立了，不過錢德勒看得出來他不願承認自己錯了。這倒不是說他有資格在那裡幸災樂禍。

下一個問題讓錢德勒感到措手不及。

「你認為呢？」

錢德勒停頓了一下。他在等待對方施展某種詭計，但是什麼也沒有。

「我認為不妨再留他一陣子，托詞還有細節要釐清。假如我們放他走，他可能消失無蹤。他沒有住處，沒理由在發生了這些事之後還在這裡逗留。他脫逃過一次，而且不容易找到。萬一我們放他走，只要一天可能就再也找不到他了。」

米契點頭，表示他也同意。再次像真正的夥伴般合作，感覺很奇怪。錢德勒的體內升起一股暖意，天氣只占了部分的原因而已。

「他有可能會感謝我們救了他一命。」米契說。

「可能性很小。」錢德勒說。

「假如他開始抱怨，或是威脅要提告，那就放他走，」米契說：「不過要取得他的通訊地址。」

這就是錢德勒要的答案。赫斯或許是凶手，不過他的內心深處還有一些疑問。

錢德勒準備要戴加百列穿越樹林。

「謝謝你的協助，強森先生。」米契說，同時把加百列的手銬取下。

「我樂意幫忙，但我也很高興這一切都結束了。來到這裡，彷彿所有的記憶又回來了。」他看著米契，然後看著錢德勒。「現在希望你們能證實這項指控，你們找到他的襯衫了。」

「我們會盡力而為，強森先生。」米契說，然後跨步走開，回去指揮現場。

錢德勒看得出來加百列安心了，所有的緊張恐懼都消失無蹤，在他的心裡，他已經是自由之身，因為他們發現了將赫斯定罪的證據。但是到目前為止，那塊碎布是他們手上的唯一線索，夠重要，卻只是間接證據。

他們朝停車場的方向往回走，不久後就剩下他和加百列獨處，四下什麼都沒有，只有樹林、灌木，以及兩人的閒聊。

「這地方真大。」加百列說，這時他們正爬上一處小山丘。

「的確是，」錢德勒說：「你現在打算怎麼做？」

錢德勒等對方回答，不過卻等到另一個問題。

「你常過來這裡嗎？」加百列問。錢德勒還沒有機會回答，加百列繼續說下去。「可能沒有吧，我想。這裡太容易迷路了。假如我迷路了，你們警方會花多久的時間來搜尋我？」

錢德勒太清楚答案是什麼，但是沒說出口。加百列沒有迷路，他找到出去的路。他是幸運的那群人之一。「直到我們找到你。」

「真的嗎？以前有人在這裡迷路嗎？」問完了問題後，他忽然停下腳步，害錢德勒差點撞上他。「這地方……我不知道，讓我覺得毛骨悚然。好像山上有鬼魂遊蕩。假如我沒逃走的話，很有可能是糾纏我的鬼魂。不過我猜想你也有鬼魂？巡佐。」

「這話是什麼意思？」

「或許是那些因你而坐冤獄，或是你見死不救的人，糾纏著你的內心？」

錢德勒納悶加百列在暗示什麼。他是要從冤獄的角度反擊嗎？無論是什麼，對一個現在已經是自由身的人來說，這場對話已經變得令人毛骨悚然。

「我盡量，最多也只能這樣了。」錢德勒說。

「這不算是回答，巡佐。」

「有時事情就是這麼發生了，我們盡力改正。」

「萬一失敗呢……」

「我盡量避免失敗。」

「品格真高尚。」加百列說，笑容的背後隱含諷刺之意。

錢德勒決定尋找他自己的答案。「你覺得赫斯為什麼挑中你？」

加百列聳聳肩。「任何人都有可能，誰都可能在那條路上找便車搭。」

「但不是別人，而是你。」

「的確是。」加百列歎息說。

「你先前提到上帝。你認為祂幫助你脫逃嗎？你認為祂一開始為什麼挑了你被人抓走呢？」

「我想祂對我有所計畫吧。」

「是什麼計畫呢？」

「我不確定。某些我必須去做、必須繼續做的事吧。或者是我必須停止不做的事。」

「你阻止了赫斯。」

加百列停頓了一下，彷彿在思考這件事。「還沒有。」

「這話是什麼意思？」

加百列回頭望向那些現在已經看不到的墳場。「我想我會需要作證，對吧？讓他坐一輩子的牢。」

「除非我們在這裡迷路了。」錢德勒說。他帶著他走回燒毀的棚屋，然後前往停車場。

錢德勒跟吉姆簡短通過話，在山林道路的遠處和警車會合，神不知鬼不覺。

錢德勒護送加百列回警局，對他和律師的說法是，他們必須處理他的釋放手續，局裡的人手不夠，可能要花一點時間。雖然加百列似乎心存懷疑，他並沒有提出抱怨。他對自己的清白有信心。

十五分鐘後，米契帶著一股新氣勢衝進來，準備拿赫斯有罪的證據來和他對質。

「把巴威爾先生綁在偵訊椅上。」他說，並且跨步走進辦公室。「把他的律師也找過去。」

錢德勒點頭示意譚雅和吉姆去執行這項任務，然後轉身面對錢德勒。

「在我們帶他過來之前，先把你帶離開這裡。」錢德勒說。

「沒關係，我可以面對他，」加百列說：「我在法庭上必須如此。」

「或許是，」錢德勒說：「不過呢，正如你所說，他已經試過殺害你一次，所以你何必讓自己承受更多壓力呢？」

「我要回去牢裡嗎？」

「恐怕只能這麼做了。」

「沒有別的替代方案嗎，巡佐？」他的律師問。

「他已經搞失蹤一次了，我們不希望再次發生。」錢德勒說。他對著律師說話，但眼睛看著加百列。

「我對這種安排很不滿意，」律師說：「我的客戶會待在這裡……暫時如此。不過只待到我替他找到其他合適的住處。」

錢德勒心想，**祝你好運囉**。

錢德勒等著加百列抗拒這種安排，但他只是勉強點了點頭。然後他朝牢房走去；他雖然是清白的，不過就像當犯人時那麼順從。

「我們會盡快處理。」錢德勒在他的後面高聲說，但他有種鮮明的感受，他的囚犯並不急，在經歷過這一切之後，他可能筋疲力竭了。

他走進錄音室時，心裡還想著這件事。在米契的堅持下，這次是由魯卡負責控制台。在玻璃的另一邊，米契本人已經開始進行盤問，在赫斯的面前揮動一只證物袋，裡頭裝的是他襯衫少掉的那一塊布。

「你是在哪裡找到的？」赫斯問。錢德勒注意到他的聲音，裡頭帶了點心虛。

「在那些墳堆之一，巴威爾先生。」

「好吧，」赫斯說：「我不知道在哪裡扯掉的，或許是我跌倒的時候吧。」

「我想你不明白，巴威爾先生。這塊布纏在一把十字鍬的把手上。」

赫斯滿臉疑惑，還有一絲慌張。「十字鍬？怎麼會跑到那裡去？」

「你來告訴我們。」

「我不知道。」赫斯說。他身上散發出驚恐的氛圍，或許是明白了這一連串的訊問是朝哪個方向走。他朝他的律師瞥了一眼，那名下頦寬厚、年約四十五、六的男子就坐在他身旁的椅子上。「那不是我放的，我沒有十字鍬。」

「這說明了你的手怎麼會這樣，對吧？」米契說，態度依然一派冷靜。

「你在說什麼？」赫斯說，同時看著自己的雙手。

「那些水泡。挖墳坑是辛苦活兒，難怪了。」

赫斯高舉雙手。「這是為了要逃跑才弄成這樣，要逃離他的魔掌。」他說，並且指向門口和牢房的方向。

為了把話一次說明白，米契拿起了那塊布，放在較大的那只證物袋旁，袋內裝的是赫斯的襯衫。扯掉的口袋正好吻合。

「他是怎麼拿到你的襯衫，巴威爾先生？」

「他可能趁我失去了意識時，扯下了一塊。我不記得是什麼時候不見的。」

「他為何要這麼做？」

「為了陷害我。」

「真的嗎？巴威爾先生？對一個他想殺害的人這麼做，似乎是大費周章了，你不認為嗎？」

赫斯答不出來，所以米契繼續說下去。「現在事情有了進展，你不用懷疑，我們會收集到更多的證據。總會有人看過你搭載名單上的那些人。」

赫斯的聲音變得堅決。「我沒見過那張名單，直到你拿給我看。我對那些墳堆一無所知，只是看過而已。而且我對那些命案也毫不知情，我只知道我本來也會成為其中一個。」

米契抓住這個機會攻擊。「你怎麼會知道命案不止一起？」

他冒險朝這方向偵訊，錢德勒看得出來，赫斯的處境岌岌可危。「我的客戶不——」赫斯的律師插嘴說。

赫斯打斷了他的話。「加百列說，我會是第五十五個。」

「你是怎麼殺害他們的？」

赫斯搖頭。「我沒有！」

「少來了，巴威爾先生。」

律師企圖再次介入。「我的客戶說他沒有。你是在逼迫他要——」

「我是這案子的受害者，」赫斯大吼。「我不知道他們是怎麼死的。假如你那麼聰明，去叫加百列告訴你！」

最後一句話裡頭有種輕蔑的意味，嗆得米契似乎說不下去了。他沉默了片刻，在裡頭來回踱步，然後才轉身面對赫斯，雙手壓在桌面上，低頭怒視著他的主嫌犯。「我們需要事實真相，巴威爾先生。」

赫斯依然不肯屈服。「我跟你說的就是實話，你不能這案子套在我頭上。」

赫斯的律師終於設法打斷他的客戶。「我認為今天就到此為止了。」他清楚地說。

「只剩最後一個問題，」米契說，並且從桌旁站挺了起來。「把他們勒斃是什麼**感覺**？」

對方想當然耳噤口不語，米契便怒氣沖沖地離開了偵訊室，留下芙蘿來結束這場偵訊。

錢德勒在外面遇到他。他的前同事企圖保持冷靜的氣場，但是高溫暑氣和尋找證據的壓力，讓他看起來心煩意亂。

「我會從他的口中逼問出來。」米契沉著臉，鬆開頸間的領帶。

他看著錢德勒。「強森先生放出來了嗎？」

「還沒，他的律師問過了，但是沒有進一步要求。我想他是認為自己洗刷了冤屈，想要當好人吧。」

「趁他現在還在這裡，我們不如設法問出一些能用來對付巴威爾先生的消息。我還是認為他們有所隱瞞。一段友誼、過往，或是什麼的。」米契的眼中有一股冷靜的怒火，錢德勒在心中暗自提防。這種神情暗示他什麼手段都使得出來。

加百列同意接受訊問。這次一樣沒有律師陪同，他似乎認為現在自己是在協助警方調查。直到米契問他那些受害者是怎麼死的，他才態度丕變。

「這是怎麼回事？」加百列問，並且注視著單向透視玻璃。

「只是幾個問題而已，強森先生。」

「聽起來比較像是指控。我以為你們抓到你們要的人了。」

「我們要盡可能收集資訊。」米契插嘴說。

加百列不說話。

「所以呢？」米契問。

「所以……」

「他們是怎麼死的？」

「我不知道。去問另一個人。你們在現場找到他的襯衫，這樣還不夠嗎？假如我沒逃走，他會依然逍遙法外，而我會在其中的一個墳堆底下。而你們警方則依然被蒙在鼓裡。」和赫斯一樣，這種涉嫌指控引爆了加百列的激烈反抗。然而加百列的反抗帶著強烈的自負姿態。「你要他寫下自白嗎？崩潰後說出真心話？他是個殺人凶手，督察，冷血的凶手。跟他有類似本質的人應該看得出來，他不會輕易放棄。」

加百列怒視著米契。那是一個帶刺的回應，意在造成傷害。

結果成功了。米契上了當，朝加百列露出自大的獰笑。「我以前幹過這種事，強森先生。」

「他也是。假如你不能讓他認罪，找個有辦法的人來處理。」

米契的獰笑不見了，他瞇起雙眼。錢德勒看得出來，他的老同事蓄勢待發。

加百列把他未上銬的雙手平攤在桌面上。「假如你要繼續拘留我，問我這類問題，那麼你最好打電話給我的律師。你們沒起訴我，就把我拘留了這麼久。說真的，我已經盡我所能協助你們了，如果真的要的話，我想我可以告你們和整個警局妨害自由。」

錢德勒知道，對米契的地位或事業提出任何威脅，只會激怒他。他的鬢邊血管暴突，嘴唇在燈光下藍得發灰。他熱血沸騰，但加百列還沒說完。

「看來警方想把我的好意濫用到極致。假如我告不成，起碼可以把這整個故事賣給報章雜誌。」加百列往前靠過去，怒視著米契。「第一個提到的就是你的名字，督察。」

米契也瞪了他一眼，然後從桌旁走開，離開了偵訊室。

錢德勒在外頭和他碰面。

「你相信這番鬼話嗎？」米契低聲怒吼。「把我們搞得跟白痴一樣。」

是**讓你看起來像白痴**，錢德勒心想，但他只是說：「我們要把律師找來。」

米契搖頭。「我要再試一次，跟他講道理。」

「你是在賭你的運氣。」

米契只是含糊帶過，這時尼可在辦公室大喊：「洞洞么，巡佐！」

洞洞么，家裡來電。錢德勒走到電話旁，要跟他母親說不管有什麼事，他都晚點再處理。當他把話筒拿到耳邊時，他的母親已經滔滔不絕，彷彿一直都沒停，根本不在意電話的另一頭到底有沒有人在聽。

「——他堅持要自己粉刷整間屋子。」

錢德勒插嘴說：「我晚點再處理，媽。」

她可沒這麼好打發。「我不喜歡看到他爬梯子。」

「我現在走不開，媽。」

「那件大事還沒解決嗎？」

「對，媽。你去跟老爸說不要爬梯子。我這週會粉刷。再見。」

錢德勒掛斷電話。他低聲詛咒，很氣他的私生活又干擾到工作了。然後他閉上眼。他又來了。把工作放在家庭之前。他明明曾發誓要盡快改正。

他回到錄音間。魯卡依然在裡面，不過監視器一片空白，錄音設備毫無動靜。

「他已經結束訊問了嗎？」錢德勒問。他很高興米契沒有賭一把運氣。

魯卡的反應是四下張望，就是不看錢德勒，假裝在撥弄那些控制鈕。

「魯卡？」

「督察正在和強森先生進行私人對話。」

錢德勒看著空白的螢幕。一場他不想錄下的對話。一些不合法的勾當。

他衝出錄音間，跑到偵訊室。約翰及洛普在門口形成一堵令人生畏的人牆。

「讓我進去。」

「沒辦法。」洛普說。他咬緊了牙，雙腿打開，穩穩地站著。

「你們想怎樣？」錢德勒問。

「該怎樣就怎樣。」約翰說。

錢德勒打算來硬的，這時吉姆出現在他身旁。

「發生了什麼事？」吉姆問。

「我才想弄清楚。」

雙方宣戰，劃清界線，尼可加入了這場激戰。現在是三打二。勝算很小，但錢德勒需要進到裡面去。三名本地警察衝過去，在狹窄的走道碰撞身體。他們不斷推擠，憤怒地叫喊。錢德勒的顱側挨了一記短臂拳，走廊空間太小，沒辦法好好出手。錢德勒反擊，猛地伸出手，打中了一張汗溼的臉，逼得那顆頭往後一仰。他這才趁隙擠過去，進了偵訊室。

他的眼前出現一幅景象：米契跪在加百列的上臂，把他壓制在地上。加百列痛苦地大叫著。

「放開他，米契。」錢德勒命令他的頂頭上司，並且出手去拉他，手指努力想抓緊那套絲質西裝。

「他攻擊我。」米契說，並且竭力保持他在加百列身上的位置。

「我沒有！」加百列大吼，奮力想要掙脫。

錢德勒很清楚，加百列沒有攻擊米契。他的直覺告訴他，這是米契跟嫌犯動粗，想看能不能讓對方吐出更多細節。或者單純是報復對方威脅要向他提告。

「把他拉開！」加百列再次大叫。

錢德勒抓住米契的衣領，拉他站起來。他們面對彼此，加百列一下子就竄到偵訊室的另一頭。

「你到底在搞什麼，米契？」

「找答案。」米契咬牙切齒地回答。

「用這種手段？」

「我的任務是破案。」

「那你問出了什麼？」

米契漲紅的臉告訴他，除了徒流一身汗，他什麼也沒問出來。

錢德勒把他往偵訊室的後方推，然後扶加百列回到座位上。

「你沒事吧？」

「他當然沒事，我根本沒碰他。」米契說。他沿著後面的牆邊來回走動，有如籠子裡的困獸。

「這是一個扮白臉、一個扮黑臉的那套警察手法嗎？」加百列問：「如果是的話，你們不用再演了。」

錢德勒搖頭。「沒有，不是的。我替督察的行為向你道歉。」

「不必替我道歉。」米契大聲咆哮。

加百列深呼吸了幾次，看起來恢復了幾分冷靜。「叫我的律師過來，我有很多話要說。」

30

錢德勒大感意外的是，加百列並未要求獲得釋放，只是想見律師。由於米契幹的好事，就算他在場，他也無法多做什麼來加以阻止。或許對方準備要提告，控訴米契或警方騷擾。這又為這場調查增加了一項負擔。把加百列帶回牢裡之後，他到辦公室找米契談。

「你把話說清楚，那是怎麼一回事？」他要求，「企圖毆打嫌犯？威脅？騷擾？」

米契毫無悔意。「我是來破案的。有時候你要使用暴力，才能得到你要的。」

「在我的局裡不行。」

「別忘了你在跟誰說話，巡佐。」

「我很清楚我在說話的對象是誰。」

這位朋友曾在青少年時期，和他分享想成為摩托車越野賽冠軍的夢想。這位朋友曾經在他摔了車，磨掉腿上的大部分皮膚之後，把他從蘇利峽谷拖出來。這位朋友曾和凱莉．費里曼的異形姊妹約會，只為了讓他能和凱莉出去。

「我的這位朋友曾經把巧克力放在口袋裡，融化後看起來活像他大便在褲子裡，」錢德勒說。

米契停頓了一下。他瞇起了眼睛。這可不是他想要老調重彈的故事。這是教他坐立難安的故事。米契回擊了。

「是啊，但我可不是當年的那個男孩了，錢德勒。我也是和你前妻交往的**男人**。」

前妻……他是什麼？這些字眼各有其意義，但組合在一起之後，錢德勒深信他肯定遺漏了什麼。

「你在說什麼?」

「我在和泰莉交往。」

「這話是什麼意思?」錢德勒說。那些話裡的暗示依然含糊不清。

「你要我說得多清楚，錢德勒?泰莉和我。我們是男女朋友。」

泰莉和米契?是一對?

「從幾時開始?」

「從我們接到電話，說黑德蘭港發生一起劫車未遂事件。是一位泰莉．帕格尼斯報的案。我跟去看看，想知道那是不是我以前認識的那個泰莉．帕格尼斯。」那個喜孜孜的咧嘴笑容又回到米契的臉龐。他很開心能冷不防地把這消息告訴錢德勒。他可能自從抵達這裡之後就心癢難忍，等不及要跟他說這件事了。

「你覺得會有幾個泰莉．帕格尼斯?」錢德勒厲聲地說。

米契聳聳肩，表示他毫不在意。「她說你倆已經分手了。她看起來還是相當火辣。我們從去年八月交往到現在，剛好一年出頭。從我認識她之後，她的行為已經收斂很多。她搬出來自己住，有份正當的行政工作，收入不錯。不過這些你照理說都知道了。」他語帶挖苦，顯示他明明清楚錢德勒並不知情前妻近況，而且他的猜測是正確的。

米契繼續說：「然後呢，我們決定碰面，小酌一杯，聊開了之後發現，兩人之間的共通點比想像中還要多。我們都喜歡自己的空間。她喜歡整理，我喜歡東西井井有條。我們談了很多這地方的事。」他看著錢德勒。「大部分是關於她有多想念她的孩子。」

「是她自己離開我們的。」

「先讓我說完，」米契帶著慣有的斥責口吻說：「她想念小孩，但是不想念這地方。我也一樣。」他靠過來低聲地說：「說實話，這裡真是個鳥地方。」

錢德勒沒理會他對故鄉的貶抑看法。

「所以我對她說，妳有一個穩定的環境，為什麼不申請孩子的監護權？」

米契握緊拳頭，一語不發。

「擁有他們並不是你專有的權利，對吧？」米契又說：「好吧，說句公道話，她不確定自己是否有權得到他們，但是話說回來，你有嗎？就我看來，他們大部分時間都是由你父母在照顧的。」

「你怎麼會知道這種事？」

「我在鎮上有耳目。」

「是誰跟你說的？」

米契嗤之以鼻。「別忘了，我在這裡有家人，錢德勒。他們告訴我，那兩個孩子一直都住在你父母的家裡。」

「他們知道個屁。」錢德勒強壓怒火地說。

米契笑了。

這使得錢德勒更生氣。

「你說得可能沒錯，錢德勒，不過**我們**呢，」米契說，並且刻意強調「**我們**」。「正在想辦法贏得孩子們的監護權。」

「你們才在一起多久，你說的……一年嗎？」

「我們是認真的，錢德勒。一段認真的感情。我們同居了。我想當爸爸，而且我認為有現成的孩子比較好。少了那些手忙腳亂的照顧嬰兒階段。」

「去你的——」錢德勒氣到語無倫次。「憑你，為人父？」

「你可能不相信我，錢德勒，但幸好這不是由你來決定。這要看審判長怎麼說，而且我認識的審判長**非常多**。」

錢德勒身上的每個細胞都在吶喊著要揍米契。米契甚至把他那張臉和突出的下顎擺在他面前，彷彿在引誘他動手。動手之後，他會得到申誡，可能還會被踢出警局。動了手，他和泰莉的案子會火上加油，給法官另一個理由來判決她勝訴。假如錢德勒繼續待在原地，他很有可能會朝那張臉祭出一拳，甚至是雙拳齊飛。

解決的辦法只有一個。錢德勒轉身，離開了警局。

31

天氣酷熱難耐，但錢德勒渾然不覺。守在後門外的記者拋出問題，他木然以對，繼續沿著哈波街走，在炙熱驕陽及涼爽遮蓬之間快步疾走。在這一路上，有個念頭盤據著他的腦海。

離開的人是她。

然而他明白是為了什麼。威布克鎮的生活很規律，對於像泰莉這樣靜不下來的人而言太乏味。皮卡克先生坐在他的五金行外面，任由顧客在裡頭閒逛，等他高興了才會進去服務客人。安賽爾・帕克在他的雜貨店裡，像每天推石頭上山的薛西弗斯一樣，不斷趕蒼蠅。寇特羅太太儘管收到不可濫用水資源的警告，還是給窗台花架澆水，然後故意淋溼底下的行人。這些念頭通常足以令他分神，現在卻無法阻止他把心思都放在米契所說的話上，關於他們威脅要從他身旁奪走什麼。法官是否會缺乏足夠的洞察力，在泰莉做過了那些事，或是少做哪些事之後，依然把撒菈和傑斯柏從他的身邊帶走。但是萬一她真的像米契說的那樣，改過自新，那麼就有可能會發生這種事。泰莉——以及米契——可能得到他的孩子的監護權。**米契和泰莉**。這兩人曾毫不遮掩地鄙視彼此。現在他們變成了一對，合為一體。假如她得到小孩，他就會不得不再度展開每週來回海岸的日子，這次會是去見他的孩子和那對愛侶。這念頭使得他渾身起雞皮疙瘩。

一輛車在他的身旁停下，車窗在電動馬達的呼呼聲中降下。米契從駕駛座探身過來。

「錢德勒，我們本來要告訴你——是真的。開口的人不該是我，而是泰莉，可是……事情就這樣發生了。我們想先看兩人是否相處得下去，然後再告訴你。現在我們走到這裡，兩人都希望孩子能在都市長大。至少在他們決定比較想在那裡生活之前，先體驗看看。你當然看得出來這對他們有好處。現在還有誰能在這種鳥不生蛋的地方住一輩子呢。」

錢德勒停下腳步，轉身面對那個聲音。他在一種連自己都難以想像的自制力之下開口了。「你可以帶走泰莉，米契。帶她走，把她留在身邊，我根本不在意。但你絕不可能帶走我的孩子。」

「這個就交由法庭決定了，錢德勒。以後再說。我們有件案子要破。上車吧，我載你回局裡。」

「我自己走。」錢德勒說，他再也不相信自己能和米契獨處。

錢德勒回到局裡，和大家一起討論該如何處置那兩名嫌犯。由於新證據的出現，米契同意把赫斯當作唯一被告。案件確立後，他徵詢大家的意見。他其實不想聽別人的看法。一如預期，他的小組點頭表示同意。只有譚雅提出異議，指出儘管在心理——以及生理——的壓迫下，兩名嫌犯都沒有更改說詞。

「我們掌握到襯衫和斧頭，」米契說：「以及巴威爾先生是在企圖偷車的情況下被帶到警局。可能是打算遠走高飛。」

「加百列也曾經逃走。」錢德勒說。

「但他也自首了，」米契說：「兩次。」

「就某種程度來說是如此。不過你想冒那個險嗎——」他沒把「米契」喊出口便打住了。萬一米契被激怒了，他可能會變得固執己見。他想要的是利用米契深怕鑄下大錯、影響前途的恐懼。「——督察？」最後他這麼說。

然而米契已經瞇起眼睛，顯然聽到錢德勒在稱呼他的職稱之前，出現了一絲猶豫。

「我們抓到了兩個，可以兩個都起訴。」錢德勒說。

「我們可能會誣告一個人。」米契說。

「直到我們確定哪個是清白的，這是我們——還有你——都必須承受的。」錢德勒感到很不舒服。說出這種話，甚至是起這種念頭，要剝奪一個無辜者的自由，這違反了他所捍衛的一切，但是他找不到別的辦法。

「所以現在怎麼決定？」譚雅問。

「我們兩個都起訴，謀殺罪，」錢德勒說：「沒別的辦法了。我們羈押他們的時間早就超過期限，就算加上一大堆額外的押解、蒐證、醫療及企圖脫逃的時間也一樣。假如我們再這樣繼續搞下去，整件案子可能會四分五裂，或者我們的嫌犯會主張他們的權利受到侵犯。」

這時出現一陣停頓，所有的目光都落在米契身上。

米契勉強點了點頭。「律師會把情況弄得更糟，」他說，毫不掩飾他的不滿之情。「我希望在發生那樣的情況之前，把一切都處理妥當。反正事已至此，」他繼續說：「我們兩個都要起訴。現在開始行動。」

於是會議到此結束了。

嫌犯再度與他們的律師獨處，錢德勒的心思回到了稍早獲知的意外消息。但是打電話給泰莉討論這件事也無濟於事，他也不打算和米契再多說什麼。

他想把心思從這件事上轉移開來，於是離開局裡，去探訪鑑識小組。他們占用了市政廳，就在同一條街道往下幾百公尺處。那幢斑駁的紅磚建築看起來像是一棟有裝飾性窗戶的倉庫。自從二戰接近尾聲時的徵募新兵活動之後，這地方就沒這麼熱鬧過了。當時大家激烈爭論過，鎮上是否應該派人去抵禦外侮。那次最後起了一場小暴動，鎮長兼酒館老闆「搖滾」哈利．溫特使用儀式鍊帶充當套索，把鬧得最厲害的暴動者拖走。這項舉動登上了各大報，也讓哈利接下來穩坐了十年的鎮長位置。

「妳查到了什麼嗎？」錢德勒問。

「查到？你是要問哪方面的，巡佐？」帕泰爾醫生不是會浪費時間的那種人。

「關於屍體的進一步發現，辨識出他們的身分了嗎？」

她對著他搖頭，彷彿他是個小孩，要她在短短五分鐘之內概述人生的真諦。「現在要判斷這種特定項目還太早，巡佐。我們目前只有初步的結果。」

「我聽初步結果就可以了。」

她揚起了眉。帕泰爾醫生是沒什麼幽默感的女子，和她的工作服一樣單調無趣。但錢德勒猜想她必須照這一行的規矩走，在服裝方面一絲不苟，做事的方法也一樣。

「這些屍體有四具是男性，兩具是女性，年紀都在二十到四十歲之間，但其中至少有兩具的最初預測可能會有變化。他們都穿了衣服，但沒有身分證件。目前我們正在想辦法取得齒模，看是否能得到直接結果。初步檢驗顯示沒有性侵的跡象。重要的是，而且我敢說你等不及想知道，所有的受害者看起來都是被繩索勒斃的。所有人身上都清楚可見勒溝，應用手法沒有精巧或獨特性可言，只是純粹的暴力。」

「這叫初步而已？」錢德勒露出一抹微笑，尋找著一絲幽默的回應。

蕾貝卡只是點頭示意。「目前我無法也不想多透露些什麼。我們會及早準備報告。我想請你不要洩漏任何消息給媒體，等日後我們有了完整的結果之後再說。」

她揚著眉，暗示她接受他提出進一步的問題，但她也認為應該是沒有了才對。

32

錢德勒回到局裡時，米契正在告知由律師陪同的兩名嫌犯，他們被起訴六件謀殺罪名。兩人都嚇呆了，也都堅持警方犯了大錯。兩人的律師都告訴他們要保持緘默，接著以最嚴厲的措詞向米契重申客戶的抱怨，聲稱他們的客戶堅不認罪，而且也應該被當成無罪對待，對於警方過了這麼久才找他們過來，他們深感憤怒。這彷彿是在觀賞一場口語芭蕾，他們的抱怨如出一轍，和兩人的客戶證詞一樣。

儘管嫌犯在押，警方也已經對他們起訴，米契依舊不開心。

「赫斯堅持就我們對待他的方式，提出投訴。」米契搖頭，下顎的肌腱暴突。「我逮到了他，然而他，這位能讓我的名號響遍澳洲，甚至是全世界的連續殺人犯，竟然有那個臉要投訴我們？」

「加百列呢？」

米契似乎不高興焦點從赫斯的身上轉移開來。「吭都沒吭一聲。」

「他可能想留著日後再說。」

米契皺起眉頭。「這是什麼意思？」

「我是說——你對他的攻擊。加百列可能要保留這件事，當作日後談判的籌碼。」

米契默不作聲，肌腱又動了起來。

芙蘿出現在門口。「記者會，督察。」

米契把雙手往桌面一拍，站了起來，衝往記者會現場去宣布這次的起訴。錢德勒錯愕地聽到米契慣有的尖銳口吻不見了，自信的神采蕩然無存。他的惱怒加上記者的死纏爛打讓他吃不消。他失去了控制，變回了那個說話結巴的青少年，彷彿年少時的某種疾病從他成長的這塊土地上冒出了來，害他又染上了。兩名嫌犯的纏鬥毀了他的計畫；他原本打算旋風似地來到這裡、逮到罪魁禍首，然後悠哉回到沿岸。回去和泰莉在一起。還有錢德勒的孩子們。

宣布起訴不僅讓局裡起了一陣騷動，鎮上也是一樣。本地人加入了記者的行列，聚集在警局外頭，迫不及待想親眼目睹來到鎮上的大壞蛋。威布克鎮難得出現命案，多重命案更是無法想像的事。但是深感不安的不只有米契。隨著本地人集結出現，錢德勒不得不向驚慌的鎮民解釋一切都風平浪靜了，他們已經把嫌犯關在牢裡。史巴拉．托伯特甚至要他為此發誓。

他們發出兩張正式傳票，一張給加百列．強森，一張給赫斯．大衛．巴威爾，要他們明天早上去見地方法官。

錢德勒原本以為米契會堅持他待在局裡，把他和孩子隔離，讓泰莉在爭取孩子的監護權時更有利。但是米契把全副精神都放在完成起訴通知書上，所以錢德勒便回家了。

撒菈抱著手機不放，傑斯柏把他拖去車庫，堅持要他把卡丁車開出來。錢德勒把車停在車道上，看到玩了一個冬天後，它的後輪軸都鬆了，需要調整一番。但是傑斯柏沒心情去修理現在還能用的東西。他重重地坐到從一輛舊越野車拆裝下來的塑膠座椅上，然後要他爸爸推著他在院子裡到處跑。看到他這種對安全無憂無慮的態度，錢德勒想起了自己年輕時騎著摩托車橫衝直撞。這也是傑斯柏容易陷入困境的原因，他的祖父母動作太慢，跟不上他，通常是在意外發生一段時間後才抵達現場。事實上，傑斯柏在卡其短褲底下骨節突出的膝蓋上，現在有一堆割傷和痂疤縱橫交錯，彷彿有人拉著他在荊棘叢裡來回拖行。無論是誰裁決監護權，那種類型的傷痕都會令他們格外謹慎地思考。但是錢德勒相信，他們必須接受孩子不可能隨時隨地有人看著。淚水是成長的一部分，而且對傑斯柏來說，反正淚水一下子就乾了，他的人生就是一連串的冒險：堡壘和特技、警察和強盜。現在，又多了殺人凶手。

吃完一頓愉快的家庭晚餐之後，錢德勒帶傑斯柏去睡覺，給他說床邊故事。那是一個幻想故事，關於機器人和太空船在一個遙遠的行星上，那裡的水是蘇打水，景物都是可以吃的，是改編自一首他不太記得的兒時童謠。他還沒翻到第二頁，傑斯柏就睡著了，玩了一個晚上消耗掉他的體力。

接下來是撒菈。她蜷縮在床上，手機貼著她的臉。錢德勒走進房裡時感到躊躇，預期會聽到他不想回答的問題。他先打出安全牌。

「妳今天過得好嗎，寶貝？」

他得到的回答只有一聲咕噥。這徵兆是好是壞，他分不出來。

「沒什麼好玩的事嗎？」

「還是沒舉行第一次告解。」

「對了，真抱歉。不過有——」

「蘇菲說發生一件命案，你逮到殺人犯了。一共兩個。」

看來再謹慎也沒用。他清了清喉嚨。「調查正在進行。」

「爸，我不是小孩子，你可以告訴我。」

「就算那是真的，我也不能告訴妳。」

「是真的嗎？」

「沒什麼好擔心的，一切都在我們的控制中。」

「那麼為什麼你——他們——要阻止舉辦第一次告解？」

「釐清這些事情要花點時間，我想它應該不會太快舉行。或許再過幾天吧。」

「喔。」她聽起來既不快樂也不傷心。

他決定換個話題。

「妳想和我練習一遍嗎？」

她搖頭。「我知道怎麼說。」

「妳知道要說什麼嗎？」

「對。」

「妳知道你要告解的罪嗎？」

她點頭。

「是什麼？」

「我才不告訴你。」她睜大了眼睛說。

錢德勒假裝大吃一驚。「有那麼糟嗎？我要叫吉姆和譚雅過來做筆錄嗎？」

「不用啦。」她笑著尖叫說。

「那妳為什麼不能說？」

「這是祕密。」她說，然後抬起一雙棕色大眼看著他。「除非你告訴我，你告解了什麼，你的第一次告解。」

錢德勒被問倒了。他不記得自己的重大罪過是什麼。可能是一些無關緊要的事，但是在他十一歲的時候似乎顯得很重大。假如有人要他現在想出一件罪行，他知道自己會告解什麼。他要求這些年來他曾辜負過的人能原諒他。泰莉……撒菈……傑斯柏……馬丁。對，那個馬丁。

他離開前在她的額頭輕吻了一下。她要他走開，她要睡覺了。

他回到客廳時，看到他的父母全神貫注地看著某種電視遊戲節目，全都是閃爍的光線和過度激動的參賽者，要看他母親最近迷上的是什麼。每個人都在家，一切都一如平常。直到門外響起了敲門聲。

「我去開。」錢德勒在他母親從沙發椅掙扎起身之前便搶著說。他很高興他這麼做了。

他打開門，看到了一身狼狽的米契塞滿整個門口，今天穿的西裝斜向一側地滑落肩頭，像是傾斜的司法天平，身上的襯衫皺成一團，整個人倚著門廊的拱壁。

「你來這裡幹麼，米契？」

「對喔，**米契**，」米契說。他舉起一瓶半空的棕色液體，可能是波本吧。從寬底及厚玻璃看起來，那一瓶所費不貲。「今晚不叫『督察』了？是嗎？」

「你要幹麼？」錢德勒問。

「喝一杯，停戰。」

米契的聲音很響亮。他就要喝醉了，而且幾乎無法掩飾。

「停戰？」這原本感覺應該像從前——他和米契在前廊廝混——但是感覺起來更陰險。不堪回首的往事。

「我想我們一開頭就把事情弄僵了。」

錢德勒嘆了口氣。「聽著，米契，你的好意我心領了。不過現在時間很晚，我想花點時間陪我的孩子。你喝得醉醺醺地跑來我家門口，我實在不想領教。」

「我沒醉。」米契說，聲音更大了。

錢德勒伸手要關門。「聽我說，你該走了。我們——我——明天要讓事情回歸正軌。孩子們要上學，撒菈再過幾天要進行第一次告解。我要做好準備，免得我前妻把孩子從我身邊偷走。」這不是巧妙的出擊，但是感覺很過癮。

米契高舉雙手一揮。「啊，幹麼這樣呢。這不是針對你。」

「不是針對我？」錢德勒氣急敗壞地說。他往後瞥了一眼，以免他母親在後頭逡巡走動。「你倆怎麼……什麼時候……決定把孩子們——**我的孩子**——捲進這件事裡頭？」

米契搖著頭，他的上半身隨著外套醉醺醺地慢半拍搖晃。「我們交往之前，她早就起了這念頭。」

「你走吧，米契。你喝醉了。」

米契反擊。「你想知道原因嗎？因為這裡沒別的事好做。孩子們也會一樣——沒別的事好做，變成**鄉巴佬**，跟你一樣。」

錢德勒瞪著米契。「你愛怎麼說我都隨你。起碼我不會只為了曝光率才出面，活像討好媒體的妓女。」

「老天，錢德勒，跟上這個世代吧。到處都在講求曝光率。公關才是**王道**。版面配額和新聞稿。曲線圖換來起訴，起訴博得版面。我要使出渾身解數來爭取預算，為了取得預算，事情要不是順利進行，要不就是全面潰敗。我比較喜歡前者。」他瞇起雙眼，倚著拱壁支撐身體。「你是嫉妒嗎？」

「嫉妒？」

「對，我和泰莉在一起。或許你還沒忘掉那一段。這裡的選擇可能寥寥無幾，不過我相信總有人飢不擇食。」

米契被自己的笑話逗得咯咯笑，但是錢德勒受夠了。他走出門外，正面迎戰。

「快滾出這裡，米契，要不然——」

「不然怎樣？」米契說。他把自己從廊柱旁推開，發現少了支撐，這世界有點搖晃。

「要不然會發生我倆都後悔的事。」錢德勒說。

米契決定他鬧夠了，於是離開前廊，往下走到乾燥焦黃的庭院。

「我後悔來這裡處理這堆鳥事，」他說：「不過我會處理妥當。」他很快地轉身，步伐蹣跚地走到草地上，走進了黑暗之中。

而小鎮仍處於不安的危險中。

33

二〇〇二年

進入第十八天的搜尋行動結束了，因為他們被迫面臨接下來幾週更糟的天氣，氣溫將近五十度。在這種氣候之下，攜帶有限的飲用水待在野外並不安全。因此比爾和來自伯斯的領導人物接受了錢德勒宣布的決定。

聽到這消息，希薇亞的肩頭垮了下來，她的肢體語言顯示所有的剩餘希望都消失了。然而亞瑟的決心依舊不變。他召開一場臨時安排的記者會，說明他打算繼續搜尋。他告訴記者，警方或許已經放棄了馬丁，但他和上帝不會這麼做。他會再度踏上野外，這次要依照他自己的作戰計畫。

這場說明讓每個參與的人擔心不已，但是沒有足夠的警力或任何人有辦法阻止他，因為這是一片公有土地加上個人自由意志的組合。所以比爾把錢德勒和米契拖到一旁，要求他們留下來，以便確保不會出任何意外，並且嘗試說服亞瑟停止這場行動。以免這家人跳下礦井去救馬丁，結果只是害自己送命。

不過亞瑟在這場行動中不會單打獨鬥，一百五十元的獎金說服了一些現有的「志工」繼續搜尋下去。這些人身強體壯，有能力及膽識繼續參與行動。這群人裡有好有壞，有些是為了冒險，有些是為了金錢，不過每個人都有某種程度的瘋狂。所以錢德勒和米契這兩個菜鳥警察要單獨挑起這份重擔，在四十五度的熱氣之中，照料這群不穩定的傭兵，還有緩慢崩潰的一家人。

大家聚集在尤加利樹的樹蔭底下，米契跟這群人查看了一遍指示說明。現在全部只有九個人，其中五名是拿錢辦事，如果把他和錢德勒也算進來的話，就是七個人。七名傭兵，一個老人和一個小孩，搜尋一名失蹤的年輕人。米契告訴那些年紀較長的人要一起行動，並且警告說，假如不聽他的話，他就要召回直升機，強迫把每個人空運離開這裡。

那些老經驗的叢林人立刻把這項威脅拋在腦後，他們相信自己懂得比那些菜鳥警察來得多。這是他們的土地，他們會用自己的方式，無論有多麼異類或不夠明確，他們都要帶著亞瑟找到他兒子。錢德勒私底下警告他們，不要聽信那種過度樂觀的話，不過到了這地步，他明白自己對任何人都沒有多少威信可言。在這裡，大家敬重的只有生存的能力，這就是在這種深入內陸的地區要克服重重障礙的律法。他們穿著制服，但是沒有影響力。他們是配戴閃亮徽章的保鑣，照料這家人和其他人，在這場搜尋行動中退居次要地位，隨時注意這群人的安危。

行動一開始，這群人就像是一塊布料的散脫線頭，在這片地上分散開來，憑直覺而非規畫，到處探索，這是他們的精神領袖亞瑟鼓勵他們採取的策略。這老人深信要找到他長子的辦法，不是憑藉秩序，而是要在信念帶領的混亂中進行。不過這種混亂意味著整體進度減緩了，他們每天的進展不是十公里，而是勉強只達到一半，並且朝隨意的方向前進。帶領他們的警察有一個不想待在那裡，另一個不在乎這群人的亢奮情緒，他想要的是替自己闖出名號。

錢德勒竭盡所能，緊跟在亞瑟和他兒子的身旁，不過經常跟丟他們的蹤影。

那男孩會自己跑掉，溜到某塊岩石後方，或是消失在山脊邊緣，害錢德勒瘋狂地追過去，卻發現他只是被土裡的某隻發亮的黑色昆蟲給迷住了，或是剝撕某棵樹的樹皮，彷彿他是在自家後院裡。

但是那孩子還不算魯莽，錢德勒更擔心的是亞瑟。那老人的心智四分五裂了。錢德勒只能試圖把他的焦點從搜尋行動轉移開來，和他談天說地，從太空的廣無邊際到最近的足球賽事成績，盡力不讓可怕的事實進入老人的腦子裡，慢慢將他吞噬。

34

一大早，初步鑑識報告便出爐了。內容確認了錢德勒已知的事實：六名受害者都是以繩索勒斃。不是同一條繩索，這對調查者來說不是一件好事。報告裡沒有多說什麼，除了他小心取回的手銬結果一無所獲，任何DNA或指紋證據都遭祝融摧毀了。他原本希望至少那副手銬能確認上了枷鎖的是哪名受害者。報告確認準備這一切的是慣用右手者。加百列和赫斯都是右撇子，所以這點並沒有太多幫助。在一些毀損得沒那麼嚴重的工具上發現了血跡，DNA和幾名挖出來的受害者相符，但是依然沒有任何跡證指向嫌犯，塑膠把手融化成無法辨認的形狀，猶如受害者的死亡面具，鑑識組正試圖組合起來，協助身分辨識。

從屍體腐敗的情況加以判斷，能確定的是最近遇害的受害者——一名三十出頭、體型瘦小的男性——死亡時間約三到四週。雙側大腿都骨折過，但是癒合了，顯示那是兒時受的傷，不是殺人犯下的手。除此之外，沒有別的虐待或傷害跡象，錢德勒略感心安，這名殺人犯可能不是他們認為的那種虐待狂。不過他也夠瘋了，讓六個人回去見他們的造物主。

這具無名男屍是最近才遇害的，其他的則否。根據判斷，年代最久遠的是在兩到三年前遇害，現在只剩下骨骸和衣服的碎片了。他們希望這些殘骸能透過牙齒紀錄，符合失蹤人口的比對，不過那會是較冗長的行政程序。報告的最後證實了錢德勒已知的內容：纏繞在斧頭把手上的布塊的確與赫斯的襯衫相符。

赫斯為何會笨到把這麼重要的證據留在現場，讓人發現呢？當然了，他當時不會知道有人會找到那些墳堆，不過怎麼會發生這種事呢？赫斯是否倉卒掩埋那具無名男屍，而另一名受害者，加百列正在棚屋裡等著，整個過程就像是命案的傳輸帶？可是墳裡的屍體已經死了好幾個星期，為何要留著那具屍體那麼久，而不立即埋掉呢？驗屍時並未發現任何足以提供解釋的跡象。有可能他太高估赫斯的智力了，不過可行的解決方法似乎只有一個。

錢德勒違背他應有的判斷力，跑去找米契。他依然躲在他的安靜辦公室裡，百葉窗緊閉，盯著投影在牆上的小鎮及山區地圖，假裝自己不是在熬過宿醉。

錢德勒放棄了任何可能的問候，單刀直入提出看法，聲音大到害米契畏縮了一下。

「我有一個理論。」

米契閉上眼，但是沒回答。

「關於我們找到的那塊布——」

「在你繼續說下去之前，關於昨天晚上。」米契打斷他的話。

錢德勒不想討論這件事。這事沒什麼好討論的。「這和昨晚無關。」

悶熱凝滯的空氣讓室內變得死氣沉沉。米契先開口了。

「好吧，你說。」

「我認為赫斯遭人陷害，是加百列。」

米契沒反應，所以錢德勒繼續說。

「是他讓現場看起來像是赫斯要為這些命案負責。我們確實發現十字鍬纏著一塊赫斯襯衫上的布，出現在現場。但是現在你看到了鑑識組的初步報告，說明最近的受害者是在三到四週前遇害。」

米契緩緩地點頭。「沒錯，然後呢？」

「這個嘛，屍體附近的土壤翻挖過的時間還要更近，土裡還有一些溼氣。因此要不是屍體在遇害幾週後才掩埋——你知道在這種大熱天，屍體的氣味會讓小木屋臭不可遏，所以凶手不可能把屍體留在附近——要不就是有人最近才翻過土壤。而這麼做只有一個理由。想栽贓。」

錢德勒期待他的推論至少能獲得片刻的沉默思考，但米契立刻反擊了。「可是加百列先落網，不是嗎？事實上，是他自己束手就擒。兩次。」

「沒錯，不過就赫斯所說，他沒辦法更快抵達這裡。所以他才企圖偷車。」

「但我們不能保證偷了車之後，他會過來局裡，只有他自說自話，對我來說一點意義也沒有。我們手上有的證據，巡佐，指向赫斯。不過在我們掌握充分證據之前，我們一定要把兩個都留在這裡。」

「你可能判斷錯誤了，」錢德勒說：「凶手不是赫斯。」

「而你是病急亂投醫，巡佐。」

「就算是他們合作的推論，也根本不合理。」

米契打斷他的話，但是沒有抬高音量，而是字字堅定。

「巡佐，我們要起訴巴威爾和強森。」

諷刺的是，在正常的情況下，錢德勒的女兒應該在這時候進行第一次告解，而他正前往教堂，因為地方法官在裡頭的大廳倉卒開庭。那些罪孽比他女兒深重的人會在庭上告白懺悔。

艾蓮諾·懷特為了主持這場聽證會，特地搭機過來。她擔任地方法官二十五年，一頭灰髮永遠紮成緊繃的髮髻，仍掩不住興奮之情。她服務了這麼多年，從沒發生過這類大事。事實上，這案子讓這座城鎮多年來首次恢復生氣，讓居民對死亡的病態迷戀浮上台面，不管任何園遊會或遊樂設施都難望其項背。

錢德勒純粹是以旁觀者的角度參與，米契命令他的團隊做好準備，在律師的就近監視下移送嫌犯。警戒程度達到最高，他們格外謹慎地引導嫌犯從牢房來到車上。兩名嫌犯分別坐上兩部警車的後座，再由米契手下的兩名警官左右護送。直到最後一刻，錢德勒逮到機會，搶先在約翰上車前，跳上載送加百列的那部車後座。那名矮胖的警官怒氣沖沖地瞪視錢德勒，但是位階比不上對方，而且沒有長官的支持，因為後者已經搭上前一輛車。那部車上坐著赫斯，當別人告訴他目的地之後，他們得實際動手才能把他推上車。錢德勒擠坐在加百列的身旁，衡量他的反應，但是加百列並未表現得特別擔心。這名嫌犯只是不停變換姿勢，彷彿光滑的皮革座椅讓他覺得不舒服。除此之外，他顯得相當平靜。

這趟路程平靜無波，抵達之後，錢德勒順利地護送嫌犯，從警車走到擁擠的大廳。裡頭擠滿了各方警力及官員，沒有多少呼吸的空間，氣氛相當緊繃。嫌犯受到高度戒護，兩人在大廳的對側注視著彼此，等待傳呼他們的名字。錢德勒相信這只是一場形式而已，兩人都暗示他們會訴請無罪，而且兩個也都不會，也負擔不起支付防止潛逃風險的保釋金。

赫斯先上場。錢德勒陪伴他和那位一臉疲態的律師走進去。

大廳布置猶如撒茈的學校話劇般簡陋，工作人員把成排的椅子隨意排放，以供人數暴增的警力及記者所需。即便如此，座位根本不夠，記者低聲咕噥，沿著大廳後方及兩側排排站，準備好筆記本及鉛筆要記錄一切。為了讓整起事件增添一股權威感，他們把牧師結實的紅木書桌從隔壁拖過來，放在懷特法官就坐的台前。她看起來十分莊嚴，但是非常孤單，只有整齊堆疊的紙本證據陪伴著她。開庭後，她的不安及興奮似乎都消失了。她的發言清晰又沉穩，向赫斯宣讀他遭到起訴謀殺罪名，一共六件。赫斯抗議說他沒有，音量大到多數人都聽得見，媒體急著寫下證人不肯妥協的態度及緊張不安的肢體動作。等到進入答辯時，他堅不認罪。他激動但堅定地說出口。錢德勒注視著這個他相信是無辜的男子，無法做些什麼來中止這過程。他必須努力證明赫斯的清白。

又經過一些例行公事，他的律師提出保釋但遭到拒絕，赫斯被帶出去，走向排放在大廳的老舊長木椅，胸口隨著深呼吸而起伏。

下一個是加百列。他沒有坐在長木椅上，而是在厚重的石造窗台上蜷縮成一團，前後搖晃，看起來幾乎像是胎兒，浸沐在彩繪玻璃窗灑落的淺藍光線裡。他的冷靜偽裝崩毀了。米契走到加百列的身旁，把手放在他的肩頭上，提示他要站起來了。加百列一動也不動。錢德勒站起來要上前幫忙，加百列才終於動動身子，站了起來。他抬起頭來，焦點不是放在米契身上，也不是通往臨時法庭的寬幅雙開門，而是看著赫斯。

這群人開始移動了。正當米契引導旁觀者讓出一條路時，加百列的態度讓米契想到赴刑場的死囚，走在去見行刑者的最後一哩路上，只有罪人的拖行腳步聲打破了四周一片死寂。當兩名嫌犯錯身而過時，錢德勒站上適當的位置。這兩名嫌犯之間的距離幾乎不到六呎，是他們一起墜落懸崖之後最靠近彼此的一次了。

就在一瞬間，加百列掙脫了。他的肩頭一沉，躲開米契的抓握，原本銬住的手銬滑落到地上，朝僵硬地靠在長椅上的赫斯衝過去。

這一衝的速度出乎大家意料之外。錢德勒目瞪口呆地站著，彷彿他目睹一場魔術特技在他眼前展開。加百列的雙手掙脫鎖鏈，這位逃脫藝術家讓觀眾驚訝得動彈不得。加百列整個人撲到對方身上，和赫斯在地上扭打，想把一串鑰匙的鋸齒邊緣插進對方的喉嚨。赫斯的尖叫聲把錢德勒從恍神之中喚醒。他一把將加百列的律師推開，朝那名猛獸撲過去。

這個絕佳的阻截動作迫使加百列放開了他的獵物，並且讓他和錢德勒進入了一場失控的翻滾，劃倒了周遭的旁觀者，也導致錢德勒鬆開了加百列，讓後者掙脫他的束縛。

當錢德勒從假大理石地板上爬起來，加百列已經站起來，衝往門口了。洛普阻擋住出口，伸手去掏槍。加百列朝他飛撲過去，撞上他的腹部，把他撞倒後，順手奪走了他的武器，然後消失在教堂大廳，逃進城裡去。

錢德勒跑到門口時，伸手掏出了槍。他迎面遇上聚集在門前台階和停車場的一大群記者、攝影師和本地人，個個顯得害怕又急切。加百列揮舞手中偷來的槍，群眾紛紛走避，任他奔馳穿越柏油碎石地面。錢德勒舉槍瞄準加百列的腿，有信心能從這個距離射中他的目標。但是加百列一通過，群眾又聚攏了，記者轉而追逐嫌犯，攝影師賣力拖著裝備，想跟上他們的主播。

「讓開！」錢德勒大吼，撞上了一名攝影師，他的攝影器材前後搖晃，有如一顆拆毀建築用的大鐵球。他從人群中衝出來，眼前的視野豁然開朗。錢德勒準備開槍，但是加百列消失在警局的轉角處。

錢德勒急起直追，譚雅、吉姆、米契的雜牌軍，以及他自己的小組緊跟在後，瘋狂的媒體和幾名意志堅定的本地人也跟了上來。米契以失去威信的高八度聲音大喊「抓住他」，壓過了雜沓的腳步聲和興奮的尖叫聲。

錢德勒還沒跑到轉角，年輕又健壯的芙蘿和桑恩就追過他，配槍準備就緒。

追逐戰沿著愛德華國王街進行，本地人從住家門口和窗戶探出頭來，觀看這場騷動。

「回屋裡去！」錢德勒命令，他的腳步已經變得沉重。

大家對他的命令聽而不聞，直到第一記槍聲響起。居民趕緊躲回屋子裡，和他們探頭時的速度一樣快。

「別他媽的開槍！」錢德勒大喊，試圖分辨出是誰中了槍，這時記者將他團團圍住。

但是絕望幫助加百列跑得更遠，他已經領先幾百公尺了，芙蘿和桑恩追得很吃力。

忽然間，加百列衝到大馬路上，朝一輛笨重的黃色霍頓車的行駛路線筆直衝過去。那部車緊急煞車停了下來。本地的小學老師安．瑟頓小姐看到一把槍在她的面前揮舞，倉皇地下了車。加百列坐上車，將這部掀背車猛力迴轉，沿著史考特街加速逃逸，不知道誰朝車後開了一槍，但是嚴重偏離地朝遠方飛射而去。

就這樣，加百列逃走了。第二次。

芙蘿和桑恩徒勞地繼續追逐，追著那輛車跑上了洛根大道，後面跟著記者群，想拍到最後那一幕，但是光靠兩條腿抓不到他們的嫌犯。

米契站在錢德勒身旁，喘得上氣不接下氣。「你搞什麼？怎會讓他給逃走了？」米契大吼。

「我沒有，他一定是弄到了鑰匙。」

「他是怎麼弄到手的？」他厲聲地說。「我敢說一定是你那群不適任的警員。」

米契沒等錢德勒反駁，直接拿起了無線電，讓整個區的警力在兩天內第二次全面待命。

35

加百列逃脫十分鐘之內，米契便召集他的人力，下達指示。他們要動員所有警車，以防加百列可能持有武器，而且極度危險。

「赫斯呢？」錢德勒在米契說完之後，提出了疑問。「我們要戒護他。」

記者聚集在他們的附近，高聲提問，想知道現在鎮上有殺人犯在逃，警方打算怎麼辦。他是怎麼掙脫呢？他們要如何維護鎮民的安全？問題一個接著一個，像全自動步槍一樣射發。

米契停頓了一下，翻了翻白眼，彷彿他這才想起還有另一名嫌犯。

「我們要把焦點放在脫逃的那一個身上，巡佐。」

「我同意，但是加百列決心要滅他的口。不管是為了什麼原因。他知道他什麼內情嗎？是我們沒想到的某些事嗎？」

約翰打斷他們的談話，有人在拉克嶺附近看到一部黃色霍頓飛馳而過。米契要約翰把話傳給已經在街頭巡查的警力。另一件報告幾乎立刻傳了進來，證實了第一個人所見。警力散布開來，米契立刻聯絡他的小組，對著話筒另一端的警員大吼大叫，要他們逮到加百列，接著對一旁的警員吼叫一番，讓他們把該死的記者擋在後頭。

「我看到他了。」一個堅定的聲音從無線電的嘈雜聲音中傳了出來。是譚雅。

「妳在哪裡？」錢德勒插話。他不在乎米契是否會不高興，譚雅是他的屬下。

「在布切爾街。他正在企圖偷——」

無線電訊號斷了。錢德勒在腦海中描繪出布切爾街，那是一條往南的泥土路，一路通往鐵礦區及無法耕種的沙漠地帶。

「別靠得太近，」米契下令。「跟著他。」

訊號又回來了。他們的耳邊傳來急促的呼吸聲，還有狂亂的動作聲。麥克風摩擦著布料。聲音又進來了。

「我能──」

通話斷訊了。

「該死！」錢德勒看著米契，後者已經開啟無線電，命令所有可動員的警力前往布切爾街。

「我要去。」錢德勒說。

米契點頭，然後對魯卡大喊：「魯卡，給我們弄一部車過來！」

一分鐘後，警笛聲分開了頑強的人群，淹沒了媒體記者的提問聲浪。

在他們匆忙上車時，無線電傳出了劈啪聲響。那是史帝夫．奇里布，一名礦工及六個小孩的爸，在布切爾街再過去一些的地方養了幾頭牛。他的聲音充滿憂慮。「小錢？巡佐？」

「我在，史帝夫。」錢德勒說。

「你的屬下，一個女的，在這裡倒下了。」

錢德勒屏住呼吸。**倒下**……她和他正面衝突了嗎？

「小錢？」

錢德勒吸了一口氣。「我在，史帝夫……她還好嗎？」

他沒聽到回答，史帝夫拖長的南方腔調消失在無線電通訊的嘈雜聲音裡。

「魯卡，快加速。」錢德勒說。

魯卡聽命照辦，加足馬力的警車疾馳穿過原本異常安靜的街道，大家要不是在家裡看電視報導，要不就是群集在警局和教堂大廳裡。

「她最好是沒事。」

「只要她阻擋了他逃跑就行。」米契說。

錢德勒怒視著他，輪胎底下的柏油碎石路面變成了泥土，後輪忽然失去抓地力而失控甩尾。

沿著布切爾街開了幾公里之後，他們在恰克尼爾森的農場外發現了那部霍頓車，斜停在溝渠邊上，彷彿是被迫忽然煞車。後車燈亮著，引擎還在運轉。魯卡才開到那部車後方，車子都還沒停好，錢德勒便跳下來，其他的警車隨後停成一排。

一過了空蕩蕩的霍頓車，譚雅就被發現倚在一根籬笆樁底下。她還活著，這真教他鬆了一口氣。她難為情地抬頭看著他，一道細細的鮮血沿著髮際線流下來。

「抱歉。」她說。

「別管那個，妳還好嗎？」

「還好。幾處挫傷，還有頭痛。」她說，並且倚著樁柱支撐。

「妳為何要靠近他？」他問，口氣比他原本打算的還要強硬。

「我想設法阻止他。」她說，忽然生氣了。

他點一點頭，無聲地道歉。「發生了什麼事？」

「他把車停在大門邊，想去發動恰克的四驅車。那輛老車轟隆作響，我以為我可以設法偷偷靠近，但是我猜他在後照鏡中看到了我。他在我有機會打倒他之前就出手攻擊我。我以為他會殺了我，不過他只是問我的名字。我告訴他之後，他便拿手槍敲了我一記。」

「妳的名字？他沒說別的嗎？例如說他要去哪裡？」米契不耐煩地插嘴。

譚雅搖頭。「沒有。」

「連暗示也沒有？」

「沒有。」譚雅說。她朝錢德勒瞥了一眼，彷彿在求他把米契從她的身邊帶走。「事實上，他似乎對我一點也不感興趣。」

「妳不是他要對付的人。」錢德勒說。

「或者可能是因為他有一半的警力在追捕他，」米契反駁說。他轉頭面對譚雅。「他往哪個方向跑？」

譚雅搖頭。「我沒看到，不過我猜是往內陸，開車到不了的地方。」

「我們該走了。」米契低聲咕噥，這話是針對錢德勒說的。

「我不會離開譚雅。」

「她沒事，一點腫塊和挫傷。我們不能再浪費任何時間了。我的小組會叫救護車過來。」

錢德勒看著他的資深警員。她幾乎掩飾不住心中怒火，咬緊牙關地回答：「去吧，我沒事的。」

錢德勒把手放在她的肩上。「除非等到——」

「去吧，」她又說了一次。「別讓那個混蛋失去蹤影。」

錢德勒跑向警車，發現米契坐在駕駛座上。他開車繞過那部霍頓，在碎石路上和方向盤搏鬥，加速追逐，腳底用力往加速器踩下。

「你覺得他為什麼放過她？」錢德勒問，大聲地把心裡的想法說出來。

「我不知道，」米契說，左右扭轉車輪。「或許他不想對女人或警察下手？」

「我們發現的屍體有兩具是女性。」

「或許他不如我們想的那樣瘋狂，或許這一切的背後另有計畫。」

「或許吧。」錢德勒說。他希望這是真相。有計畫是好消息。計畫就本質來說，有可能被發現及破壞，偶發的暴力行動更難判斷及預防。不過要阻止加百列，他們首先要逮到他才行。

在布切爾街開了十分鐘之後，道路變成了小徑，車子幾乎開不過去。又過了五分鐘後，路面消失了，只剩下僅容四驅車或越野機車可通行的林間小徑。在絕望之餘，米契命令他們步行追蹤。但是經過半小時的奮力前進，嫌犯依然毫無蹤跡，步行搜尋行動便取消了。米契以無線電呼叫直升機過來，派遣州警到遠端的出口處，以防加百列在那裡現身。

回到鎮上的一路上，大部分都是在談嫌犯脫逃的問題、加百列的作為可能衍生的後果，以及他接下來會怎麼做。唯一傳來的好消息是譚雅沒事了，頭上的割傷很淺，也沒有造成腦震盪。她拒絕待在醫院，堅持要回去工作。錢德勒很高興，他需要他能召集的所有好警員。這座城鎮已經封鎖了，道路淨空，除了警局附近還有幾個好管閒事的鎮民和始終存在的媒體群。當他們穿越人群，錢德勒自問的那些相同問題紛紛朝他拋過來。那些是他沒有答案的問題，例如加百列是怎麼逃脫的？以及他們現在打算怎麼找到他？加百列殺害多少人？他還要殺死幾個人？錢德勒低著頭，全都不予置評。

他們走進局裡之後，錢德勒開始追查。

「他**究竟**是怎麼掙脫那些手銬的？」

其他警員面面相覷，希望得到答案。但是沒人回答。

當米契走到他的辦公室門口，他轉過身來。「現在這個不重要了。我們只要逮到他就行。」

「這點當然很重要，」錢德勒皺眉說：「這程序在哪裡出了錯，你不是最注重程序的嗎？」

「我在乎的**只有**把加百列逮捕歸案，」米契回答：「所以這場對話到此結束，回去工作吧。」

這個命令傳達到他的小組耳中，再加上魯卡，他們都回去自己的辦公桌了。錢德勒和他的幾名組員繼續討論。

「他沒有破壞手銬，」吉姆說：「我檢查過了。手銬是解鎖的，也沒有任何刮痕。」

「所以他有鑰匙。」尼可在櫃台那邊說。

「看起來是如此，不過他是**怎麼**弄到鑰匙呢？」錢德勒問。

「當扒手偷拿？」吉姆說。

錢德勒搖頭。「他的手一直都是銬住的，而且也沒人跟他靠得那麼近。只有……」

他轉頭看著辦公室。錢德勒忽然懂了。昨天，當米契在偵訊室攻擊加百列的時候。加百列肯定是在貼身混戰中偷走鑰匙，然後藏起來，等待時機到來再出手偷襲赫斯。

他跟著米契走進他那悶不透氣的舊辦公室裡。

「所以是**你**，」錢德勒說：「他從你這裡拿走了鑰匙。」

米契走到辦公室的另一端，低垂著頭，充滿愧疚。錢德勒心想，要是加百列先前看起來一臉有罪的模樣，這種鳥事就可以預防了。

「他一定是從我身上偷拿的，」米契輕聲地說，拒絕討論細節。「但是我們不能聲張。」

「為什麼？」

米契摩娑著他的深色鬍碴。「萬一消息走漏，我們會面臨更多的問題，來自上級和民眾都有。現在重要的是，在加百列有機會再開殺戒之前，我們要逮到他。」

米契看起來很絕望。這是自從搜索馬丁的行動之後，錢德勒第一次看到他的前任朋友流露出這種神情。要是他能更常流露出脆弱的神情，大家可能會把他當成人類看待。儘管錢德勒在預期之外看到了一抹人性，他心中還是很想要把消息洩露給媒體，簡單透露一、兩個字，把督察搞砸的故事像病毒一樣散播出去，感染每一家媒體。更糟的是，這是督察失職。但即便這種想法十分誘人，錢德勒很清楚米契說過的那番話裡隱含的事實：「查出加百列怎麼逃脫的是其次，重要的是再把他抓回來。」萬一搞丟了鑰匙的事分散了大家的注意力，導致另外有人遭到毒手，錢德勒永遠不會原諒自己。所以他做出決定，暫時保留這個消息，拿來當作日後的談判籌碼。

他忍不住說出領悟到的另一件事。「加百列從你這邊拿到鑰匙後，放在身上一整天。他隨時都能逃走，不過他一直等到赫斯露臉才行動。」

「所以呢？」米契說。

「所以說，與其讓我在警局外面逮住他，我想他是故意自首，以便接近赫斯。」

「所以這其中必定有某種關聯。」

錢德勒點頭。「這其中必有某些因素，讓他冒險犧牲自由，換得一個殺害赫斯的機會。」

赫斯被帶進偵訊室，他的律師也跟進來了。他大為光火。這次米契刻意找錢德勒陪伴他。

「這其中沒有關聯，」赫斯說，他的語氣堅定。「我發誓，我是受害者。」

錢德勒開口了。「你確定你先前沒有碰巧遇過他？在農場，或是在哪裡幹活兒？幾個月，甚至是幾年前？」

「我很確定。」

「或許你對他認識或愛的人做過什麼事？你沒有把他的老婆、前妻或姊妹搞上床吧？」

「什麼？你是說這一切都是我自找的嗎？」赫斯問，他偏著頭，一副困惑的模樣。

「沒錯，」米契說：「你的個性挺粗暴的，巴威爾先生。」

「**我**的個性粗暴？這是什麼他媽的警方笑話？我跟你們說了，我是受害者。說了他媽的四遍了。」

「我們只是想判斷是否有什麼理由，讓他亟欲對你痛下毒手。你不曾偷東西、鬥毆或痛打某人一頓嗎？」

「鬥毆？痛打？」赫斯厲聲地說，聲音顯得不敢置信，臉色鐵青。

「你說過你曾犯下攻擊罪。」錢德勒說。

「那傢伙是一個朋友的朋友，」赫斯氣急敗壞地說：「聽好了，我知道的只有我在這裡，被指控某種罪名，指控我沒犯下的**謀殺罪**。我有兩次差一點兒就被同一個人殺害，那是**真正的**凶手。然而你們對待我的方式依然像是我有罪。我現在就要離開這裡。我要離開這個警局，離這個鬼地方愈遠愈好。等你們抓到他，**或許呢**，到時我會回來，出庭作證。或者更好的是，我可以透過視訊連線作證，遠離這個該死的鳥地方。」

赫斯看著他的律師求助。

「你們有安全的地方能讓我的客戶過夜嗎？」金髮律師問。

「他可以待在這裡。」錢德勒說。

「為了你的安全著想，我認為你最好留在這裡，巴威爾先生，我們才能保護你。」米契說。

赫斯注視著他的律師，然後看著米契。

「你們差點害我死掉。」

「那是意外。」

「對啦，這裡的意外似乎還不少。我要先聲明，在這一切過後，我會控告你們。你們每個人。非法監禁、危害我的生命、沒有起訴就拘留我。我會大賺一筆。」他說，滿腔怒火變成了得意竊笑。

36

夜幕漸漸降臨，在內陸追捕加百列的行動暫停了。米契命令一些員警走上街頭，打造出一切都在控制之中的假象。

有件事困擾著錢德勒，是他和加百列在第一天早上的談話。他告訴米契，他要回去看看家人。米契希望能投入全部人力，但是兩人的心裡都清楚，如果考慮到嫌犯是如何脫逃的，他沒辦法拒絕這項要求。儘管沒必要，錢德勒覺得自己需要告訴米契，告訴某個人他在擔心什麼，只是以防萬一。

「加百列知道我住在哪裡。」

米契皺起了眉頭。「他怎麼會知道這個？」

「在我們第一次訊問他之後，我載他去旅館的路上，兩人閒聊天，我提到了我的家庭。」

「有夠蠢。」

「我不知道原來他會偽裝成受害者，我只是想讓證人安心一些。」

米契停頓了一下。「好，反正木已成舟。我會派巡邏車每半小時過去一次。」

錢德勒點頭。「謝謝你。」

「但是兩個小時後歸隊，好嗎？我們需要所有人力。」

「你要怎麼辦？」錢德勒問。

米契朝門口點頭示意。「親自出去巡邏。帶頭進行追捕。查看鎮上一些廢棄的小酒館之類，以防萬一他躲在裡面。這會是一趟懷舊之旅。」

「你真的想回去嗎？」錢德勒問。

米契沒有回答。

錢德勒奮力擠過重重的麥克風，沒有發表任何評論。採訪車和記者的數量跟細菌一樣成倍數孳生。黑暗籠罩了一切。在開車回家的路上，錢德勒發現自己正仔細查看每棟房屋、每座庭院和每條巷道的陰暗處，懷疑加百列是否正躲在裡頭等待著。他很氣餒地發現自己害怕這樣的可能性，害怕自己鎮上的陰暗處會潛藏著什麼。這座閒散的小鎮現在沸騰躁動，恐懼滲入了每個角落。

這股恐懼感揮之不去，甚至在他踏進家門之後，發現孩子們難得在晚上都乖乖待在自己家裡，由奶奶照顧他們。他這才打消了那些念頭。

「好了，每個人都把東西收拾好。我們要去爺爺奶奶家住一晚。」

「又要去？為什麼？」撒菈沮喪地問。

「我可能得說走就走。」錢德勒說。

他很難分辨誰看他的眼光比較嚴厲，是撒菈還是他母親。

「去收拾吧。」他說，然後走到前窗旁。他掃視前院，院子裡那株高大的白千層在黯淡的前廊燈光下投射出長長的陰影，橘棕色的樹皮剝落蛻除……就像這座城鎮也在蛻變，從平靜的存在變成了潛藏著危險。錢德勒搖搖頭，試圖釐清思緒。

他傾身向前，查看鄰居瑞佐斯家。他們的兩層樓住宅裡有點點燈光，院子裡的鞦韆在微風中輕輕搖蕩。眼前的場景沒有什麼異常，但是他忍不住想像加百列霸占了瑞佐斯的房子，在裡頭等著他。

「這是怎麼回事？」他的母親問。

錢德勒差點兒一頭撞上窗玻璃。他查看確認孩子們不會聽到。「他們最好跟妳待在一起。」

「我可以待在這裡陪他們，萬一局裡叫你過去。不過他們很期待能和你度過一個晚上。」

「我也是。」錢德勒說。這是真的，沒什麼比這更讓他愉快的了。和孩子共度一個晚上，世界恢復到正常的模樣。

「看起來不太像。」

「我會補償他們。」

「你不能一直耗損你們的感情，有時候也要培養一下。」

「我知道。」

他回到窗邊。加百列依舊可能潛伏在每處陰影中。錢德勒毫不懷疑他會像夢魘怪物一樣再次現身。他詭計多端又機伶，而且行動有如鬼魅般不落痕跡。錢德勒再次咒罵自己，怎麼沒逼米契領悟到這位心事重重的安靜囚犯，絕對比不停發牢騷的類型更危險。連續殺人犯不會碎念。或者是介紹自己，如同加百列說的那樣。

他的母親幫孩子們打包，這時家裡電話的尖銳鈴聲打斷了他的監視。打家用電話意味著麻煩。來電者不明。

他離開了窗邊的位置去接電話。他的直覺沒錯，是麻煩找上門了。話筒那端傳來的聲音害他的胃部想逃離他的身體。

是泰莉。

「孩子們在那裡嗎？」她帶點慌張地問。

「對啊。」她回答。假如她想跟他們講電話，他會拒絕。他會說他們已經去睡了。

「我要過來接他們。」她脫口而出。

「不可能。」錢德勒說，聲音比他想要的還要大一些。

一如往常，泰莉把這個當成是一種挑戰，也抬高音量回應。「我要過去，接他們來城裡，這樣他們才安全。」

安全。他明白這是怎麼一回事了。她跟米契說過話了，後者挑起她的滿腹恐懼，可能是出自巨大的憂慮，不過更可能是為了在即將來到的監護權大戰中，當作一種制衡手段。這是完美的機會，證明她已經做好準備，有辦法在危急時照顧孩子，擔任他們的保護人角色。錢德勒不準備讓這種事發生。

「不要，泰莉，這樣太危險了。」

「我知道，我知道你們那裡發生了什麼事。」

錢德勒嘟噥地一劍刺中她的盔甲。「怎麼會這樣？」

「怎麼會怎樣？」

「你怎麼知道這裡發生了什麼事？」

「我——」

話筒的另一端出現一陣沉默。錢德勒決定再次揮劍出擊。

「泰莉，我知道妳和米契的事，」他說，然後他才降低音量，以免他人聽見。「關於妳想帶走**我的**孩子的事。」

「那是——」泰莉結結巴巴地說，然後才展開反擊。「我就是想讓孩子遠離**這種**冥頑不靈的態度。」

錢德勒沒接這一劍。「我會和妳抗爭到底，泰莉，直到最後一刻。」

「請便，」她回答：「米契有人脈。」

「想必他們真的認識米契。」錢德勒說。

他母親在後面宣布孩子準備好要出門了。

「我要走了。」錢德勒說。

「讓我——」他沒讓她說完，掛了電話。他把話筒放在一旁，以免她決定再打來。

錢德勒推著孩子們和他的父母車門，然後上了車。他不理會孩子提議誰該坐哪裡，把他們全都推進去。他等傑斯柏最後一個上了車，然後看了看車子後方。遠處有某種東西或某個人潛伏著。錢德勒很確定。而且他確知那是誰。加百列。他回頭看著他的家人。他的肌肉抽搐，想丟下他們，去追加百列，不過這一來，他們就會曝光，毫無防護了。

錢德勒決定不要這麼做，上了車之後開車離去。他往後照鏡一看，看見兩個車頭燈不知打哪裡冒出來，跟著他轉上了哈波街，就在他的車後方一百公尺左右，保持固定的車速和距離。是盯梢。手法不算太精細。假如他沿著路線開，直接前往他的父母家，他就沒時間甩掉那部車。所以他沒有沿唐尼街前進，而是急轉彎開上莫卡迪大道，輪胎發出刺耳的磨地聲，他母親尖叫著要他開慢點。

當他轉過街角，那對車頭燈消失了，但是沒過多久又再次出現。接著那對車燈快速逼近，錢德勒的危機感驟升。他想加速，但是開得再快一些，他們很可能就會翻車出事。所以他決定減速，迫使那部車超過他們，看坐在駕駛座的人是誰。

那部車和他們並行了幾秒鐘。錢德勒瞥了一眼，以為會看到加百列，心中納悶他會怎麼做。

但那不是加百列。駕駛是一名男子，年約五十出頭，棕髮往後梳攏，專心地看著眼前的路，因為現在他正逆向行駛。他認得從副駕駛座探身過來的人，是吉兒・杉路索，皮巴拉第九頻道的記者。一頭烏黑秀髮摻雜著時尚的灰色髮綹，對她漸長的年紀來說顯得既獨特又美麗。

「你能否告訴我最近的狀況呢，巡佐？」她隔著駕駛的臉高聲地說。

錢德勒不敢置信。他們跟蹤到他家，想搶獨家新聞。他憤怒地緊握住方向盤。「最新的狀況，杉路索小姐，」他說，口氣唐突無禮：「是妳正在住宅區的街道逆向行駛，打破速限，同時騷擾一名警察和他的家人。」

「你知道我的意思，巡佐。關於在逃的連續殺人犯有什麼最新狀況？」

錢德勒從照後鏡中瞥見他的孩子臉上的擔憂表情，氣得幾乎要把車轉向撞上他們。

「不予置評，」他說，目光緊盯著她的雙眼不放。「而且我要請妳別在我的家人面前繼續多嘴。」

「只要簡短幾句就好。」

「我是有幾句話想說，但是妳沒辦法播出來。」

他急轉彎駛向王子街，加速離去。杉路索小姐沒有跟上來。

一分鐘後，他們平安地坐在他父母的家中，而錢德勒要接受的訊問才剛開始。

「她說的連續殺人犯是什麼意思，爹地？」傑斯柏問。

「那個意思是——」撒菈開始說。

錢德勒打斷她。「那個意思呢，傑斯柏，是說有人做了壞事，現在警察正在找他。」

「你不知道他在哪裡嗎，爹地？」

「還不清楚，不過爹地的朋友在處理了。我們會找到他，把他抓起來。」

「我可以幫忙嗎？」傑斯柏以熱切的口吻問。

這話裡的誠懇讓錢德勒的緊繃神經鬆懈了幾分。「你可以幫忙的是準時去睡覺，不要任性耍脾氣。」

「我會的。」

「乖孩子。」錢德勒說，一面搓揉他的頭髮。

錢德勒四下環顧，然後看著他母親。她正皺著眉頭。

「你要出門了嗎？現在？」她問。這是一個問題，也是一個幾乎不加掩飾、也無須思索的命令。

「沒有。」錢德勒說。由於他們在過來的路上受了驚嚇，錢德勒不打算離開。

「爹地？」傑斯柏問，他姊姊正蹦蹦跳跳地跑進客廳，搶先占據那張大沙發。

「什麼事，傑斯柏？」

「你為什麼要把壞人關起來，像我們一樣？」

錢德勒皺起了眉頭。「你在說什麼啊？」

「你也要把我們關起來啊。我聽到你在講電話。**我們**也要去坐牢嗎？」

錢德勒停頓了一下。傑斯柏一定是無意間聽到他和泰莉在講電話，搞錯意思了。疏忽家人及小孩的羞愧感再度油然而生。只有一個辦法能解決。他把小男孩帶到客廳，讓他坐在他姊姊身旁的沙發上，跟他倆解釋說明。他的母親也跟過來，身兼證人及法官。

「這指的是另一種意思，表示你們的母親希望你們去跟她住在一起。」

「只有我嗎？」傑斯柏問。

「不是，你和你姊姊，」錢德勒說，同時看著撒菈。她坐在沙發上，眼睛盯著他看。她那抹似乎永遠都在的無聊神情頓時消失無蹤。

「那你呢？」傑斯柏問。「我們又要跟媽媽住在一起了嗎？」

「沒有，就你們和她，還有米契爾……叔叔。」這幾個字有如他舌尖上的毒藥。

「這是什麼時候決定的事？」撒菈問。

「這事還沒決定，是你們的母親想這麼做。」

「從哪時候開始的？」

「幾個月前吧，或是一年，我不確定。」錢德勒坦承。

「就因為她忽然間變成一個大人了？」他母親補充說。錢德勒同意她的說法，但是對她怒目相視，要她別開口。

「爹地？」

「怎麼了，傑斯柏？」錢德勒說，把注意力放在兒子身上。

「假如我們去那裡，我們要怎麼上學呢？那是好多、好多、好多哩路那麼遠耶。」

雖然那份羞愧感讓他的心裡頭空蕩蕩的，錢德勒還是忍不住微笑了。「這件事還沒成定局，還不算數，不過我要知道你對這件事有什麼感覺。他們會問你——」

「我不想離開這裡。」撒菈插嘴說。

「我不想離開，除非你也過來，爹地。」傑斯柏說。他投向錢德勒的懷裡，雙臂緊緊環抱住他的脖子，像是永遠都不放手。

他們答話裡的堅持態度讓錢德勒感覺好過一些，於是他答應和他們玩幾局疊疊樂。有一會兒，他甚至忘掉了加百列、米契和泰莉逐漸逼近的幽魂。

快到睡覺時間時，電話鈴聲響起。錢德勒還來不及過去，他母親便先接聽了。這時候不會是泰莉打來的，是局裡，打來要他歸隊。

「跟他們說我在洗澡之類的。」錢德勒說，他母親正掩著話筒。他不想離開他的家人，特別是外面一片漆黑，而加百列還在竄逃。

他帶小孩去睡覺後，電話又響起了。這次是譚雅打來的。錢德勒點頭示意他母親使用同一個藉口，他還在浴室裡。

他才念完傑斯柏的床邊故事，下一通電話又進來了。這是是從最高層下達的命令。米契不接受錢德勒老掉牙的藉口。

「他不肯掛電話，」他母親說。現在她那張喜悅又開心的臉龐換上一臉憔悴模樣。「去吧，」她說。「電話一直響，孩子們也沒辦法入睡。再說，他遲早會過來這裡，把你拖回去。」

「我不能去局裡。」錢德勒說，忍住喉頭的哽咽。

「為什麼呢，兒子？」就連他父親的注意力也從電視節目轉移到兒子不願離去的原因。

「他知道我住在哪裡。」

「誰知道？」他母親問。

「我們要抓的人，那個殺人犯。」

「他怎麼會知道這個？」他母親問，一臉震驚。

錢德勒深呼吸了一下，說明他的失誤。這對父母沉默了一下子，然後母親開口了。「沒有什麼跡象顯示他會回來，兒子。他為什麼會呢？」

「他先前幹過這種事，我們認為他會再來一次。」

這時出現了一陣停頓，然後他父親才從扶手椅專心一志地站起來。他從掛在脖子上的鍊子拿了一把鑰匙，走進廚房，打開在櫥櫃上方平行固定的櫃子。他從裡面拿出一把老獵槍，木料老舊破損，不過就錢德勒所知，操作完全沒問題。

「我會保持警覺。」他大聲宣告。他喀嚓拉開了槍管，裝填兩發紅色彈藥。

「老爸，你不需要那個。」錢德勒說，即便看到槍枝出現，讓他覺得多了一點安全感。

「你還會使用那玩意兒嗎，彼得？」他母親提出警告。

「我當然可以，卡洛琳。我的拳頭可能不再有力，我的腦子也不管用了，不過我還是拉得動該死的板機。」

他抓住獵槍，和這幾年來一樣駝著背。他的粗短手指靈活地移到槍托，手指甲斷裂缺損，像是停在車庫最裡面的那輛舊福特野馬車身上的漆。

「我只想要你拿來比畫，不要開槍。」錢德勒說。

「這樣有啥屁用？」

「把彈藥拿出來，爸，」錢德勒說，並且伸出了手。

「你在說什麼，把彈藥拿出來？假如我要一根球棍，我會買一根球棍。」

「不准裝彈藥。」錢德勒說。他父親低聲咕噥著，不過還是拉開槍管，把子彈取了出來。錢德勒拿走，遞給了他母親。他相信她不會把子彈給他。

他的最後動作是去親吻孩子，道晚安。撒菈讓他親吻額頭，但是揮手要他離開房間，眼睛盯著閃光的手機螢幕不放。傑斯柏睡著了，他正要躡手躡腳走出去，不去吵他，這時小男孩醒了。

「你要走了嗎，爹地？」他問，聲音顯得昏昏欲睡。

「我要去幫鎮上做事。」

「是因為那個連續殺人犯嗎？」

「對。」錢德勒說，希望傑斯柏不會問任何更難回答的問題了。

「他為什麼要傷害別人，爹地？」

「我不知道，小傑。有些人就是很壞，不過當爹地去抓他時，爺爺和奶奶會保護你的安全。現在你該睡覺了，我們明天再出去玩卡丁車。」

這念頭讓小男孩的臉上浮現微笑，錢德勒便離開了。在客廳裡，他父親正坐在門邊，從前窗向外看。

「這可能——」錢德勒才要開口，卻又停住了。他不知道加百列跟過來的可能性有多大，所以他只是說：「保持冷靜就是了，好嗎？」

「我很冷靜。」他父親說，並且調整了一下橫放在膝頭的空獵槍。

37

回到局裡，尼可向錢德勒報告追捕的最新狀況。鎮上的初步搜查一無所獲：車庫、庭院、木屋、棚屋、住宅和大街上的商店全都搜遍了，有些地方甚至是翻箱倒櫃徹底搜查。這花了一些時間，要清查的地方太多了，諸多棄置的小型獨立商店和外頭那一大片沙漠一樣，了無生氣。最新的推論是加百列依然藏身內陸，在那邊過夜，可能是睡在某個緊急避難處之類的。

錢德勒來到米契的辦公室，加入團隊裡的其他人。

「孩子們還好嗎？」米契皮笑肉不笑地說。

錢德勒點頭。「找到**逃走**的嫌犯了嗎？」

米契的笑意頓失。

米契繼續說：「等到天亮，我們就派出飛機和直升機。艾克斯蒙斯會把他們的也借給我們。希望我們會發現某些動靜或紮營的跡象。」

「我們是否要今晚派出一支小組呢？給他來個出其不意。」洛普說。他先前遭到加百列的攻擊，現在頭上還紮著繃帶。

「我們會什麼也看不到，」錢德勒說：「而且在這個情況下，我們最不需要的就是誤傷自己人。」

米契也加入了討論。「再說，他太聰明，不至於點火照明。」

「除非他想摧毀證據，像上次那樣。」譚雅補充說，辦公室裡的人紛紛低語，討論起這個可能性。

「我們能確定他還在外面嗎？」錢德勒問：「他有可能原路折返，在郊區的某處穀倉過夜。」

「我們已經盡可能仔細搜查過了，」米契說：「就算他真的這麼做，我們還是一樣在海底撈針。」

「這個嘛，我們是否要給大家看到我們在做事呢？而不光是坐在這裡，等著他採取下一個行動？」魯卡問。這個解決方法是用來粉飾太平，保全面子。給民眾一個正面的形象。他正在逐漸變成米契。

「按兵不動可能是我們最好的選擇，魯卡，」錢德勒說：「他逮到機會時，出手攻擊我們關在牢房裡的那傢伙。或許他會回來完成他的任務。」

「不管最後決定怎麼做，媒體需要得知更新的進度，」米契說：「這次我想最好是由你們本地的警方出面報告。」雖然他沒有看著他，但是錢德勒明白他是在推卸責任。

「為什麼要本地警方出面？」錢德勒問，他希望這種說法有合理的論點。

「為了展現本地警方和州警合作無間，保護本鎮。」

這正如錢德勒的預期：鬼話連篇。「所以你是要我出面去告訴他們，我們一無所獲，要我一肩扛起警方的無能。」

米契搖頭，但是臉上的那抹微笑露了餡。「不是的，巡佐。我要你出面，去盡你的職責。」

「你是這裡的高階警官。」錢德勒說。

「沒錯，而且我命令你去主持這場記者會。」

「去跟他們說什麼？說我們沒有任何線索，要他們做好心理準備，找個地方躲好，等待魔鬼現身？」

「不是用這些字眼。」米契停頓了一下。「你要學會如何應付失望和挫折，巡佐。」

「我學過了。」錢德勒說。他再也忍不住了，是該出奇招的時候了。假如米契想要害他蹚這潭渾水，那麼他也要拉他下水。「我們會陷入這種局面，都是因為當你在偵訊室攻擊加百列時，他有機會從你身上偷走鑰匙。」

錢德勒大感意外，說出真相並沒有撼動米契的冷靜態度，彷彿他早就料到了會這樣。眼看事情的發展和他的意圖正好相反，錢德勒的背脊一陣發涼。他一腳踩進了陷阱。

米契從桌旁往後退開，反而更加抬頭挺胸地站起。「現在不是怪東怪西的時候，巡佐。這個交給媒體來做就夠了。我們必須團結合作，同心協力。」他向會議桌上的每個人呼籲。

「你不認為這件事應該由長官來說明嗎？」錢德勒說。

「重點在於統一戰線。」

「由我們能信任的領導人帶領。」

錢德勒環顧桌邊的人。他曾經能在這之中判斷出哪些人對他保持忠誠，不過最近這幾天的勞心勞力，蒙蔽了他的雙眼。他發現難以判斷譚雅、吉姆和尼可是否依然對他馬首是瞻，相信他提出有關米契嚴重失誤的指控。他對魯卡則是不抱希望了。

「我們走錯了一步，是該改過的時候了。」米契略咬著牙說。

「這要由你來領導改過的行動。」錢德勒說。

米契暫停了一下，然後把錢德勒帶到一旁，低聲對他說：「我真的不想提醒你，巡佐，但是別忘了，這件案子的報告是由我來寫的。你已經放走加百列一次，大家很容易就相信，你讓這種事發生了第二次。」

錢德勒深呼吸了一下。「你是幾時變成了這種渾球？」錢德勒才把話說出，他便領悟到，米契向來都是個渾球。他向來都是這麼自私，甚至在青少年時期就是如此。警徽只是釋放出存在他內心的瘋狂。

他重新措詞，再問一次：「你從哪時候開始就不顧別人的死活了？」

米契沒有被激怒。那一抹淡淡的微笑顯示出，他可能把這話視為一種讚美了。「你的事業前途沒指望了，錢德勒，特別是發生這種事之後，更別說等到你——以及你的團隊——是如何抓到殺人凶手，然後又讓他脫逃兩次的細節披露之後。所以我建議你——還有他們——如果在這個案件結束後，還想保住飯碗，你就給我出去，把故事餵食給外頭的那群餓狗。更不需要我提醒你：假如撒菈和傑斯柏的爸爸沒有收入，法官會怎麼看待這件事呢？」

他真的超想朝那張自負又偽善的臉龐痛揍下去。錢德勒看了一眼他那些坐在辦公室另一頭的小組成員。他不希望拖他們一起下水。吉姆要照顧他的年邁父母，譚雅要養三個小孩。尼可的事業才剛起步，而魯卡……這個嘛，他會沒事的。任何米契的複製人都會像大災難裡的蟑螂一樣活下去。再說，米契說得沒錯；丟了飯碗等於是雙手奉上好處給泰莉。

他硬著頭皮，走出大門口。相機的閃光燈照得他睜不開眼，記者的問題企圖刺穿他的盔甲，泛光燈籠罩住他。他試圖定下心來，舉起了一隻手。提問聲逐漸停歇了。

他把現況告訴這群人。他重述他們對加百列的長相描述，懇求大家如果看到的話，不要接近他，要打電話報警。結束之前，他請求民眾繼續待在屋內。

當他的聲明結束後，記者又紛紛朝他提問了。**加百列有多危險？他們原本抓到了加百列，後來又讓他跑掉，這是真的嗎？他是否能證實六名受害者的身分了呢？他有機會再大開殺戒嗎？第二名嫌犯是否仍在押？為何第二名嫌犯仍在押？**錢德勒回答了所有問題，光線令他目眩。他甚至說明了加百列是如何脫逃，以官方版本的說法，程序失誤，該責怪的是這套系統，而不是特定的個人。

他在說話的同時，仔細查看人群。儘管他們呼籲人群解散，但人數似乎增多了。他搜尋那些臉龐，看加百列是否藏身其中。加百列如果回來，要不是格外勇敢，不然就是特別愚蠢。但是他已經證明過自己有那個本事及勇氣。他掃視人群中的鬍鬚及帽子，這些都是加百列可能會運用的簡單偽裝。他尋找曬得黝黑的臉龐，以及特定身高的男子。沒有人符合加百列的體格長相。於是他要求記者解散，直到明天早上，讓警方好好辦事。

他悄悄溜進局裡，覺得自己像是罪犯。現在他是這個掩護行動的一份子，對媒體說謊。

但錢德勒此刻無法思索他的不誠實，他要把全副精神放在逮捕加百列，然後回答在腦海中不斷環繞的一個問題。加百列為何如此執著要殺害赫斯，以至於他自願被捕，等待著——幾乎是——完美的時機，出手攻擊？

或許他漏掉了什麼該問赫斯的話。錢德勒穿越辦公室，走進監禁區。赫斯立刻來到牢房門口。

「沒有律師在場，我不跟任何人談話。」

「聽著，巴威爾先生……赫斯。我不認為你和這件事有關。」錢德勒說。

赫斯停頓了一下，然後才爆發出憤怒的回答。「現在說這話有點太晚了吧。假如我和這個案子無關，現在可以走人了嗎？」

「我們需要保護你的安全，直到抓到加百列為止。我相信他還是不放過你。我認為他自投羅網，只是為了要接近你。」

赫斯搖頭。「可是為了什麼？我甚至不認識他。」

「我正想弄清楚這點。」

「假如你放我出去，我會待在附近。或者你可以護送我離開鎮上，用防彈車載我之類的。」

「這辦不到，很抱歉。你在這裡很安全。」

「是這樣才怪！起碼離開牢房，我有機會逃跑。因為你這麼確定他要抓我，你倒是盡力保證他離我夠近，有機會設法殺掉我。然後你放他逃走了。所以原諒我對你的能力沒有太多的信心。」

「我知道你很生氣，巴威爾先生。但是假如我們相信你有生命危險，我們有權把你留在這裡。」

「這是哪門子的爛體系？」

「可能讓你活命的那一種。」

錢德勒透過門上的監視孔看到了嫌犯蹙額的皺紋。

「**可能**，這還真令人安慰呢。」

錢德勒察覺赫斯的防禦心鬆懈了，他想爭取釋放的努力失敗了。他嘗試問一個狡詐的問題。「你認為加百列是刻意挑上你的嗎？」

赫斯嘆了口氣，聳聳肩。「任何人都有可能在那條路上想搭便車。那是錯誤的時間，錯得**離譜**的地點。」

「沒有任何跡象嗎？一點也沒有？」

「什麼跡象？」

「他對你另有計畫？」

「沒有，正如我跟你們一說再說，一切都沒異樣。當時也沒別的，只有一般的交談……」赫斯停頓了一下，盯著一旁的牆壁，然後朝錢德勒的方向轉過頭來。他的額頭又皺起了紋路。「我想呢，他似乎對我的名字很感興趣。比對其他部分更感興趣。我母親很愛《咆哮山莊》，但是覺得如果叫我赫斯克里夫，這樣子太殘忍了……但是他複述我的名字的方式，彷彿對他來說具有個人意義。我記得當時問他，是否認識其他叫赫斯的人，但是他搖頭。為什麼呢？你認為我認他想起了某人嗎？」

「我們會設法查明。」錢德勒說。

38

二〇〇二年

日子一天天過去，漫長又難捱，搜尋行動逐漸停止了。馬丁最終的命運尚未蓋棺論定，但已是無法逃避的事實了。事發到現在過了三週，南半球的炎熱聖誕節就快到了。

錢德勒在第一線見證了整起事件，看到那些傭兵——就連莫瑞河來的青少年也是——每天早上先收了錢，放進口袋，然後才佯裝努力地度過一整天。亞瑟的耳中充滿那些人天花亂墜的想法，還有靈媒和巫師提供的一長串列表及圖示，解釋他們確知馬丁人在何方，而且亞瑟要先掏錢，他們才會告訴他，讓實際的金錢來滋養他們的靈性天分。直到那天早上，那群傭兵裡有一個來自達爾文的薩滿教人物，叫做飛嘯，提出了最新的看法，推論馬丁在森林裡尋找的是什麼：在十九、二十世紀之交，有幾名非法之徒所埋藏的一個隱密的黃金洞穴。

錢德勒惱怒不已，以至於他非得找米契來替他化解一番。

「你聽到那件事嗎？」

「我聽說了。」米契說。這件事似乎一點也沒惹惱他，錢德勒因此感到更受傷了。

「我們不能放手不管。」

「我們是要來維護和平，不是認證那些怪胎的言論。那不是我們份內工作。」

「我已經不太知道我的工作是什麼了。」錢德勒坦承。

「就是閉上眼睛，撐下去。」米契說。

「這就是你想做的那種警察工作嗎？坐視不管，讓那家人毀滅自己嗎？」

米契沒回答，他把嘴裡的口香糖吐在地上。

「有足球那麼大的金塊。」飛嘯以誇大又堅持的口吻，聲嘶力竭地說。

「這裡沒有什麼藏了黃金的洞穴。」錢德勒說，他無法坐視不管。

「是風告訴我的。」飛嘯說，語氣堅信不移。

「是風？我聽你鬼扯。」

「只因為你不明白，警官，不代表那是錯的。」飛嘯說。他的長鬈髮飄動著，但是汗水沿著鬢邊滴落。

錢德勒走過去。「我明白你不在意偷走那老人的錢，但是沒必要說那些鬼話給他聽。」

「這不是鬼話，是風告訴我的。我能感受到那些東西。」

「你的感受還沒找出馬丁在哪裡，對吧？」

「我們很接近了。」飛嘯低聲地說。

假如繼續這樣搞下去，你就快要接近加入馬丁的行列了，錢德勒心想。「專心搜尋就好，那種靈性的鬼話說得夠多了。」

飛嘯開始低聲喘氣又發出沙啞的聲音，用一種奇怪的語言說話，聽起來像是他在發火、怒罵又乾嘔。錢德勒真想叫直升機來把飛嘯載走，但是飛嘯忽然停住了，然後說：「現在你受到詛咒了，警官。別忘了，那些山嶺是我的朋友，不是你的。」

錢德勒走上前。「你這是在威脅我嗎？」

「那是詛咒。」

「作用是……?」

飛嘯微笑了。錢德勒又上前一步，想強迫飛嘯吐實，這時有人抓住了他的肩膀。是亞瑟。

「你在做什麼，錢德勒?」

這個簡單的問題讓他呆住了:他究竟是在做什麼?

亞瑟繼續說:「這些人只是想幫忙。」

錢德勒注視著他。這老人顯然被蠱惑了。他在這裡的真正角色或許消失在這一片塵土及樹林之間，不過他記得自己職責的主要信條之一:保護大眾。

「他們不是想幫忙，亞瑟。」是該讓老人認清殘酷的事實了。「他們只是來這裡騙你的錢。這些神力介入及徵兆的話，全都是要來騙錢的。」

他把真相說出來了。錢德勒立刻感到輕鬆了些，大地不再從他的四肢吸走他的精力了。

他得到的回應只是簡單的一點頭。壓力再次緩慢地增加，把他固定在地面上。

「我知道。我相信上帝，但是我不笨，錢德勒。」

錢德勒皺起眉頭。「那麼是為了什麼?」

「不管有沒有拿錢，只要他們有人找到我兒子，我願付出我的一切。我的錢、房子、我的不朽靈魂。這都不重要。」

錢德勒不知該說什麼。他錯看這位老人了。他自願加入這個行列，抱著一絲希望，期待這支雜牌軍能找到他的兒子，馬丁。錢德勒想到泰莉和他的新生兒。萬一是他呢?他不願意去想。

這是錢德勒的轉捩點。原本一心想離開內陸並放棄搜尋，現在他發現自己和這對父子更親近，和他們一起體驗痛苦。亞瑟日漸消瘦，彷彿他把自己的一部分奉獻給這片內陸，當成祭品，以換得失蹤的兒子歸來。日復一日，他的厚實胸膛逐漸消餒，和渾厚的嗓音也愈來愈微弱，在樹林的蟲鳴之中幾乎聽不見。他在其他人的身上尋找善意，尋求希望。他談到家裡的事，他打算把家族會計事務所傳承給馬丁，但馬丁並未展現這方面的天分，也不渴望追隨父親的事業腳步。他談到他的妻子希薇亞，她怕自己永遠無法順利復原，當個好母親去照顧他們僅存的小兒子，於是基本上放棄了他，因為她已經讓大兒子失望了。她成天把自己關在旅館房間裡，身旁都是失蹤兒子的照片。那些是他的朋友及同事提供的，成了一個甜蜜又痛苦的照片寶藏庫，揭露他們從未見過的他：馬丁和朋友及女友在一起，喝得爛醉或是在某個家庭派對上跳舞。這些是他們的兒子玩樂的回憶片段，開心又滿足，在大自然裡漫步或攀爬。兒子在戶外的那些照片最令他們難受。他們在許多個夜裡哭著入睡，沉溺在無止境的悲傷裡。

結果錢德勒發現自己會抓住任何話題，分散老人的注意力。今天的話題是運動，亞瑟說他這輩子沒走過這麼多路，真希望他的體格更強健一些，這樣才能更快搜尋更大的範圍。

「重點不在快速搜尋大範圍，而是要仔細搜尋。」錢德勒說。他跟在老人的後頭，走在老人的腳步陰影裡，而老人走在他兒子的陰影下。「你說過他熱愛戶外。」

「他曾經是如此——現在還是這樣。這是我永遠無法了解的事。或許我不喜歡大自然，它是如此廣無邊際，住在這裡會是什麼感覺。」

「應該不會太宜人，」錢德勒告訴他。「你的鄰居當中有上千條的蛇和上百萬隻蜘蛛。」

男孩聽到這裡，轉過頭來，睜大的雙眼充滿興趣。「真的嗎？好酷……喔！」他說。那個「酷」字持續了五秒，直到他父親警告他，走路的時候眼睛要看前面。

亞瑟伸手扶著他，要他乖乖地走。他跟錢德勒提過他的煩惱，這孩子不該做這種事，這年紀不適合……任何年紀都不適合。他從小就很崇拜馬丁，搞不懂他哥哥為什麼要一個人過來這裡。而且待在這裡。還拒絕被找到。亞瑟對錢德勒坦承說，他沒辦法給他任何回答。除了謊言或殘酷的真相，他還能告訴他什麼呢？錢德勒感到慚愧，他無法給老人什麼回答，只有說不出口的話，還有內心深處那股可怕又令他內疚的寬慰感，因為那不是他自己的家人。

39

米契把這座鎮分成幾個區塊，派出小組出去追捕加百列。這麼做不是出於指望能找到他，而是要在街頭提供一種令人安心的表象。

他的命令是攔下車輛，謹慎搜查——任意拘捕——這是米契的說法。警員兩兩一組：魯卡和約翰、譚雅和吉姆。尼可再次被留下來看守櫃台，留守的成員還有洛普、芙蘿、麥肯錫及桑恩。

錢德勒又一次單槍匹馬，離開警局，但是承諾不久後就會派尼可參與行動。尼可那副幻想破滅的表情讓錢德勒意識到，他必須盡快實踐他的承諾。

他的第一站是去查看他父母的家。當他走進那座乾枯但齊整的院子時，他的手機震動了。泰莉傳了簡訊，說她正在過來的路上，完全漠視錢德勒的警告。在他清楚意識到自己在做什麼之前，他就按下了按鍵，回撥給她。她立刻接起電話。

「泰莉，妳不能過來這裡。」他說，雖然他知道對方不會聽。她從來不聽他的話。

「你不能控制我。」

「沒有人**控制得了**妳。我只是要求——」

「我已經在路上了。」

「州警不會放妳通行的。」

「你想辦法讓我通過。」

「我不**想要**妳通過。事實上，我要命令他們扣留妳。」

「我會設法通過的。」

「去跟米契談吧。他會跟妳說一樣的話。」

「或許吧，」她說，語氣透露出她的頑強。「但是你忘了，我對那地方瞭若指掌。我會走小路，你不可能派人守住每一條路。」

「泰莉——」

她輕蔑地輕聲笑了一下。他放棄了，於是說：「保持安全，自己小心點。」她已經掛斷電話。

錢德勒心裡想著泰莉突然現身的可能性，走進了家門。大家都起來了，包括孩子也是。

「你在跟誰吵架？」撒菈問，眼神有點呆滯地看著地板。她睡醒了，但是對此並不開心。傑斯柏沒說話，他呵欠連連，以至於說不出任何話來。

「沒有，沒什麼重要的。」他回答。

「聽起來很重要。」他父親說。他守在前窗旁，獵槍塞在椅子後面，不想讓孩子看到。

錢德勒說服自己，他有理由不把這件事告訴他們。他數不清在過去這幾年來，泰莉有幾次答應要來卻沒出現。或者更糟的是，她毫無預警就跑過來，讓大家嚇一大跳。五年前，在撒菈的五歲生日當天，她也是沒說一聲就出現。孩子們很開心，相信她要搬回來住了。當他解釋她需要先跟他說一聲，她的回答是她愛怎樣就怎樣，**他們也是我的孩子**。不過那時候，錢德勒知道她並不是真心要這兩個孩子。反正不是永久的。所以派對繼續進行，在場的大人都對泰莉冷眼相待，最後她先走了，留下錢德勒去安撫嚎啕大哭的孩子。

天色愈來愈晚了，他們要孩子們回去睡覺。他替傑斯柏蓋好被子後，那孩子立刻就睡著了。但是撒菈想再次討論即將到來的第一次告解。錢德勒樂意之至，這一來不僅能讓他不去想那件案子，也能減輕她的恐懼。

當他坐在床邊時，她瀏覽牧師挑出來要他們閱讀的故事：該隱與亞伯、聖殿裡做買賣的人、浪子的故事。第一次告解的典型內容。

「我想贖淨我的罪。」她突如其來地說。

「寶貝，妳沒有任何罪。」

「我有，」她就事論事地說。「首先呢，我偷吃傑斯柏的晚餐，或者在奶奶烤餅乾時，從烤盤上偷拿一塊餅乾。還有，有時候你不在家，我會生氣，然後罵髒話。」

「妳會嗎？」

她把頭偏向一側，彷彿他後知後覺。她說：「我知道罵人的話，爸爸。」

錢德勒搖頭。他早就猜到她知道那些詛咒的字眼了。「不是的，我不是問那個。我不在的時候，妳會生氣嗎？」

撒菈點頭。「但是媽媽不在這裡，我也會生氣。」她說。她把低垂的烏黑秀髮從臉龐拂開。

他點點頭，設法逼自己提出下一個問題。這番話卡在他的喉頭。他非問不可，雖然他不確定自己想知道答案。

「現在妳考慮過了，妳會想和媽媽一起住嗎？」

「住黑德蘭港嗎？」

「我想是的。」他直到現在才想起的替代方案，令他打從骨子裡起了寒顫。米契和泰莉住在威布克鎮，而他要每天看著他們當他小孩的爸媽。這念頭讓他反胃作嘔。

「你沒有要一起過來嗎？」她問。

「沒有，我不去。」

「或許我能贖清我的罪，然後禱告你也能和我們一起住——」

錢德勒給了她一個略顯疲憊的微笑。「你母親和我不在一起，不是妳或傑斯柏的錯。再說，要讓我們復合的話，恐怕不是唸幾遍萬福瑪利亞就能解決的。」

「我會為此禱告。」

「你就禱告吧。」錢德勒說，然後親吻了一下她的額頭。

最後檢查過父親沒有往獵槍裡偷塞兩發彈藥之後，錢德勒便離開了。即便到了現在，在這麼深的夜裡，柏油碎石地面依然不斷散發出炙熱白天殘存的陣陣熱氣，以至於待在毫無遮蔽的戶外變得更加黏膩又不舒服。

他行駛在安靜的街道上，四下無人，經過的只有米契的手下駕駛的未標記車輛。住宅的窗口照射出光束，但是窗框內不見人影，感覺彷彿整座鎮上的人都消失了。

在這段不疾不徐的巡航中，他回想起女兒的故事。那些犯下罪惡並且付出代價的故事，原諒和粗糙正義的故事。該隱攻擊他的兄弟亞伯，殺害了他。他不禁想到：加百列和赫斯是兄弟嗎？他搖搖頭。當然不可能了。他們長得不像，無論聲音或外表都是。一定還有其他原因……

該隱和亞伯……

這兩個名字又出現了。他回想到最近看過這些名字，寫下來過。是報紙嗎？犯罪紀錄？某份清單？

他轉向哈維街時想起來了，車子差點兒失控。他在一份清單上看過……從棚屋拿回來的清單。他努力回想，希望想起那些名字。他想到了幾個，有亞當、塞特、雅列、示拉。全都很耳熟，而且相對來說很平凡，但是他敢發誓他見過這些名字兜在一處。或許是睡眠不足，打亂了他的記憶，但或許這其中藏有重要真相。

他轉彎開上了王子街。這些人名繼續糾纏著他。他腦海中的名單增加為：亞當、塞特、雅列、示拉。諾亞也是。該隱和亞伯。他的記憶將另一組鮮明的組合推到腦海的最前方。他的確見過那些名字。在一本書裡頭。他確定這點。那本書有紅色封面及金色……

他在前往哈波街的路口猛踩煞車。附近沒有車子對他按喇叭。

錢德勒想起來了。

40

錢德勒的汽車輪胎摩擦人行道路緣，在自家門外停了車之後，他衝下車來。加百列說過，宗教是他成長過程的一部分。他甚至提到，每個人出生後的共同點是，他們都需要父母，以及接受某種型態的宗教慰藉。而這兩者都辜負了他。

錢德勒沿著外緣繞到屋子後方，從他從來不鎖的後門進了屋裡，筆直走向擺放在廚房及客廳之間角落的書櫃。在他買了卻從未讀過的二手書之中，那本書的紅色封面應該很顯眼。可是書不在那裡。

接著他去撒菈的房間查看。他看到那本書就在床邊桌上，旁邊是一堆手機配備：手機殼、螢幕保護套，以及細長的耳機線。紅色封面。精裝本。對某些人來說，這是必備的讀物。

他不知道要從哪裡開始，於是翻到第五十五頁。這數字在加百列及赫斯的證詞中都出現過。那一頁提到的是分開紅海的部分。追隨者在沙漠裡餓了，麵包從天而降。

這個具有任何意義嗎？有能力命令紅海分開？這是否暗示著想要終極的控制力呢？殺害這麼多人是可以打造出那樣的錯覺。那麼麵包從天而降呢？加百列是否帶領追隨者上去那邊呢？他是否想讓他們皈依他創立的某種宗教或邪教？遭遇抗拒時，他是否就下手殺害對方呢？或者是在上面餓昏了頭，害他得了失心瘋？那些受害者的身上沒有同類相殘的跡象，就連最近的那具皮肉較完整的屍體也是如此，不過總是有這個可能性。但這一切都只是推測而已，沒辦法讓他更貼近真相。

他注意到章節的編號以上標註記在頁面側邊，於是逐頁搜尋第五十五節。

他只找到兩處。第一處是詩篇，是一首關於遭到背叛者及敵人包圍的哀歌。裡頭對那些敵人並未指名道姓，不過可能是極度偏執的證明。但加百列不論何時都並未流露出偏執的個性，他太工於心計，不至於如此。

另一處是《以賽亞書》第五十五章：對乾渴者的邀請。裡面提到上帝的恩典和力量，最後是生命的轉變。錢德勒想得到的有一種基本的轉變：從生到死的轉變。加百列指的就是這意思嗎？把這些人從世間的煉獄轉送到上帝的身邊？這不無可能，但這是跨躍了一大步，而且依然很模糊。這一章的最後是一些強烈字眼的組合：**作為永遠的證據，不能剪除**。這是自白嗎？加百列不能剪除的難道是連續殺人犯的罵名？注定在未來的日子裡被人談及和研究？這也許被他視為得永生的機會。

錢德勒悄悄走到廚房，瀏覽餐桌上的案件筆記，想找到一些靈感。雖然沒什麼能在法庭上引起注意的內容，不過他依然深信《聖經》和這一切有某種關聯。裡面的某一個章節藏有解密的鑰匙，那兩個出處的預言意味太濃厚，不可能是巧合。錢德勒心想，假如他專心檢視細節，可能會找出解答，於是他重新檢視死因、嫌犯姓名、他們的生活概要、在小木屋發現以及帶回來的物品清單：血跡、毛髮、衣物和重大標記。他又檢視了一遍加百列和赫斯的證詞、姓名清單，還有寫著「開頭提到的名字」字條。他依然搞不清楚也毫無頭緒。

就算他有點進展，也全被前窗外一閃而逝的影子給嚇跑了。有人謹慎地轉動前門的門把，稍微轉動後便停手了，因為門鎖住了。有人企圖闖進他家。

加百列回來了。

錢德勒悄聲快步地走進廚房，然後衝往後門。

他小心緩慢地走出去，輕輕地把門帶上。他聽見房子側邊傳來聲響，加百列過來了。他沒時間做其他準備，趕忙躲在小徑的另一側，緊貼著棚屋的高聳磚牆。這裡最適合他跟蹤對方……然後有必要的話，出手攻擊。

他聽到腳步聲在高低不平的小徑上快速拖行。加百列會發現後門洞開，但錢德勒不會讓他進來。等時機一到，他就會撲向他，把他壓制在地上。

他把槍從槍套中取出。他不想用槍，不過他必須假設加百列的身上有武器。他提醒自己，這是萬不得已才會採用的一招。

一道陰影逐漸逼近後門。錢德勒蜷縮起來，準備出擊。

深色身影走進後廊的燈光底下。

「泰莉？」

他聲音中的驚訝嚇到了她，她往前一跳，把紗門撞得幾乎彈回來撞上他的手臂。她站穩了之後，轉身面對他。已經過了將近三年，她的美貌依然能讓他停下腳步，黝黑的皮膚如今曬成漂亮的焦糖色，臉頰上兩個圓圓的深酒窩讓她的整體魅力更加分。她的臉龐和他記憶中一樣，有如春天盛開的櫻花。那張臉蛋在花朵盛開時嬌豔迷人，但是容易受到任何天氣驟變的影響。從她臉上的模樣看來，現在是初春，天色灰濛濛的，或晴或雨都還說不準。

「你躲在該死的樹叢裡做什麼？」她厲聲地說。年紀增長並沒有讓她說話的用語變得比較溫和。

「妳在這裡該死地做什麼？」他也吼回去。「我差點對妳開槍。」

雖然她踩了高跟鞋的身高只有五呎四吋，她的聲音卻響亮地在後院迴盪。

「我那輛豐田 Camry 沒油了，害我走了好幾公里的路。我試過打電話給……」她停頓了一下。錢德勒猜想她是試圖打給米契，結果沒聯絡上。「這一路上，警察攔下我兩次，我是看起來像連續殺人魔嗎？」她說，而且勉強地笑了一下。

她想進後門。「我想見孩子們。」

「他們不在這裡，在我爸媽家。」

「**什麼？**」泰莉說：「你是在告訴我，有一名連續殺人犯在逃，而你卻沒有親自照顧他們。這個呢，**錢德勒**，這種鳥事就是我離開你的原因。試圖拯救別人，卻犧牲了自己的孩子。」

「我現在不需要聽這個，孩子們很安全。」

「他們**將會**平安過日子。」

「別打他們的腦筋，泰莉。」

「不行。這件事我已經袖手旁觀太久了。假如你不把撒菈及傑斯柏交給我，我要和你打官司。」

「他們不是人質，泰莉。而且這不是一場談判。妳不能強迫他們。」

「沒錯，這不是談判，這是他們的決定。不過這一切——」她說，抬手朝空中揮舞了一下：「我就是想讓他們遠離這種鳥事。」

「這種鳥事不事那麼常發生。」

「留他們和你爸媽在一起？」泰莉皮笑肉不笑地說。

「不是，」錢德勒說，同時搖搖頭。「有一個連續……殺人犯在鎮上流竄。」

「但我還是聽說他們總是和老彼得跟瘋子卡洛琳在一起。」

錢德勒沒打算追究這番侮辱的話。「他們最好沒事，因為妳在這裡絆住我。」

「萬一有事發生，那都是因為**你**放走了殺人凶手。」

錢德勒怒視著她。她只可能從她男友那邊聽到這種不實的消息。他深信米契會出賣他，就連現在也是如此。

「這就是有內線的好處。」她繼續說，那抹假笑又出現了。她輕扣那個在她臉上向來顯得太大、又高又尖的鼻子。

「妳喜歡他的話，沒人跟妳搶。」錢德勒說。他從她身旁擠過去，走進了屋裡。他只想收拾他的筆記，然後離開。

當他把記事本和其他潦草塗寫的紙張塞進背包時，她在屋裡到處亂逛。「這裡有點亂，孩子們有雙親照顧比較適當，你不認為嗎？我和米契。」

錢德勒沒回答。他有更重要的事待辦。他把筆記胡亂塞進車裡，她過去要從副駕駛座那一側上車。錢德勒沒打開上鎖的車門。

「妳在做什麼？」

「和你一起走。」

「這是警用車，妳可以用走的，反正又不遠。」

錢德勒在回答時，感覺自己內心生出一種幼稚卻開心的喜悅。

「你不是說這裡有殺人凶手在逃嗎？」她說。她從車門邊往後退，看起來脆弱又孤單。

錢德勒感覺到那股暖流變成憤怒。她又制住他了。加百列下落不明時，他不能讓他孩子的媽在外頭走動。他把車門解鎖，推開車門。

「上車，但是別開口。」

泰莉沒有答應，就這樣進了車裡。

當他開車前往他父母的家，她說起這座鳥不生蛋的小鎮簡直一成不變，而她居然得回到這裡。她憤怒又沮喪地把雙手往上一甩，一種原始又本能的舉動，讓她整個人看起來比原本更龐大，綠色眼睛閃閃發光，齜牙咧嘴準備行動。

他把她丟包在他父母家，雙方對這樣的情勢發展都覺得受到侮辱。泰莉一如往常，無法控制自己的音量，吵醒了兩個小朋友。他們衝進她的懷裡，跟她討抱。錢德勒聽著泰莉保證她會保護他們。傑斯柏問為什麼要保護他們？她說免得呵癢怪物跑出來，然後追著他在廚房裡亂跑。錢德勒的爸媽看著他，要求他解釋清楚。他父親根本沒費事把槍藏起來。錢德勒只是對他們說，他該走了。

41

儘管局裡下了無數次命令，要記者解散，他們還是在待警局外頭，像半死不活的殭屍，努力想擠進去。米契回來了，正在指揮大局。他追查他的屬下和本地人打電話告知的線索，比錢德勒有史以來的表現更加指揮若定。他甚至讓尼可和魯卡都極有效率地忙碌工作。

錢德勒走進米契的辦公室。

「米契？」

這種非正式的稱謂讓米契猛地一顫，但是沒有反擊。

「我需要跟你談談。」錢德勒繼續說。

米契從凌亂的辦公桌上抓起另一疊文件，假裝在閱讀。

「我有個關於被害人的推論，」錢德勒毫不氣餒地說。米契翻了一頁，顯得不感興趣。「那些受害者的名字，全部都和《聖經》有關，或多或少。像是他信奉的宗教角度，」錢德勒說。「他先前提過一些事，在他小時候，他的父母和宗教曾讓他失望。」

有一會兒，米契繼續假裝閱讀，然後終於承認錢德勒在場，在他的面前揮舞一疊報告。

「忘掉你的推論吧，巡佐，先看看這些再說。」

「你有一整個團隊的人來做這種事。」錢德勒說。

「而你是其中的一員。」

錢德勒悶笑了一聲。「我最多只能算是坐冷板凳。是你要我去坐的。還有順帶一提，泰莉來到鎮上了，以免你在心中納悶。Camry跑到沒油，她走路去我家。她說她曾試圖聯絡她的男友。」

錢德勒把米契和他那些未讀的報告拋在腦後，直接前往監禁區，坐在赫斯的牢房外，希望能和受害者確認一些事。

「巴威爾先生？」

裡面沒回答。看來沒人想和他說話。

「在你看來，加百列像是虔誠的教徒嗎？」

還是沒回答。

「回想一下你被抓走的時候，他是否說過任何似乎不尋常的話嗎？完全超乎尋常。他是否禱告過呢？說祈禱文？在胸前畫十字架？他是否提過上帝或類似的事呢？」

一個疲憊的聲音回答：「我還能再跟你多說些什麼呢？」

「那就是我想知道的。」

這時出現了一陣長長的停頓。赫斯乾咳了一下。那聲音再次變得沙啞。「他提到關於上帝的事，我記不清確切的內容。」

「拜託你，巴威爾先生……赫斯，這會很有幫助的。」

門上的監視孔傳來一聲挫折的嘆息。「我記得他說過什麼這裡的土地如此乾涸，上帝一定是將它遺棄了，彷彿在某種程度上，他對這點心生憤怒。但是他也說過這裡很美，就像一開頭時那樣，像是所有的一切都是如此。」

「一開頭？」

「對。」

這個字眼又出現了，一開頭。什麼開頭？他盡情殺人的開頭？這是他覺得非做不可的事嗎？或者，他是否只喜歡過程的開頭而已？獵捕並了解他的被害人。殺害只是一種不得不做的事，他根本無法從中得到快樂。

「他是否提過關於『一開頭』的其他事？」

赫斯又嘆了一口氣。「你是說，比方他小時候嗎？因為他幹出這種事，我會說他的童年過得不好，你不認為嗎？」

赫斯說到這裡便停止了。錢德勒又走進了死胡同。

「不過他確實提到一個地方，說那裡是**開頭**。」

赫斯聲音裡的警覺讓錢德勒嚇了一跳。

「什麼地方？」錢德勒說。

「我不知道。」赫斯的聲音慢慢減弱，清醒的時刻很快就消失了。

「拜託你想一想。」錢德勒說。

「我是在想啊。」赫斯說，他的聲音慌張又憤怒。

錢德勒停止了。靜默籠罩了四周的牢房。他提心吊膽，納悶自己是否走上了另一條沒有出口的泥土路。

「辛格爾頓。」赫斯說。

「辛格爾頓？」

「沒錯。」那聲音有點顫抖，不太清楚。「他在車上提到幾次。我以為他只是在說那是他去過的某個地方，或是某座農場，可能比較有工作機會，不過我想那聽起來的確有點突兀。他總是帶著熱情地說出那個字眼，那大概是唯一會引起他情緒反應的事了。」

「他說那是開頭？」

「對，我想是的。」

「他是怎麼說辛格爾頓的？」

「這我一樣不太清楚。一個地方、一座農場、一個人……還有你不用再問了，我不知道那是什麼的開頭。」

錢德勒也不知道。不過這總是一點線索。

他使用譚雅的電腦去查辛格爾頓。搜尋找出了一堆的結果：軟體模式、威士忌、幾個姓氏為辛格爾頓的名人，還有其他連結邀請他上社群媒體和交友網站，認識單身人士。他排除了所有交友網站及名人相關的連結，最後剩下一個在新南威爾斯的小鎮，還有在英格蘭及美國的幾座城鎮，再加上許多澳洲郊區、建築和機構。

即使遠在澳洲的另一端，坐落在新南威爾斯杭特河畔、雪梨以北的那座小鎮，需要進一步查看，但是在伯斯南方的郊區引起了錢德勒的注意。加百列來自伯斯，或者至少他的口音聽起來像是如此。從螢幕上的照片看來，那個郊區看起來不過是個偏遠的住宅區，散布著破舊的平房及房屋，還有幾家基本的商店。那是文明的最後地帶，綠化版的威布克鎮。唯一架設了網站的建築是一家孤兒院。他點了那個連結。

網站很專業，建築的照片和錢德勒想像中的很不一樣。那地方不大，幾乎稱得上雅致，看起來像是撒菈的哈利波特系列小說裡的建築。他有種感覺，網站配置和照片角度的設計是用來掩蓋缺點。

他在深夜打了一通電話到伯斯中央總部的ＩＴ部門，電話轉接到值班的女性總機手上。他要求對方寄來孤兒院這三十年來的入院紀錄。

十分鐘後，他的收件匣收到了一份龐大的資料夾。電腦拒絕開啟這份資料夾，彷彿裡面藏有一個必須誓死守護的祕密。第二次嘗試比較有收穫，他強迫電腦在那些姓名中搜尋加百列．強森。結果沒有紀錄。錢德勒嘗試搜尋赫斯．巴威爾，結果同樣一片空白。搜尋塞特，出現了幾筆結果，但都不是他要的。錢德勒沒了主意，手邊剩下幾千筆搭配照片的紀錄。他決心熬夜抗戰。

前半個小時一無所獲，沒有一張照片和他記憶中的加百列長得相像，甚至連可能和年少的加百列相像的都沒有。盯著螢幕一小時之後，他的眼睛開始不舒服了。他開始繼續瀏覽那些紀錄，同時考慮接下來的追查角度。這之中一定有某種聯結，關乎**開頭**，關乎宗教，關乎加百列會變成今天這樣的原因。錢德勒的心中清楚地知道這點。

時間經過了一小時，他努力清查各種可能性，這時，加百列的照片突然出現在螢幕上。事實上錢德勒根本沒意識到那是加百列，以至於他又快速瀏覽了幾張孤兒院孩子的照片後，才又把頁面往回拉。他眼前的照片絕對是加百列，年輕版的他，頭髮剪到貼近頭皮，突顯出臉部的瘦削特色。他看起來比較像是集中營的倖存者，而不是孤兒，但絕對是他，錯不了。戴維．加百列．泰勒。

錢德勒細看附件的檔案及紀錄，心跳不斷加速。有一些偶發事件，尿床以及瀕臨暴力的情緒失控，但這些不過是一個害怕的小男生會有的辛苦歷程。很不幸地，這些紀錄的結束和開始一樣，來得很突然。才過了六個月，他們就把加百列安置到寄養家庭，寄養夫婦的姓名及地址草草地寫在一旁的欄位裡。迪娜及傑弗瑞．威爾森，住在伯斯郊區的格蘭頓。

錢德勒撥打電話，響了幾聲後就有人接起來了。

「請問是傑弗瑞．威爾森嗎？」

「我是。」

他預期要安撫一個在睡夢中被吵醒的惱怒屋主，卻意外地聽到一個愉悅、深沉又沙啞的聲音。

「我是威布克鎮警局的錢德勒．詹金斯巡佐，我想要——」

「哪裡的詹金斯警佐？」威爾森先生打斷他的話。

「威布克鎮，在北邊的皮爾巴拉。」

「你在那裡做什麼？」威爾森先生問，隨即換個方式說：「我是說，你為什麼打電話給我？在這種時候？」

「我有幾個問題，是關於戴維．加百列——」

沙啞的聲音打斷他的話，原本的禮貌不見了。

「我知道加百列。」

「好的，那麼我有幾個——」

「我——我們不想和他有任何關聯，巡佐。」

這話激起了錢德勒的興趣。他聽到電話另一端有窸窣聲響，是話筒即將被掛上的聲音。他立刻說：「拜託你，威爾森先生，幾個問題就好。你難道不想知道我為什麼打給你嗎？」錢德勒希望好奇心能讓他的接聽者不要掛斷電話。

「不想，」傑弗瑞堅定地說。「我們——我和我的妻子——設法教導他分辨對錯，他卻恩將仇報。」

「分辨對錯？是宗教方面的對錯嗎？」

「沒錯，就宗教方面來說，巡佐。」那聲音保持冷靜卻堅定。

「你是虔誠的信徒囉？」

「我們都是，而且引以為傲，」威爾森先生嚴正地說，彷彿錢德勒的問題帶有某種諷刺意味。「我們試圖好好養育他，以一種正當的方式，尤其是在他的家人出了那種事之後。」

「出了什麼——」

「是車禍，巡佐。對一個年紀那麼輕的男孩來說，無疑是一種可怕的經歷，但是**我們**相信他有能力復原。我們想要教導他，儘管上帝讓他遭受這種命運，但主是好的，祂會引導他，**如果**他能懺悔他的罪過，服從祂的話。」

這番對話的方向讓錢德勒頸背上的汗毛直豎。「你是如何要他這麼做的？」

原本開放又健談的威爾森先生，這時忽然鉗口不語。錢德勒只好自己猜測有哪些方式：上課、家務雜事、訓話，或是更糟的。某種令人不安的事，足以把一個孤兒變成了殺人凶手。他決定小心翼翼地循線追問。「戴維——加百列——是什麼時候離開的？」

「十八歲那年。」他的聲音逐漸變得簡慢唐突，想結束這通電話。「他從此沒有回來過。我們不要他回來。他把我們的家變成了罪惡之窟，巡佐，**罪惡之窟**。像是索多瑪和娥摩拉會做的事，妓女入侵我的家，像夏娃在伊甸園裡一樣赤身裸體到處走。我和我的妻子得把地板和家具刷洗乾淨。」

話筒的另一端傳來一陣窸窣，錢德勒認為他聽到了啜泣聲。一名女性的聲音取代了那個沙啞的聲調。是迪娜。

「你害我的丈夫難過了，巡佐。我們只想忘掉關於那男孩的一切。那個惡魔之子！」她憤怒地吐出這幾個字。然後掛斷了。

錢德勒往後靠坐，慢慢吸收這一切。原本缺乏任何可靠的線索，現在他努力想找出要繼續走的一條最有利的路。他確知的是那間屋子裡發生了某些事。一對寄養夫婦試圖把他們的狂熱信仰灌輸到一個脆弱的青少年身上，結果可能導致某一事件，或是一連串的事件，把年少的加百列給逼瘋了。

42

有了一個推論和某些證據的基礎，錢德勒再次去逼問米契。

而且他差點成功了。不過是因為那通電話。打到警局的幾百通電話中，這一通對他們忙著追捕的那名男子提供了一些資訊。不過這次來電者不一樣，是加百列本人。

尼可在櫃台瘋狂地揮手，引起了錢德勒的注意。他掩住耳機上的麥克風，低聲地說：「是他。」局裡立刻鴉雀無聲。大家都知道這位年輕警員的意思。尤其是米契，他衝到辦公室外面，下令把這通電話直接轉給他。

警員全部來到曾經是錢德勒的辦公室，聚集在會議桌旁。米契坐在擴音器旁，注視著每一個人。「大家都保持安靜，由我來發言。」他說。他用一根手指頭戳著自己的胸膛，確保大家都聽懂了意思。電話的指示燈開始閃爍。就是這一通了。米契把電話切換到擴音器上，按下按鍵。

「強森先生——」

加百列立刻打斷他的話。

「我打來是要讓你知道，現在我改變我的目標了。」

米契很快就恢復他的從容態度。「從什麼加以改變？」他問。

「原本是五十五，現在我要殺掉九十。」

這時出現短暫的停頓，他們在等待更多的資訊，關於誰、什麼、何時，或者為什麼，但是這些都沒有出現。他們得到的資訊和辦公桌旁的臉龐一樣模糊。

米契打破沉默。「強森先生，我要請你自首，現在為時不晚。」

「我已經做過了，督察。兩次，」他提醒對方。「現在我有工作要完成。假如你們要阻止我帶走赫斯，那麼還有很多值得我下手的人。」他的聲音裡有種明確感，顯示他相信自己說的話。

「你的這個遊戲和《聖經》有關嗎？」米契問。

錢德勒很意外米契會提出這種試探性問題。他沒有把它當成已知的事實說出口，而是用一種男學生缺乏安全感的態度來提出他的詢問，彷彿深怕受到嘲笑似的。

「《聖經》？這是相當模糊的理論，督察。」

錢德勒看到米契失去了占上風的機會，於是插嘴說：「那麼是和你父母有關嗎？或者是你的寄養父母，迪娜和傑弗瑞？」

米契怒氣沖沖地看著他，但是沒開口。電話另一頭的殺人凶手也一樣。

「強森先生？」米契問，他的冒火眼神依然盯著錢德勒不放。

話筒傳來嘟嘟聲。加百列已經掛斷了。

芙蘿打破沉默。「他說殺掉九十，而不是五十五，這話是什麼意思？」

這問題是朝她的上司發問的。米契的嘴巴張了又闔，彷彿他指望能吐出某些話來拯救他，但是一個字也沒有說出口。

「這是否表示他在某處已經殺掉——或者即將殺掉一大群人嗎？」譚雅問。

「表示還要殺害三十五個。」魯卡確認。

大聲說出口之後，這似乎是個龐大的數目。少了米契的指導，錢德勒跳出來主持。

「尼可，無線電是否回報了任何槍擊或暴力事件嗎？」

「什麼也沒有。」這名警員確認說。

「好的，那就剩下一種可能性，他正藏匿在某座偏僻的農場，在我們最後看到他的地方附近。」錢德勒跟大家說明。

「或許吧，」譚雅說：「但是沒有哪個地方有多達三十五個人，我甚至懷疑那一帶會有三十五個人住在附近。」

他的資深警員說得沒錯。要殺害三十五個人，這表示加百列要前往好幾個地點，而且行動要快。

「這是在唬人嗎？」錢德勒問辦公室裡的人。

「目的呢？」米契說。他找回了他的聲音。

「要讓我們像無頭雞一樣疲於奔命。」

「他已經殺害六個人，巡佐。這可不是在唬人的。所以我們必須考慮，他現在也一樣沒在唬人。」

一股沉默的氛圍再度籠罩了辦公室。

「有想法嗎？」錢德勒問。

「波頓家和伊斯特家住附近，」尼可在櫃台高聲地說：「一共大概十個人。」

譚雅也插嘴說：「加上卡提家，這樣有十六個了，假如你把狗也算進去的話。」

「本地酒吧呢？醫療中心呢？」芙蘿說。

「什麼醫療中心？」米契咕噥地說。

譚雅沒理會他，回答說：「安．圖托告訴我，牧師考慮要召集一群會眾，前往教堂舉行午夜祈禱。」

「多少人？」錢德勒問。

譚雅聳聳肩。「我不知道。假如他們對目前發生的事感到害怕的話，有三、四十個也不算多。」

「這值得去查訪一下嗎?」芙蘿問。

「每條線索都值得查訪,」米契說:「我們不能坐視不管這次的威脅。」

「萬一這是轉移注意力的伎倆,想擺脫我們,他就能再次出手殺害赫斯呢?」錢德勒問。他想到警局外面的那群人,想像加百列混在其中,等著局裡淨空。

「我們要針對這項威脅採取後續行動,巡佐。」

「我們必須保護我們的囚犯。」

「我們會這麼做。加百列絕對沒機會進來這裡。」

他們擬定了計畫。第一站是教堂,然後是當地酒吧,再來是卡提、伊斯特及波頓的農場。在這之後是其他的農場,他們找出了一大群人都住在鄰近地區:托迪・庫克家、伊西・奇里家、老馬・林斯令家、敏西・亞馬朗加和他們的家人。

錢德勒打給厄普頓牧師,吵醒了他。這時早已超過牧師的九點上床時間了。牧師雖然不高興,但證實他們的確提到了午夜祈禱的想法,不過大眾的看法是安全地待在家裡。現在他的教堂沒有舉行任何活動,而且沒有他的批准,也不會有任何的活動。

他們派三名組員前往當地酒吧,米契則打電話給農場。電話鈴響了第二聲,羅珊・卡提便接起了電話。她很不高興,因為他們吵到她在看電視。伊西・奇里對著話筒咆哮,他的農場上沒有不速之客。其他人都沒接電話。雖然那邊的電話訊號斷斷續續,但沒有回音依然令人擔心。

米契派了警車去查看那些沒接電話的人,順路經過教堂再確認一次。小組成員紛紛上車,這是在玩一場沒人想輸的大風吹。錢德勒把譚雅和魯卡拉到一旁。

「我要你倆待在這裡，以免他回來找赫斯。」

「我不想留下來。」魯卡說。

「我們要保持——」錢德勒開始說。

「警員，你怎麼還沒走？」米契打斷他們的話，在辦公室悄悄逡巡，拇指和其他指尖焦慮地搓揉著。

「我要魯卡留下來，」錢德勒說：「負責保護。」

「我要他去**外面**，」米契說：「負責執法。」

「我想出去執勤。」魯卡懇求著說，並且慢慢地往門口移動。

錢德勒看著這名急切的年輕警員，哀求著不要被關在屋裡，像個被禁足的小孩。

「去吧。」他說，嘆了一口氣。

魯卡不需要有人跟他說第二遍，立刻衝出去加入芙蘿的行列。錢德勒轉身面對譚雅。

「我留下來。」她說，用力地一點頭。

「別擔心，妳會有伴的，譚雅，」米契說：「我把洛普留下來陪你。」他說，同時指向那個尷尬地擠在辦公桌後面的高大男子。

雖然錢德勒感覺很糟，又把譚雅和尼可留下來，而且也難以忍受這場徒勞無功的奔波會讓警局門戶洞開，讓加百列有機會展開攻擊，但他知道他必須上場，帶領農場的搜索，安撫一些比較緊張不安的居民，確保他的鎮民平安無事。鎮上沒發生過命案，他迫切渴望能把這個紀錄繼續保持下去。

43

錢德勒帶著森恩和麥肯錫前往布萊恩．伊斯特的農場，那條小路未經鋪砌又無人照管，在黑暗中格外難走。他們接近大門口時，他關掉了車頭燈，慢慢滑行停住。這間單層的農舍只透出一束光線，可能是廚房或客廳吧。這棟房屋有六個房間，住了四個十二歲以下的小孩，這份漆黑顯得有些不祥。

下了車之後，他活動一下雙手，想消除他的不安預感。他的兩名同事加入了他，從黑暗中現身，兩人都穿了一身黑。他們的本意是要強化信心，但是來到了這裡，置身在塵土及鏽蝕的穀倉之間，看起來顯得很可疑。

「緊跟著我，」錢德勒低聲說：「不要掏槍，裡面有小孩。」

他們悄悄走向農場，小心注意隱藏在黑暗之中的溝渠和柵欄。錢德勒有幾次差點摔了一跤，然後他們才走到了雞舍，迎面而來的是從睡夢中被吵醒的母雞發出含糊的咯咯叫聲。

他低聲向兩名同僚下達指示。

「你倆沿著側邊繞過去。查看窗戶，但是不要把臉貼上去，以免嚇到小孩子。如果有任何異狀，回到這裡碰面。懂嗎？」

在出發前，桑恩一如往常地面無表情，麥肯錫則是一點頭表示同意。然後他們才分道揚鑣，沿著儲油槽外緣前進，消失在視線之外。

身旁沒人了，錢德勒把注意力放在廚房的窗戶上。他走上前去，客廳照明的餘光亮到足以讓他看清楚，廚房裡頭空無一人，而且照例亂糟糟的，洗碗槽裡堆著碗盤，餐桌上殘留了食物碎屑。沒有什麼不尋常的跡象。

他沿著這棟破舊的木造建築側邊，悄悄走到客廳窗戶旁。有一會兒，他提不起勇氣去看，但是他把心一橫，向內窺探，希望能看到一家子舒適地坐在電視機前面。他沒有失望。布萊恩．伊斯特在那裡，懶散地攤坐在他的扶手椅，和他的妻子及兩個大的孩子爭搶躺椅上放腳的空間，光腳丫大戰光腳丫，一家人浸沐在令人昏昏沉沉的電視藍光裡。錢德勒放下心中一塊大石，鬆了一口氣。伊斯特家沒事。發現他們還活著，而且毫髮無傷，這只是再次證實了他的推論，加百列在害他們徒勞無功地奔波。錢德勒決定不要打擾他們。

忽然間，黛安娜．伊斯特望向她的丈夫，後者迅速地坐起來，把他的啤酒罐打翻在地毯上。他們聽到了某些動靜。錢德勒知道是什麼。他剛繞到後面，正好看到布萊恩朝後廊上忽然冒出來的一個神祕黑色身影胡亂揮出一拳。

「布萊恩，布萊恩，是我！」錢德勒大喊。

布萊恩收回了拳頭，瞇著眼朝黑暗處猛看。「你誰啊？」他咆哮，聲音含糊不清。

「詹金斯巡佐。」錢德勒說。他待在那個前任業餘拳擊手揮拳打不到的地方。現在他近看，看到了桑恩和麥肯錫已經持槍瞄準布萊恩。

「你他媽的跑到這裡來做什麼？」布萊恩問。

雖然心中緊張不安，但他也感到一絲寬慰。這話出自布萊恩的口中，算是彬彬有禮、幾乎是含蓄保留的回答了。他朝米契的手下揮手，要他們放下武器。兩人都不作回應。

「把那個收起來。」錢德勒堅持地說，並且等到兩人都不情不願地把槍收回槍套裡。

現在布萊恩的妻子黛安娜從門後探出頭來，把四個小孩擋在身後。

「是誰啊？」她說。

「快進去。」布萊恩命令。他的家人沒有移動。

布萊恩轉身面對錢德勒。他挑起一側濃密的眉毛，無言地質問錢德勒來到這裡的原因。

「我們只是過來查看一些事情。」錢德勒說，算是回答布萊恩揚起的眉。

「查看啥？」

「我們以為某人在這裡。」

「然後呢？」布萊恩說，同時覷眼窺探周遭的一片黑暗。

「沒事了，你可以回去了，享受你的夜晚。」

布萊恩皺著眉頭，顯示他並不滿意。他瞇起雙眼，彷彿他懷疑警方另有隱情。

「別到處亂動我的東西。」他說。

「我們會找到什麼呢？」桑恩終於開口，聲音熱切又突兀。

「什麼也沒有。」布萊恩坦率地說。

「我們不會亂動。」錢德勒說。這裡沒什麼好查的，因為事態很明顯，加百列不在屋裡。

「布萊恩，快進來。」黛安娜命令他。

但是現在布萊恩好奇心大起。「這兩個傢伙是誰？」他問，他朝桑恩和麥肯錫點頭示意。

「他們是來幫忙的。」錢德勒說，沒有進一步說明。

「算他們走運，沒有被我踢爆頭。」布萊恩咆哮著，同時朝門口後退挪動。

錢德勒看著他進了屋子裡，然後才轉身面對米契的手下。

「我警告過你們，不要掏槍。」

「他出手打人。」桑恩說，面對訓斥不為所動。

「你在半夜跑到他家的後院鬼鬼祟祟的，他沒有拿槍，算你運氣好。」

「如果是這樣的話，那麼他的運氣也算不錯。」桑恩冷冷地說。

敏西家的狀況就簡單多了。他們走上前時，他正在前廊上享受深夜的菸捲。他邀請他們進屋裡去喝啤酒，儘管打從他的第一任妻子離開他之後，他就滴酒不沾。他態度友善地回答錢德勒的問題。他在當天晚上沒看到什麼不尋常的事，除了他最小的兒子韋恩想從廚房窗戶爬出去，因為他們賭他不敢。他沒見到汽車、單車，事實上沒有任何動靜，直到錢德勒和他的同伴來到這裡。

錢德勒打電話回局裡，聽尼可向他報告其他搜尋的最新狀況。每個地方都一樣，農場、酒吧、教堂大廳，甚至是教堂本身，全都悄無聲息。到處都不見加百列的蹤影。

全部組員回到警局集合。

米契來回踱步，焦慮不安。「我要你們檢查每一座農場，以防有人遭到挾持，或是收留他過夜。」

「那樣至少要忙到天亮。」錢德勒提出警告。

「我知道。」

「你希望如何進行呢，督察？」魯卡問。

他聽起來是如此急著想取悅對方，錢德勒的心中大感惱怒。才過了短短幾天，米契就馴服了這匹野馬。

「和每件事一樣，」米契說：「從一開頭做起。」

從一開頭做起。又是這句話。他又想起了小木屋裡的那張紙條：「那些在一開頭提到的名字。」

當米契展開一場激勵人心的演說，談到要加倍努力，錢德勒回想加百列在電話上說過的話：他聲稱要殺掉九十個。這是令人震驚的誇口之詞，可能是故意用來讓他們驚慌失措，棄守警局，讓赫斯無人看守。但是他說話的口吻帶著一抹沉著冷靜，錢德勒因此相信他已經做好計畫，知道要如何進行了。但是你不可能精準地殺害三十五個人，所以或許他說了九十這個數字，意思就是第九十個。他想殺掉九十，不是指殺害的總人數，而是這個數字代表的排序。

「加百列說他要殺掉九十。」

錢德勒把這個想法說出口，打斷了米契慷慨激昂的演說。

「我們知道這點，巡佐。我們正在設法防止這件事。」米契說，語氣裡的厭煩勝過生氣。

「不對，他說他要殺害——九十。是指這個數字的排序。赫斯在他的證詞裡提到，凶手說他會是第五十五號，因此我們偵查的方向是赫斯會是第五十五名受害者，不過萬一五十五是別種排序呢？」

米契顯然大感挫折。「你是在說什麼？」

「是這樣的，假如他殺害五十四個人，為什麼只有六座墳堆？而且我們只認出名單上的八個名字呢？名單上這些數字對不起來。」

「什麼名單？」米契不耐煩地問：「在小木屋裡的那張嗎？」

「沒錯，」錢德勒說：「或者在其他地方有一份名單。」

「這沒多少幫助，巡佐。晚點再說吧，等你有——」

錢德勒還是繼續說下去。「赫斯提到加百列說過：『那些在一開頭提到的名字。』不過是什麼的一開頭呢？」

「我倒知道你快要接近什麼的結尾，巡佐，」米契厲聲地說：「你的事業。」

錢德勒沒理會這話，看著他的聽眾。

「那一定是一本書的開頭。」譚雅說。

「什麼書?」

現場出現了更多困惑的表情。有些警員聚在一起竊竊私語，懷疑錢德勒的論點，或者單純認為他瘋了。

然後錢德勒的心中浮現出答案。

「《創世紀》。《聖經》的開頭，有一長串名字。」譚雅說。

他轉頭看譚雅，但她已經從她的辦公桌抽屜翻出一本黑色精裝本《聖經》。那本書看起來快被翻爛了，不過還沒解體。她打開一開始的部分，《創世紀》。前面幾頁寫了一長串的人名。

「第五十五個是什麼?」他問。

她計算著。警員們開始走動，現在他們的注意力放在錢德勒的身上，而非米契。後者正設法讓他們把焦點放在他發下的指令。

「是什麼呢?」錢德勒不耐煩地問。

「給我一點……」譚雅說。她點著頭，數算最後幾個。她抬頭看著他。「是赫。」

錢德勒看著米契。這名字說出口之後，他看得出來督察的臉上出現恍然大悟的神情，他的嘴唇再次發青了。他說出小木屋裡找到的那張名單上其他的名字。「亞當、塞特、夏娃。」

譚雅翻閱一頁又一頁。又是一段痛苦的等待。

「全都在裡頭，以某種型態出現。」

「雅列、示拉、諾亞。」

她再次點頭。

「第九十個呢?」錢德勒問。

「等一下,」譚雅說。她大聲地計數著。她終於有答案了。「是撒萊。」她說,把發音念得特別清楚。

「鎮上有這些人嗎?」米契對著錢德勒和他的組員大喊。他看到譚雅和魯卡都搖頭。「沒有取怪名字的新生兒嗎?」他滿懷希望地補了一句。

錢德勒沒回答,從譚雅手上搶過了《聖經》。「有——」他說,因為他想起了多年前在《聖經》研讀班學到的事。他快速翻閱,找到了他要的那一頁。他的背脊發涼,努力想把話說出口。「在天使報喜以撒的出生後,撒萊就改名為撒拉了。」

44

錢德勒沒多說什麼，從辦公室往外衝，沒聽見米契在後頭叫嚷著在鎮上及附近一帶，還有一堆撒萊、撒朗和撒拉。

錢德勒衝出前門，推開擋路的記者，跳上他的警車，加速離去。他在轉向包蒙特的街角，撥打了他母親的手機。他告訴他自己，可能沒什麼好擔心的。又是白忙一場而已。那個可惡的混蛋把大家耍得團團轉，而這次是把錢德勒當成了捉弄的對象。電話響個不停，每次無人回答的聲響都讓他更加心慌。

當他開上王子街時，鈴聲繼續響，前輪軸幾乎要嵌入焦燙的柏油碎石路面了。她到底跑哪兒去了？

電話響了第十聲，終於接通了。

「媽？」他說，終於鬆了一口氣。「妳是——」

「再猜一次。」加百列說，他的輕柔嗓音中帶著一絲欣喜。

錢德勒差點把車撞上路燈燈桿，他死命地重新控制住。

「加百列？」

「答對了。」

「你幹了什麼好事？」

「什麼也沒有。」他無辜地說。

「你最好不要傷害他們。」錢德勒提出警告。他把油門踩到底，加速前進，那些樹木、汽車，以及他的人生，全都飛逝而過。

「他們平安無事。」

「你不要輕舉妄動，」錢德勒警告他。

「你也一樣，」加百列說：「而且休想通知米契爾或其他人。」

「別傷害他們。」錢德勒懇求對方，並且飛速開上梅倫街。那條路在他的眼前呈現一片模糊，他能想見的只有他父母的家，以及裡面可能發生的事。他眨了眨眼，想阻絕這一切。

「你可能會來不及喔。」加百列說。

車內充斥著這份暴力的威脅，直到臨界爆破點。

「讓我跟他們說話。」錢德勒說。雖然他父母的家遲遲尚未出現，但街道太暗也太方正，他無法開得更快了。

「你會跟他們說得上話──**如果**你能照我說的去做。」

「你別──」錢德勒才要開始說，幾乎掩不住怒氣了。他轉彎開上格林桑德街，輪胎發出刺耳的摩擦聲。「你想怎樣？」

「互通有無。」

「這是什麼意思，互通有無？」

「我要交換，巡佐，」加百列說。「用赫斯來換你女兒，換撒菈。」

錢德勒試圖讓他那負荷過度的腦袋了解這項要求。他是什麼意思，用赫斯換撒菈？要拿那名關在牢裡的男子來交換他女兒嗎？不可能吧。

加百列繼續說：「照規矩呢，我是不太喜歡對小孩子下手，除非是絕對必要。當然了，不可否認的是，身為天主教徒，她生來就帶有原罪。但是在她有機會為自己贖罪之前，我不能拿這點來怪她。」

錢德勒對此並未多說什麼，他震驚得說不出話來了。他進入一種恍神的狀態，直到他撞上人行道，撞倒了一個「出售」標示牌，把木板撞得四分五裂時，他才醒了過來。

「你還在嗎，巡佐？」加百列說，陶醉在這份權力之中。

「我——」

「這當然是一個簡單的決定，可不是嗎？」加百列說。「這又不是說那些埋在嘉納山上，或是像赫斯那種大嘴巴的陌生人，對你具有任何的意義。我是說，你是愛家的男人，一個警察，不是悲傷輔導員，對吧？」

雖然心中困惑不安，錢德勒明白他必須讓加百列繼續講下去。只要再幾分鐘就夠了。

「快點，巡佐，做個決定吧。」

「我需要時間。」

「要時間做什麼？」那個輕柔的嘲諷聲音變得不耐煩了。「這是一個簡單的決定。你的小孩，你的親生骨肉，交換一個你不認識的陌生人。一個你甚至不喜歡的人，我敢這麼說。」

加百列說對了。就算赫斯已經證明了自己只是個無辜的受害者，他的行為舉止還是沒有一點能討錢德勒喜歡的。沒有任何跡象顯示他是個好人，一個值得解救的人。但是話說回來，他憑什麼去批判呢？

錢德勒繼續使出拖延戰術。

「我需要時間。」

「為了決定像這種簡單的事？難怪你抓不到我。」

「不是的，我需要時間把他弄出來。」

錢德勒開到豪伊街了。再過六十秒，他就能包圍加百列，有必要的話就轟掉他的腦袋。

「你有一小時。」

「不行，等等——」錢德勒說。

加百列繼續說下去。「假如我看到任何警察、州警、軍隊，或是你那個前搭檔，我會輕而易舉地把他們殺光光。你知道嗎，錢德勒、上帝、警方，或者甚至是無辜者，全都不能阻撓魔鬼的傑作。」

「我想知道她是否平安。」

「你會知道的，一旦你把我要的交給我之後。而且要記住，你要自己過來。我會跟你說在哪裡。我知道你對樹林裡的路很熟。」

錢德勒現在開到了克洛威街。前廊的燈光像燈塔一樣指引著他，讓他朝那方向飛馳而去。

「你這話是什麼意思？」錢德勒問。

但是加百列已經掛斷了。

45

他的車彈跳到人行道上，顛簸了一下，害他差點兒從擋風玻璃摔出車外。在他下了車、掏出警槍時，加百列說的話不斷在他的腦中迴盪。加百列把那些威脅及言論，字眼和語句說得像是某種內部笑話，並且假定錢德勒都聽得懂。彷彿他應該認識加百列，或是加百列認識他。那些詭祕的評論，說錢德勒不在乎受害者，在案子一結束之後就完全拋在腦後。

你是愛家的男人，一個警察，不是悲傷輔導員，對吧？

再加上他知道米契曾經是錢德勒的搭檔。他怎麼會知道？是他在局裡無意間聽到的嗎？或是真有那麼明顯嗎？或者他就是**知道**呢？他不會是他們逮捕過的人。錢德勒從孤兒院的出生紀錄確知這點。加百列太年輕，不可能在米契和他共事的那些年裡遭到他們逮捕。或許加百列在年紀方面撒謊，以便符合赫斯的年齡，讓他的故事能和赫斯的相符。不過也有一種可能性是，加百列是米契在伯斯冤枉過的人。但假如他只是和米契有仇，為什麼要把這些恩怨帶到這裡來，並且牽連到錢德勒和他的家人呢？

他走到前窗，向內窺探。屋裡的燈還亮著，但是他父親沒有在坐鎮守護。客廳空蕩蕩的，電視關掉了，角落裡的鋼琴也沒人彈。一切看起來如常。他心生希望，加百列畢竟沒來過這裡，而那通電話也只不過是一個有病的混蛋玩鬧的一個病態玩笑，故意要整他們——特別是他。然而希望是一種容易破滅的情緒，當錢德勒打開前門，輕聲地快速進了屋裡時，恐懼油然而生，進而充斥了他的整個身體。

客廳的確是空無一人，他的沉重腳步聲在木地板上迴盪著。他想見到他的孩子們、看到他們還活著的迫切渴望在他的心中膨脹，但他堅持不喊出聲，以免讓加百列預先得知他來了。

他掏出槍，躡手躡腳走到廚房邊。他的腦海中開始充斥著最可怕的想法，浮現出鮮血和痛苦、凶殘和恐懼的意象。然而他依然沒看到任何掙扎的跡象，也沒有鮮血或飛濺的血跡，或是身受重傷的痛苦哀號。他的腦海中又浮現了另一個念頭。萬一這裡沒人呢？他是否能把這個當成好兆頭呢？

他深呼吸了一口氣，從轉角繞過去。他的槍管指向在地板中央的一個身形，對方被綁在櫥櫃把手上，努力想要掙脫。那是泰莉。她的嘴被塞住，雙腿在滑溜的瓷磚地板上胡亂踢，想要找個地方踩穩。她的眼神充滿恐懼，而他試著解讀在那雙眼中看到的神情，是否是一種危險的警訊。她的雙眼迫切地朝右邊望去。錢德勒跟隨她的目光，看到在廚房最遠的角落裡，還有兩個身形癱在地板上。那是他的父母，兩人被綑綁在一起。他父親的頭部受傷，不斷流血。他朝他跑過去。

「你們還好嗎？」他問他倆。

他的母親點頭，父親疼得呻吟。

他快速地往後看了一眼，然後問：「他還在這裡嗎？」

他母親搖頭。錢德勒解開他們倆，她拉出塞在嘴裡的布塊。

「他把他們帶走了。」她喘著氣說。

雖然錢德勒早有心理準備，依然沒有減輕衝擊。忽然間，他的肢體末梢感覺麻木，彷彿裡頭的血液全被抽乾了。

「兩個都是嗎？去哪裡了？」

「我不知道。」他母親啜泣著。

「多久以前的事？」

「半個小時前。他把我的手機搶走了，你父親試圖阻止他——」

錢德勒把他父親嘴裡的布塊抽出來。

「兒子啊，我很抱歉。」他說，他痛苦地低垂雙眼。

「他是否傷害了他們——」

他無法說完那句話。

「沒有，他只是把他們倆帶走了。他警告我們——警告你——不要報警。」

他的後面傳來幾近發狂的咕噥聲。

錢德勒轉身面對泰莉，替她解綁。她的表情反映出他臉上的神情：同樣深不見底的憂慮。他預期會聽到一陣辱罵，然而她卻朝他張開雙臂，緊緊地擁抱著他。這是他們多年來第一次這麼親近，因恐懼而結合在一起。

他把他們全帶到幾條街之外，他們最要好的朋友家裡。他父親勉強把獵槍留下，以免惹人懷疑。他母親和泰莉則是經過極力勸阻，才不至於在大街上到處尋找撒菈和傑斯柏。這次當他衝進警局時，記者們都往後退開了。

他以為局裡會亂成一片，結果卻空蕩蕩的。尼可被迫守著櫃台，不理會響個不停的電話，看到他時開心極了。

「巡佐！」

錢德勒點了點頭，把手指壓在嘴唇上。「人都跑哪兒去了？」

尼可點了一下滑鼠。「在皮特．史坦佐的農場。湯姆．迪威瑞打電話進來，說老皮特的棚屋裡點著燈，還有刺耳的聲音。他們認為他藏匿了些什麼。」

「有可能，」錢德勒說：「但不會是加百列。」

尼可一臉困惑。「你怎麼知道呢？」

錢德勒停頓了一下。他沒必要透露他知道的事。「只是猜測而已。皮特可能在裡面放了一、兩部贓車。那個刺耳的聲音可能是磨床在運作。」

尼可熱切地點頭。「他問說你去哪裡了。」

「米契嗎？」

「對。」

「你怎麼跟他說的？」

「你回去看家人了。」

錢德勒輕敲了一下桌面，肯定他給了正確的回答。

「假如你沒回來的話，他要派車去查看你和撒菈。」尼可繼續說。

錢德勒頓時無法呼吸。他不需要任何警察去查探，納悶屋子裡為何空無一人。

「他們都沒事，不必去吵到小孩子，他們都睡了。」

錢德勒希望對方相信這個謊言。他換了一個話題。

「是誰在看守我們的犯人？」

「就他們。」尼可說。他指著正在各自敲打鍵盤的洛普和芙蘿。

兩個還好處理，錢德勒心想。

「犯人還好嗎？」錢德勒問。他提高了音量，讓其他人也聽得到。

洛普回答了，但是眼睛沒有離開螢幕。「一如往常地抱怨。」

「他認為我們應該要有更多警員守著他。」芙蘿說，全副精神還是放在螢幕上。

「他稱自己是VIP，」尼可說：「說我們應該不計一切代價地保護他。」

「所以我們才要替他換個地方。」錢德勒說。

芙蘿從螢幕前抬起雙眼，前額的深色線條寫滿了懷疑。「我們沒有接獲這個命令的通知，巡佐。」她說。她的表情和口吻明顯流露出不信任。

「這是你們老大的命令。」錢德勒回答。他沒有移開注視他們的眼神，試圖散發出權威感。

「把他換到哪裡？」洛普一面問，一面從辦公桌前站起來。他的龐大體型依然令人印象深刻，但是從他稍微抽搐的站姿看來，在遭到加百列的襲擊之後，他還沒完全復原。假如要說到肉搏戰，錢德勒不無機會，起碼是一半一半。

「他在這裡不安全嗎，巡佐？」尼可又說，他的口吻顯得謹慎異常。假如有人看得出錢德勒的舉止異常，那麼這人會是他的這位年輕警員。

「我們相信赫斯不再是目標了，」錢德勒說，同時走向壁櫃去拿牢房鑰匙。「但我們不願加百列掌握他人在何處，他可能會改變心意。赫斯的名字還是在那份名單上。」

芙蘿緩緩地點頭。「我只是要先打通電話給督察，確認這件事。」

錢德勒停頓了一下，想找理由阻止這件事。但是他想不出任何藉口。

「去打吧。」錢德勒說。他沒辦法多做什麼，只能賭米契在史坦佐的農場那邊，收不到無線電訊號。他希望自己擊垮了對方的信心，繼續進行他的計畫。他從壁櫃抓了鑰匙，邁步走向牢房。到目前為止，權力的天秤傾向他這邊。這裡依然是他的警局。至少直到他做了他打算要做的事為止。

赫斯在他的牢房裡來回踱步，浮腫又脹紅的臉龐不知為何汗溼得更厲害了，上面覆蓋著一層穿不透的厚油脂。

錢德勒設法平衡他的緊張情緒，設想他的犯人可能會提出的問題，然後打開了牢房。

「你們逮到他了嗎？」赫斯滿懷希望地問。

錢德勒搖頭。赫斯詛咒了一聲，四下張望，或許是徒然搜尋著牢房裡頭有什麼軟的東西，可以狂踢洩憤。

「但是沒關係。」錢德勒說。

「怎麼會沒關係？」赫斯厲聲地說，他早就不相信警方無力的保證了。「你們不會放我走，除非你們逮到了他。或是他逮住我。」

錢德勒咬緊牙關。要辦成這件事，他需要赫斯保持冷靜聽話。「他已經轉移到下一個目標了。」他說，口吻平淡得有如芙蘿一貫的語氣。

赫斯猛地停下腳步，忽然起了興趣。「是嗎？」

「沒錯。」

「你說的是實話嗎？」

錢德勒點頭。

「好吧。真是。他媽的。感謝啦！」他說。他眉開眼笑，但是錢德勒並未微笑以對。假如錢德勒還沒打定主意去做他打算對赫斯做的事，對方接下來所說的話會讓他下定決心。

「讓別的倒楣鬼去受苦受難吧。」

錢德勒花了幾秒鐘讓心中的怒氣消退。

「所以我可以走了嗎？」赫斯問。

「不行。」

「這是什麼意思，不行？」赫斯大發怒火。

「我們不希望冒險，讓他像上次那樣唬弄我們。我們先帶你去比較舒適的地方躲起來。去住旅館。費用由我們支付。」這是他談判的籌碼，在簡陋的牢房待了兩個晚上之後，享受舒適和食物。

這個提議讓赫斯猶豫不決。錢德勒提議的不是絕對的自由，可是……他做出了結論。「哪裡都好過這個鳥地方。」

錢德勒把赫斯從牢房領出來，帶他朝辦公室走去。洛普和芙蘿都在打電話，想聯絡上他們的老大。

「你們聯絡到他了嗎？」錢德勒問，並且努力壓抑緊繃的情緒。

「沒有，不過——」芙蘿說。

「我跟你一起去。」洛普說。他朝他們走過來，腳步不太利索。

錢德勒搖頭。「不行，除了我和你們老大之外，誰都不能知道他會在哪裡。」他朝赫斯點頭保證，但心裡只想離開這裡。他們每多待一秒鐘，芙蘿就多了一分機會聯絡上米契。

「這樣比較保險。」洛普說。

「我不認為米契會希望把小組裡的一名重要成員派去當褓姆。」

「嘿！」赫斯說。

「你懂我的意思。」錢德勒說。

「你不該單獨押解他，」洛普說：「我們要兩人一組行動。」

「通常來說，我會同意這種做法，」錢德勒說：「不過呢，就像我剛才說的，這件事需要保密。重點就在這裡。」他看著芙蘿。她還是戴著耳機，敲打鍵盤，再次撥電話給她的主管。

「這傢伙說得沒錯，」赫斯說，伸手指著洛普。「我不想要單獨去到外面。」

錢德勒衡量他的選項。情況逐漸失控了。

「好吧，」他說，同時指著洛普。「你跟我去那個地方。」

洛普看了芙蘿一眼，然後朝錢德勒走過去。錢德勒站穩腳步，祈禱這個大塊頭的意志被先前的攻擊削弱了。他等到洛普剛經過他身旁，從對方的腰帶扯下手銬，銬在洛普的手腕上。在米契的手下還來不及反應之前，錢德勒已經把另一邊的手銬銬住赫斯。現在洛普和赫斯被銬在一起了。

「這是在搞什麼鬼？」赫斯說。他和洛普一樣大感困惑，不過這一切戛然中止，因為錢德勒掏出槍，往那名警員的顱側敲了一記，重擊他已經受傷的頭部，把他給打昏了。洛普在地上癱倒成一團，把上了手銬的赫斯也一起拖下去。

錢德勒轉身朝芙蘿走去。她盯著他和癱倒在地上的同事，手還壓在耳機上。**米契接電話了嗎**？當錢德勒走過來時，她掏出了槍。錢德勒手一揮，把槍從她的手中打掉，滑向地板的另一端。他抓住她，先把體魄強健的對方頭部固定住，然後把她當作搗亂的囚犯一樣，拖往牢房的方向。在短短幾秒鐘之後，儘管她竭力抗拒，他依然把她推進了赫斯先前的牢房。牢門在她的背後重重關上，她滑到地板的另一端，嘴裡咒罵不停。

錢德勒回到大辦公室，尼可已經離開櫃台，在一旁觀察嚇壞了的赫斯及倒臥在地的洛普身旁。

「巡佐？你在做什麼？」年輕的警員問。他注視著錢德勒，雙手垂在兩側。他的聲音顯得困惑又無力。他接受的訓練不曾為他作好面對這種事的準備。

「他瘋了，我的天哪！」赫斯回答。他企圖移動，但是手腕上掛著洛普的笨重身體，想走也走不遠。「阻止他！開槍打他！他染上另一個傢伙的怪病了。」

「巡佐，」尼可哀求著。「快住手吧。」

錢德勒走上前。「尼可，我沒辦法解釋。我必須這麼做。」他握緊拳頭。他不想傷害這名年輕的警員，不想傷害任何人。

「你可以解釋的，」尼可哀求道。「無論是什麼原因。」

「對啦，你他媽的給我說清楚，」赫斯補了一句。他依然努力想把手腕從手銬的扣環中掙脫。

錢德勒在最靠近的一張椅子坐下來，深呼吸了一下。他從眼角餘光看到尼可正逐步接近。

「無論有什麼事，我們都可以補救。」尼可說。他的聲音聽起來和錢德勒感覺到的一樣害怕。「我們去找督察和其他人，把這傢伙找出來。他會逃走，不是你的錯。我們大家都盡力了。」

現在尼可在一旁就近觀察他。錢德勒繼續等待，那隻表達支持的手輕放在他的肩上。

錢德勒忽然站起來，抓住那隻手，扭到那名年輕警員的背後，把他的臉強壓在堅硬的塑膠桌面上，而尼可痛苦地叫了出來。

「抱歉了，尼可。」

錢德勒把這名年輕的警員壓得彎下了腰，利用他的手臂當作舵，引導他走到牢房，把他關進中間那一間。兩間牢房有人了，還有一間要處理。

「巡佐……錢德勒……別這麼做，」尼可苦苦哀求。

「假如你不放我們出去，你會丟了飯碗，他們會把你關進像這樣的大牢裡。」芙蘿從遠處的牢房附和地說。

錢德勒不理會他們的哀求，回到了辦公室，赫斯正聲嘶力竭地喊救命，拖著意識不清的洛普，奮力朝大門爬過去。

錢德勒追上去時，赫斯停止爬行，採取了防禦的姿態。「你到底想怎樣？」他哀求地說。「你和他是一夥的嗎？」

這項指控點燃了錢德勒的怒火。他深感挫折，因為他無法解釋自己沒發瘋，他心中自有計畫。

「沒有，我不是和他一夥的。」

「那麼這該死的是怎麼一回事呢？」

錢德勒從洛普的無力手腕上解開了手銬，扣在牆面的鐵管上，確保赫斯待在辦公室裡。

「是你想離開牢房的，不是嗎？」

「不是像這樣。我想要你們放我走，不是被另一個瘋子綁架。」

錢德勒抓住洛普的雙臂，把這位失去意識的警官沿著地面拖行，然後扔進最後一間牢房裡。他掉頭離開，任憑尼可在後面不停嚷嚷著，要他別做傻事。

一切都太遲了。

錢德勒離開牢房，朝那名徒勞扯動手銬的驚恐男子走去時，他忽然想起了某件事。加百列以前就認識他和米契——**而且**從他在電話中的暗示聽來，他影射的是他們多年前在嘉納山的那場搜索行動。不過他是怎麼知道這些細節呢？究竟有誰會告訴他？是他們當時在警局的同僚之一嗎？或是被他們惹毛的那些瘋狂的傭兵之一？還是那一家人呢？

那一家人。一個集合名詞，和個人無關。

錢德勒企圖記起他們的名字。他一時想不起來，一陣羞愧湧上了心頭。

不過他終於想到了。那些名字緩緩浮現，從他腦海中的千頭萬緒穿透而出。他們的名字是：亞瑟，那個年長又發福的會計師，強迫自己在內陸跋涉了好幾週。孩子的媽，希薇亞。驕傲的有錢人家太太，最後在壓力下崩潰了。還有他們的小兒子，有一頭蓬亂的長髮，他的名字早就消失在錢德勒的心中，一如那家人的長子在樹林間失去了蹤影。錢德勒想到他時，總是稱他為那**男孩**。他們全都在那裡，影像深植在他的記憶中，儘管他試圖忘記。那個故事一直都在那裡，等待回憶再次浮現。

錢德勒或許記錯發生過的事，但他永遠無法真正遺忘。

46

二〇〇二年

早晨從基地傳來無線電通訊，催促錢德勒和米契加倍努力去說服那家人停止搜尋行動。二十五天過去了，依然一無所獲。上頭的看法是馬丁就這麼消失了，極可能已經死亡，雖然他們無論如何都不會這樣對這家人說。

米契完全贊同這個決定，他的臉和手都曬傷了，腳也起了水泡，還有不知多少次撞到突起的樹椿和岩石，造成腳踝挫傷。他抓住這個機會，數不清地幾次抱怨他在這裡走到快烤焦了，搜尋一個他不認識也不再關心的人。彷彿他一開始有多在意似的。

在這之後展開了每天早上的例行公事：先是團體禱告，由於老人的緣故，錢德勒現在也變得很投入了。接著是發錢，那些蓬頭垢面的傭兵圍著發錢給他們的枯瘦老人，亞瑟。當他從內側口袋裡掏出現金時，那群人幾乎流口水了。

米契一面以手肘推了一下錢德勒，一面緩緩地把靴子套上他起滿了水泡的腳。「你要讓他繼續被騙錢，卻根本沒希望找到那孩子嗎？」

米契在刺探他的回應。錢德勒很清楚，不過還是回答了。「你不懂，米契。他們有的是希望。他們總是會擁有希望。」

他的同事尖刻地回答。「擁有希望——但是毫無機會。」

「假如那是你的家人，你不會想放棄。」

「我的家裡沒人那麼蠢，或是那麼想找死，害自己在這裡走丟了。」

「這或許是一場意外。」錢德勒說，雖然他自己也不相信。

米契揚起了一側的眉。「你知道這不是意外。沒有誰能意外走到這麼遠。」他指向他們穿越這片荒蕪大地的那條隱蔽小徑的兩端，每位搜尋者都各自發掘了全新的澳洲之美。「他有可能在任何地方。而且就算出現某種奇蹟，他現在還活著，我們一無所獲的時間愈長，我們就愈有可能永遠不會找到他。或許他已經回去了，正在家裡等我們。」

錢德勒對這個論點有話要說。

「可是假如他真的是如此，他會跟某個人聯絡吧？」

「或者他正在享受這種注意力，甚至從中得到某種病態的快感。他的短暫成名時刻。就我們所知，他受不了他的家人。或許這是他的報復，想傷害他們，就像他們傷害他那樣。」

「你的論點跟他們的一樣，愈來愈瘋狂了。」錢德勒說，並且朝那個莫瑞河來的男孩點頭示意，後者正在把錢塞進襪子裡，以策安全。

「當那棵搖錢樹被榨乾時，那群傭兵會知道要歇手。或許你現在也該把同樣的話告訴那家人了。」

說完這番話之後，米契高聲下達指令，要大夥兒出發了，讓錢德勒去思索那些選擇。錢德勒知道，假如他跟亞瑟說清楚他的兒子已經不在人世了，亞瑟會聽他的。但他怎能這麼做呢？他怎麼能打破他們最後一絲希望？搜尋行動一旦取消，他們會怎麼做呢？這家人要如何重新生活？

結果打破僵局的是琳達・齊勒和財源短絀。馬丁失蹤的第二十七天，琳達登上了頭條新聞。她是一名年輕的家庭主婦，身上穿著婚紗，腳踩運動鞋，就這樣走出自家大門，走入了藍山之中。她的丈夫為了一名同事離她而去，琳達認為她也該離開了。一場搜救這位漂亮家庭主婦的行動開始全力展開。由於她那憂心如焚的家族擁有新南威爾斯第二大的貨運公司，僅存的幾名傭兵便拋下搜尋馬丁的行動，去撈更多的油水了。他們沒說一聲抱歉或再見，就這麼走了。所有人都是如此，除了莫瑞河來的青少年。他幾乎帶點窘迫地跟錢德勒道別，然後溜之大吉。但是對於他的離去，錢德勒也不太感到遺憾。在這段搜尋的日子裡，那名青少年變得比叢林人還會騙錢。

所以儘管每天的氣溫高達四十度，這群人的身心也都疲憊至極，他們依然再度出發。不過現在只剩四個了：錢德勒、米契、亞瑟和他兒子。

亞瑟明白時間所剩不多，他猶如滾落深谷的巨石般，疾步向前奔走。錢德勒有時不得不伸手抓住老人汗溼的襯衫衣領，上面有一圈黃色汗漬，鹽巴顆粒分布在雖然健康但略顯消瘦的脖頸上。

「亞瑟。」

「怎麼了？」老人說。他想掙脫這令人難堪的束縛，感覺自己像個被處罰的小孩子。

「不要和我們其他人分散了。」

亞瑟甩掉錢德勒的手，賣力往前衝。錢德勒看了他幾秒鐘，他那張曬傷的臉有如一顆亮紅色的鐵球，橫衝直撞地穿越稀疏的灌木叢，然後才領悟到那男孩沒有跟著他父親出發，而是站在錢德勒的身旁端詳著他。他們的眼神相遇。男孩似乎拿不定主意該怎麼做，眼周的煩惱皺紋不是這年紀的孩子該有的。錢德勒疑惑在這個時候，他們倆是否想著同一件事：他父親是否已經成為某種危害，危及他自己和他身邊的人。

在他身旁另一邊的米契說：「你有什麼好煩惱的？要是他出了意外，或許能讓他停止這場鳥事。」

米契已經說過他對這件事的想法了。找到一堆白骨沒有光榮可言。這種發現不會有任何的個人功績，只有報紙上的一則報導，說明經過將近四周的搜尋後，警方——概括通稱——發現了遺骸。和往常一樣，米契只想到自己。

當那男孩去追他的父親時，米契繼續說：「你要跟他們說清楚，這樣子毫無意義。他們是在浪費時間、力氣和金錢而已。」

「他們需要自己想清楚這點。」錢德勒說。他不確定自己有辦法去要求他們停止，無論他有多想回到泰莉的身邊。

「萬一他們永遠想不清楚呢？」

錢德勒相信他們一定會的。遲早而已。

「他們不行了，」米契說：「他們的腦袋壞掉了。我們要把這件事作個了結。你需要這麼做。萬一發生不測，這筆帳會算在你頭上。要是那個小男孩也出事的話……」

「那麼你去跟他們說。」錢德勒說。假如米契真的那麼想要阻止這一切，他大可以去傳達這消息。

「我試過了，」米契說：「不過你跟他們比較親近。」

這語氣似乎是在暗示錢德勒做了不恰當的事，和這家人培養出感情。

「他們為何會聽我們的話？」錢德勒說。他換個說法：「他們沒在聽我們的話。」

「你要逼他們聽，」米契咆哮著說：「在這裡跨出該死的每一步都是在折磨我的神經。」

米契慢了下來，讓錢德勒往前去追亞瑟。

錢德勒要大家休息一下。他們需要一點時間喘息，喝一點水，並且強迫自己吃點東西。

亞瑟繼續走，沒有停下腳步。錢德勒考慮要去追他。忽然間那老人轉身了。他看起來筋疲力盡，四肢勉強支撐著他不要倒下去。

錢德勒拿了一些水給他。

「你還好嗎？」

亞瑟點頭，但是沒說話，喝了幾口水。他兒子在他的身旁坐下，也做了相同的事。

「我想我看到那邊有東西。」亞瑟一面喝水，一面急忙地說。他看著自己的腳下，手卻指著遠方。

錢德勒沿著手指的方向看過去。他什麼也沒看到，除了樹木和塵土。「有東西？」

「看起來像一塊布，那可能表示——」他轉頭看著他兒子。「你去，去看看。」

男孩趕忙站起來，就要往他父親指的方向出發了。

「不行，待在這裡。」錢德勒命令。

亞瑟抬眼看著錢德勒，眼神受傷又疲憊。「它就在那裡……在風中飄動。」

「我們早就在風中亂飄了。」米契說。

「放尊重點。」錢德勒說。

「你才行行好，跟他說實話。」

「什麼實話——」亞瑟開始說，不過錢德勒已經轉身面對他的搭檔。

「實話？實話就是你是個自私自利的混蛋，米契，而且你最好祈禱這種事永遠不會發生在你身上。」

「不可能。我才不會一輩子待在這種落後的鳥地方。我要去伯斯辦真正的大案子，不是什麼渾球居然蠢到出來健行，卻找不到路回去。前提是他們想被人找到的話。就像你自己說的：我們是警察，不是悲傷輔導員。」

錢德勒看著亞瑟。他低垂著頭，不知是太累或太害怕而抬不起來。他的雙拳緊握，眼睛盯著地上的紅土。錢德勒很想走上前，替他往米契的臉上揍一拳。但是那也無法改變事實：米契說的是實話。他確實是說過那些話。不過那是之前的事。他想在亞瑟面前為自己辯解，但是卻找不到話可說。

米契轉身，不顧所有的規定和常識，怒氣沖沖地一個人朝營地的方向走回去。

「我要整理東西，往回走，」米契頭也不回地說：「你想要的話，可以繼續當該死的泰勒這家人的保姆。」

47

泰勒。亞瑟·泰勒。發生了那樣的事，這姓氏應該教人難以遺忘，但是錢德勒還是在那些不尋常的姓名當中忘掉了這一個。那些傭兵有叫萬人迷、飛嘯、背包男孩和夷痞，刻意模糊他們的真實身分。不過泰勒呢……聽起來很耳熟。

錢德勒忽然想起來為什麼。他最近才看過這個姓氏。

他在辦公桌旁停下來，對赫斯的喊叫聲聽而不聞。錢德勒努力想理解這個資訊的含意，連牢房傳來的吵鬧聲也逐漸消散成斷斷作響的背景噪音。在他大量讀取伯斯總部傳來的收養紀錄時，他依然摸不清頭緒。加百列為何知道這麼多搜尋馬丁的事，他怎麼會那麼清楚他和米契的過去。還有嘉納山。

他去過那裡。

加百列·威爾森的本名叫做戴維·加百列·泰勒，是馬丁·泰勒的弟弟，他的新名字埋葬了過往，替未來開創新道路。

記憶如潮水般一湧而至。那孩子——現在錢德勒想起來了，亞瑟都叫他戴夫——在馬丁失蹤時才十一、二歲。十一年後，他回來了。現在才二十二、三歲，雖然他看起來更老一些，皮膚粗糙，身體處處可見傷疤和毆打的痕跡，一點也不像當年那個有一頭蓬鬆亂髮的天真男孩。

事實擺在眼前，錢德勒納悶自己先前怎麼沒認出他來。加百列絕對認出了錢德勒，不過他猜想這些年來，他也沒變多少。他依然是威布克鎮的警察，只不過體重增加了幾公斤，而且還養了兩個小孩。但是加百列——戴夫——看起來完全是另一個人了。

加百列為何要回來？是要報仇嗎？如果是的話，他是想報什麼仇呢？而且他為何殺害六個人之後才現身呢？汗水從錢德勒的額頭滴落，噴濺在桌面上。他覺得自己的身體像一只沒有通風口的壓力鍋，壓力不斷累積，隨時都有可能爆炸了。他的整個人生就要爆炸了。他努力集中注意力。加百列回來的原因很重要，但不是當務之急——他的孩子有危險了。他的內心浮現出其他的可能動機。加百列——戴維——是否覺得他們太早放棄搜尋馬丁呢？還是他們沒有盡全力幫忙？但假如加百列真的是要來替他的哥哥報仇，在得知錢德勒依然住在這裡之後，他為何不在第一時間就採取行動？假如他是要報仇，只想殺掉錢德勒的家人，他為何又要提議交換？是想把他們全殺掉嗎？要帶走他的孩子和證人嗎？還是一個活口也不留呢？

他只想找加百列談。現在。跟他說話，跟他的孩子們說話。

牢房裡傳來的喊叫聲打斷他的思緒，尼可在懇求錢德勒自首，不要照他原本的計畫走。

「我知道他是誰——加百列是誰，」錢德勒自言自語地說。「我知道他怎麼會知道這座小鎮，怎麼會知道我，還有米契。**這所有的一切**。我要去跟他碰面。」

「我不會跟你去的。」赫斯說。他徒勞地扯動他的手銬，聲音顯得絕望。

「放我們出去，詹金斯巡佐，」芙蘿在另一間牢房大聲喊叫。「你這是在把事情愈弄愈糟而已。」

「我不確定事情有辦法變得更糟，」錢德勒說。

「假如你要去見他，你會需要有人支援，」尼可大喊。「我可以幫忙，巡佐。」

尼可提議幫忙，有個計畫在錢德勒的心中成形。他無法單獨執行這個計畫。他需要第三個人。他有辦法控制尼可。他暗自希望。

「你對別人開過槍嗎？尼可？」錢德勒問。

尼可沒回答，不過錢德勒已經知道答案了。

「我不知道誰才是真正的大瘋子。」

赫斯放棄了掙脫的念頭，聽著錢德勒解釋發生了什麼事，內心愈來愈懷疑。

「我要把他們救回來。」錢德勒說。他試圖博取這名人質的支持。

結果失敗了。

「拿我去交換？像個該死的賭場籌碼。」

「這是一個陷阱，我都計畫好了。」錢德勒沒透露的是，雖然他有了基本的規畫，但他的設想仍不夠周全。「我需要你的協助。」

赫斯的頭搖得像博浪鼓似的。「沒可能。」

「尼可會掩護我們。」

尼可站在盡頭的牆邊，雙手銬在前面；錢德勒把這位年輕警員從牢裡放出來之前，堅持要先將他上銬。錢德勒仍然試圖確定，尼可是會協助或是抗拒。

「這倒是讓我**充滿了**希望，」赫斯語帶諷刺地說。忽然間，他的臉龐亮了起來。「哈！你永遠無法帶我離開這裡，卻不讓我跟外面的那些媒體洩漏祕密。我會告訴他們發生了什麼事，你已經背叛警方，而且——」

電話鈴聲打斷了他。他們全都盯著那具電話。米契或是他們其中一個打進來，結果沒人接，他們會因此起疑。

「巡佐，你不能帶他走，」尼可說：「你是警官，而他是你宣誓要保護的民眾之一。」

錢德勒用力閉上了眼。他不需要尼可來提醒他說過什麼誓言，不過撒菈和傑斯柏的影子映在他的眼簾，取代了其他的所有顧慮。

「我有另外兩位民眾要保護，尼可。」

「他們憑什麼強過我？」赫斯啐罵著。

憑一百萬個理由。每一個該死的理由。錢德勒閉上眼，深呼吸，然後才開口。

「有時冒險是免不了的。」他說。

「不是拿我的命去玩。」

「我別無選擇。」錢德勒說。

「總是有別的選擇，巡佐。」尼可說。

錢德勒搖頭。「這次沒有。」

錢德勒雖然迫不及待想拿赫斯去把他的孩子換回來，還是要先解決這個重大的癥結點：他要怎麼把一個拒絕服從的人質，以及或許會拒絕服從的尼可，在不被人看到的情況下帶離開警局。電話鈴聲繼續在背景響個不停，停了幾秒鐘，然後又大肆作響。

有個想法逐漸成形。這是姑且一試，不過他知道只要抱持一個中心原則，一定行得通：媒體的好奇心。

錢德勒丟下尼可及赫斯，走出了大門，去跟聚集的群眾說話。他高聲壓過從人群中紛紛拋出的問題，飛快地告知大家，警方已經發現並包圍了加百列。他設法保持冷靜又自信的姿態，「意外地」說溜嘴，說出目前進行圍捕的地點就在小鎮以南，廢棄的波特農場上。那裡離威布克鎮很遠，遠超出所有的手機涵蓋範圍。

有人朝他的方向提出幾個後續問題，但是草草結尾。他們快速收拾好設備和採訪車，上網搜尋找出方位，每個小組都急著想要最早抵達現場，搶先報導這個夏天的大頭條。

錢德勒目送他們離去。媒體一哄而散，本地的居民逐漸散去，回家收看電視，追蹤後續的發展。沒過多久，停車場便清空了。他掃視四周，尋找加百列的惡魔身影，但是附近什麼也沒有。

他迅速閃進局裡，一面看著赫斯和尼可，一面在捐獻衣物箱裡頭翻找。

「該走了。」

「你做了什麼事？」尼可問。

「我給了他們一個比較好的故事。」錢德勒說。他朝赫斯彎下腰，後者正蜷縮在牆邊。「現在呢，巴威爾先生，赫斯，我要替你解開扣在鐵管上的手銬。你會繼續保持冷靜嗎？」錢德勒瞪著他，想要用威嚇的方式逼他乖乖聽話。

赫斯沒回答，眼神呈現呆滯。

錢德勒轉動鑰匙，把解開的金屬扣環從鐵管取下。「你的另一隻手，麻煩你。」他說，然後繼續說下去。「你不會受到傷害的。」

「你沒必要這麼做。」赫斯結巴地說。

「有必要，」錢德勒說。「這是唯一能阻止他的方法。你會成為英雄。」

「我不想當英雄，英雄會死掉。」赫斯說。

「這次不會。」

「至少給我一把槍吧？」

「你不需要那個。我會帶槍，尼可也會。」

錢德勒把手銬扣住赫斯的另一隻手，鎖上後，幫忙扶著這名不情不願的囚犯站了起來。他把兩個都帶到外面去。

當赫斯跨出第一步，走進了夜空下時，他高喊救命，聲音傳遍了空蕩蕩的柏油碎石路面，在混凝土建築之間迴盪。這是令人失望、卻也是預期中的反應。錢德勒一個箭步上前，把他剛才在辦公室時，為了這個目的從捐獻箱裡拿的那件舊T恤，塞進了赫斯張開的嘴裡，悶住了喊叫聲。

赫斯繼續在塞口布裡放聲大叫，尼可保持順從。「那些人呢？」他問。

「跑去看加百列束手就擒。」錢德勒說，同時把赫斯推進了警車後座。他還沒動手對尼可做同樣的事，這名年輕的同僚便高抬雙手。

「你說你需要我，巡佐，為了實行計畫。所以你可以把這些拿掉了。」

「時候還不到。」錢德勒說。

他不需要更多的意外，他需要的是時間。

48

錢德勒開車回去那個泥土停車場，也就是他們早先聚集的地方，當時是要跟蹤加百列回去他那個被燒毀的巢穴。這是指定的會面地點，現在顯得完全合理。這地方對加百列來說是個殘酷的回憶，對他來說也是一樣。

在一開頭的地方。

當錢德勒把車開上蜿蜒的泥土路，他對他的乘客說明整個情況，說加百列綁走了撒菈和傑斯柏，要赫斯來交換他們倆。在他說明計畫的同時，赫斯對於自己被當成餌的看法，透過塞口布把他的感受表達得相當清楚。他頑強地猛踢駕駛座椅背，表達的力道不輸言語。不過赫斯的角色只是在交換的當下現身。錢德勒需要的是尼可的協助。他希望現在尼可對情況有了整體的了解，這名年輕人能執行他的任務。假如一切依計畫進行，尼可會是真正的英雄。

假如一切依計畫進行。這句缺少把握的話害錢德勒差點反胃嘔吐。

他不想完全停下來，以免加百列在他們接近時，追蹤車頭燈的動靜。在停車場進入視野之前，他把車速減慢到緩緩爬行，探過身去解開尼可的手銬。錢德勒緊張了一下，等待尼可的反應。假如他決定抗拒的話……

不過這位年輕警員沒有做出攻擊的舉動。他打開車門，跳出了緩慢前進的車，飛快地消失在黑暗之中，鞋跟在煞車燈的照射下閃現一抹紅光。

錢德勒繼續龜速前進，讓尼可有時間去就定位。他害怕極了。這是他第一次容許尼可跨出警局，參與行動，而且他、赫斯，還有兩個孩子都命在旦夕。

他在停車場的入口處踩了煞車，掃視是否有任何活動的跡象。除了車窗內側逐漸散布的凝結水珠之外，四下毫無動靜。他伸手往後去把赫斯嘴裡的舊T恤拉出來。他的囚犯大口喘息。

「我們在哪裡？」他問。

「接近這一切開始的地方。」錢德勒說。

「你要怎麼保證我安全？他們或許是你的孩子，而且我真是他媽的感到遺憾，但是我不想拿我的命去換他們的。」

「你信任我嗎？」錢德勒問。這是他需要順利處理的部分，因為這部分不在他的掌控之中。

「信任你？你綁架我耶！」

錢德勒不理會赫斯的暴怒，繼續說下去。「接下來會發生的事是這樣的：我會把你帶過去，要求同時進行交換。拿你換回我的孩子。當你和他們在中間擦身而過時，尼可會開槍。」

當他把話說出口，這計畫聽起來既輕率又格外危險，每個字都腐敗染病，毒害著他的五臟六腑。

「他的槍法有多準？」赫斯問，他想當然會尋找可以寄託的希望。

「他通過槍枝訓練和模擬射擊。」

「**模擬射擊**？你是說他只開槍打過一些該死的人形紙板？給**我**一把槍，」赫斯哀求著。「起碼我開槍打過長頸鹿，而且是長程射擊。我可以在快要接近的時候，一槍打死他。」

「或是打中我。」錢德勒說。

「你要相信我。」赫斯語帶諷刺地說。

錢德勒瞪著赫斯。雖然他似乎品行不端，但他也是一個人。而且他是無辜的。錢德勒不能強迫他去冒生命的危險。

錢德勒下了車。

「你要去哪裡？」赫斯嘶吼著說，刺耳的聲音透過強化玻璃車窗變得模糊了。

錢德勒探身到車內。「去見他。」

「不帶我去？」

「不帶你。」

「你就把我丟在這裡？萬一他殺了你，然後過來殺我呢？」

「假如他殺害我，尼可會開槍打他。」

錢德勒說完便離開了警車，走向通往停車場的小路。他希望自己在做對的事。他希望他給了尼可足夠的時間去就定位。而且那孩子有能力開槍。

他的沉重步伐踩得碎石子在腳底下滑動，錢德勒感覺好像他看不到出路，彷彿他再一次穿越樹林，尋找加百列的哥哥。

49

二〇〇二年

米契走了，錢德勒在一棵枝葉茂密的樹下加入了那對父子檔。那位父親臉上的憂慮現在也反映在那男孩的臉上，讓他提早成熟了。

「或許他說得沒錯。」亞瑟說，同時吐了一口氣，那些字眼紛紛落在乾燥的地裡。他看著他的兒子，然後看著錢德勒。

「只有你覺得他說得沒錯才算數。」錢德勒說。

「我不能判斷我感覺如何，」亞瑟說：「我不知道我的感覺。我不知道我是否還會有感覺。」

老人期待錢德勒做出離開的決定。雖然錢德勒不知道這些話是打哪裡來的，不過話就這樣脫口而出了。而且他一開始說，他就停不下來。

「取消行動吧，亞瑟。我們失去了馬丁，沒必要也失去你和戴夫。馬丁不會希望這樣的。」他停頓了一下，吸了幾口炙熱乾燥的空氣，然後繼續說：「不管在這裡或任何地方，不是每件事都會有水落石出的一天。世事總存在著某種神祕的元素。不過這要靠你，靠我們，讓馬丁活在我們的心裡。現在他是這片大地、也是這片森林的一部分了。而且會長存於此。」

錢德勒看著他們。把事實真相說出口後，他感到鬆了一口氣。對這對父子來說，這番話已經說到了盡頭。亞瑟的頭低垂在兩腿之間，但是戴夫盯著錢德勒，他的臉上寫滿了震驚，彷彿想要設法接受這個權威的聲音對他說的話。他帶著小孩子的靈活輕巧動作站了起來，漫無目標地走開了。錢德勒想出聲阻止他，但找不到話可說。

亞瑟的聲音從兩人之間的靜默之中飄了過來。

「我不希望馬丁的靈魂在這裡飄盪。」

「你還要照顧你的妻子和戴夫。你已經盡力了。」錢德勒說。那老人開始啜泣。現實散發著令人難以消受的光輝，清楚呈現在他面前。但錢德勒無法沉溺在老人的不幸之中。他還要考慮下一步該怎麼做。首先要聯絡基地，讓他們派直升機過來接人。接下來是新聞稿，證實搜尋的結果，感謝參與的每個人。

這是令人清醒又厭倦的想法。接下來呢？時間會沖淡一切，大家會逐漸淡忘這件事。

錢德勒抬頭看，戴夫已經不見了。這個小弟和他的大哥一樣不見蹤影。

「戴夫？」錢德勒對著內陸的樹林大叫，他最後是在那裡看到那孩子的。

他扶著亞瑟站起來，準備去追那男孩。老人的淚水已不復見，取而代之的是恐懼。他們拋開已成了本能的所有謹慎態度，動身去追他，蹣跚穿越灌木及樹叢，大聲呼喊，期望聽到回應，但是一無所獲。錢德勒愈來愈驚慌。米契說得沒錯。他應該早點取消行動，當倖存的這家人還安全的時候。

他橫衝直撞穿越樹林的低樹冠，一根腐爛的樹枝啪地作響，怒斥著他的愚蠢行徑。亞瑟不久便落後了，只有他顫抖的呼叫聲趕上錢德勒。他們搜索這片大地，尋找亮藍色毛衣和單調紅土的衝擊色彩。錢德勒的雙腳在地上拖行，把幼苗從乾涸的土裡扯了出來。他的頭髮被樹枝纏住，把他往後拉，彷彿它不想讓他看到什麼東西。那男孩當然不可能走這麼遠吧？除非他一開始就用跑的。

前方有一抹人工合成的藍色閃動，他的眼睛亮了起來。那是非天然的顏色，不過一樣美麗。

「戴夫！」

那男孩沒轉身，在原地動也不動，注視著前方樹叢間的某種東西。所以……經過了這段期間，走了那麼遠，在他們正要放棄的時候，終於成功找到了馬丁。在最絕望的深淵裡，他們終究發現了甜美的果實。

錢德勒不帶絲毫懷疑，滿懷狂熱地衝過去。他希望看到的——馬丁還活著——和他預期會見到的相互衝擊。

他走近之後發現那既不是他希望的，也不是他相信的東西，不過那也是男孩定住不動的原因。灌木叢間有一隻蹄冒出來，連接的是一隻沒死多久的駱駝屍體。那是一大堆亂七八糟的毛皮和血肉，內臟被扯出來，有一部分被吃掉了，還有蛆在這團粉紅色的腐肉中鑽動。空氣中飄散的臭味既自然又噁心，令人不快又誘人。這是生命的殘骸，那曾經存在的，現在已經消散。

50

錢德勒想像著當年那頭動物在灌木叢間腐爛，男孩嚇到動彈不得。那時候的戴夫，現在的加百列。現在他能在腦海中清楚看見那男孩。他在那麼小的年紀，被迫面對生與死的冰冷殘酷。他發現的動物屍體成了一種確認，證實那裡沒有什麼能存活下去，他們不會找到他哥哥的任何蹤跡。

「**停在那裡！**」

那聲音從黑暗中轟隆傳出，語調沒有一絲的柔和。錢德勒試圖辨識出一個身形，兩邊各有一個較小的身影，但他的眼睛在黑暗中什麼也沒看見。

一支手電筒閃爍著亮了起來，照得錢德勒根本看不見，不過希望這能讓尼可有瞄準的目標。他試圖遮擋眼前的光束，不過他的視網膜滿是光線，無法抹去。

「你一個人來。」那聲音說，口氣緩和了點，但是帶著失望。

「對，不過——」

「不過怎樣？你沒有達成你的協議部分，巡佐。」

「我想先跟你談，」錢德勒說：「我要告解幾件事。」

對方稍微停頓了一下，手電筒的光線搖晃著。

「這似乎是遺傳，」加百列冷冷地說：「你的大女兒，撒菈，」他幾乎是憤怒地吐出了那名字，「她也提到了告解的事，企圖讓她弟弟冷靜下來。這點一直教我感到很生氣。」

錢德勒終於吐出了屏住的氣息。一**直教我**，意思是說他們還活著。

加百列繼續說：「告訴我，錢德勒，她**為什麼**想加入一種最後會想要控制她的宗教呢？而你**為什麼**會允許她加入呢？或許我這是在幫她一個忙，在你毀了她的生命之前，親手結束它。」

這威脅撕裂了錢德勒的皮膚，刺穿他的肺部。現在他希望自己把赫斯帶在身旁，親手交給他。他過後再來面對罪惡感的問題，和他女兒一起去告解，滌淨他的靈魂。

「求求你，不要這麼做，」錢德勒說：「告訴我他們人在哪裡。」

「他們很安全，就目前來說。」

就目前來說。錢德勒能感覺到他的手忍不住想去掏槍。加百列顯然也感覺到了。

「你不會想要那麼做的，錢德勒。這樣你就救不了你的孩子。上帝只拯救靈魂，而不是他們所屬的軀體。」

「求求你，我會——」

「你會怎樣？回去把我要的帶來嗎？」

錢德勒考慮這項要求。赫斯的生命重要嗎？和他的孩子比起來呢？兩個換一個當然是公平的交易囉？他的眼睛適應了光束邊緣的微光，讓他能辨識出前方那個深色的輪廓身形，一個單獨的身影。他幾乎忍不住在這個當下朝加百列開槍。

加百列似乎再次讀取了他的意圖。「巡佐，要是我沒回去，你的孩子就有大麻煩了。」

「你把他們帶去哪裡？」

「啊，我可不能告訴你。還不行。現在呢，拿起你的槍，慢慢地，把它放在地上。」

「我知道你是誰。」錢德勒說。

加百列沒回答。

「戴維．泰勒。戴夫．泰勒。」

那個輪廓微笑了，微弱的光線照亮他的牙齒，一個真正的微笑，或許是他看過加百列第一次表現出真正的情緒。

「這花了一點時間，是吧？」加百列的聲音中有種解脫的感覺。「我真心以為你會早一點認出我來。這是我唯一的煩惱……不過在警局裡看到你，和你說話，還搭你的車去旅館，我明白你根本毫無頭緒。你早就忘了我，就像你忘掉我的家人一樣。」

「你這話是什麼意思？」錢德勒問。

「我是什麼意思？將近十一年前，我們離開了這裡，就這樣而已。案子結束了，事後沒人關心我們。任務完成。任務失敗。進行下一件。放棄，又一個被警方刻意忽略的失敗案件。其他人，像是你的搭檔米契，我預期本就會如此。不過你呢，錢德勒，我記得你和我父親很親近。像膠水一樣黏著我們，安慰我們，指導我們，和我們一起禱告。帶我們搜索，卻毫無結果。」

「我……我試著當朋友。」錢德勒說。他不知道還能說什麼。

「假如你真的是朋友，為什麼事後不跟我們聯絡呢？連一通電話也沒有。一通簡單的電話，問我們過得還好嗎？也許這樣就足以阻止事情走到今天這種地步。」

錢德勒想找個藉口。但是一個也找不到。他大可以去要電話號碼，他應該去要電話號碼。他沒有藉口，但還是放手一搏。

「我那時候的女友……我的妻子。我的前妻——」

「我在你父母家看到的那個嗎？」加百列插嘴說。

錢德勒咬緊了牙，想起他受傷的父親。

「對，她當時懷胎九個月，快要生了。在搜尋行動結束後，她就生了。她生下撒菈，接著又有其他的事要忙。忙著求生存。」

加百列低聲咆哮。「我的家人也想求生存，只不過他們辦不到。」

「你的意思是？」

「我的意思呢，錢德勒，抱歉，巡佐，是在我們回家三個月後，他們在一場車禍中喪生了。」

「我很遺憾。」錢德勒是說真的。

「我敢說你現在確實是如此。」

「是意外嗎？」錢德勒問。

「他們沒發現車子有問題。」加百列不帶感情地說。

「你是否——」

那個暗影點頭。「對，不過我繫了安全帶。他們沒有。他們當場死亡。」加百列說，聲音中帶有一絲顫抖。

「所以傑弗瑞和迪娜收容了你？」

「告訴我，錢德勒，你的那兩個孩子……你處罰過他們嗎？」那個輕柔的聲音又變得危險，手電筒的光線搖晃。加百列激動了起來。錢德勒不確定這是不是一件好事。他是想要一個冷靜又理智，可以講道理的人，還是在盛怒之下可能犯錯的加百列？一個致死的錯誤？

「當然了。」錢德勒遲疑地說。

「不是，我是說，**真正的**處罰他們。」

「在他們小時候，要是做了什麼壞事，我會打他們一頓屁股，但是不常發生。」

「就算他們很乖，你也會處罰他們嗎？」

「不會。」

「比方說，」加百列繼續說：「你會為了撒菈沒背好第一次告解的內容而處罰她嗎？」

對話內容逐漸回到他的孩子身上，錢德勒設法讓加百列繼續說下去，增加他洩露把撒菈和傑斯柏藏在哪裡的機會。但他知道他需要謹慎行事，因為這個話題的緣故，也為了對著他照射的光束明顯在晃動。

「當然不會了，沒有誰是完美的。」他回答。

「沒錯，」加百列說，語氣再度溫和了一些，顯然對這個答案感到滿意。「沒有什麼人事物是完美的。人並不完美。你會希望你的小孩是被打到會的嗎？失敗了就要承受凌虐和毆打。」

「這是你的遭遇嗎？」

這時出現了一陣停頓，手電筒的光重新調整了一下。

錢德勒繼續說：「因為當我問他們——」

加百列的怒氣大爆發。「你找他們談？」

「我是想要——」

「你為什麼要找他們談？」

「要弄清楚來龍去脈，在你的——」他說得太多了。

「在我的腦袋裡？」加百列怒斥著說。「我的腦袋很清楚，我的行動很清楚。我的身心都很健全。然而那些狂熱的混蛋……」加百列的聲音逐漸減弱了。

錢德勒把話頭搶過來，想再次引導出加百列的光明面。

「他們拒絕跟我談，談論你。」

「是良心過不去吧，」加百列厲聲地說：「我聽夠了他們說的話，靠在牆邊，任他們一面鞭打，一面朗讀那本書的一開頭。」

「《創世紀》。」

加百列停頓了一下。「沒錯，《創世紀》。一面鞭打，一面說著我們都是罪人。大家都有罪，不過只有我受到懲罰，彷彿我是他們贖罪的管道：打了孩子，我們就得救。這是他們的傑作。」他拿手電筒往上照著自己的耳朵，露出了平常有長髮遮掩的一道四吋疤痕。

加百列把光線聚焦在他的耳朵上，頭部便成了顯露的目標。但是尼可不會開槍，直到交換為止。至少錢德勒祈禱他不會。

「有一次，他們打到我這裡，」他說，並且摩娑著他的疤痕：「皮開肉綻，血流不止，所以他們帶我去看醫生。醫生也是教會的人，沒多問些什麼。他縫合傷口之後，告訴我，上帝會默默地治好它。」

「他們的惡行不代表你非要傷害別人不可。」

加百列嗤之以鼻。「他們奪走了我和我父母的最後連結。上帝的愛。他們告訴我，我是邪惡的，而邪惡者可恣意妄為。假如我正如他們所聲稱的是魔鬼，那麼我必須執行魔鬼的任務，天使加百列被送回去懲罰那些提到名字的人。我是魔鬼的執行者。」

「那麼你錯過的那些名字呢？」錢德勒問。

加百列聳聳肩，光線隨之搖曳。「我遇到誰就對誰下手。我沒有選擇順序，只是依照寫下來的去執行。想像一下，錢德勒，想像一再地背誦那些名字，我花多久的時間把名字念完，身上就挨打多久。要是我犯了一個錯呢？被一根鬆開的鞭梢打到骨頭之後呢？那麼我就要把名單重念一遍。一直念到第十三章為止。」

「為什麼是十三章？因為那是個不吉利的數字嗎？」

「不是，因為那一章第一次提到了所多瑪與蛾摩拉。我們親愛的傑弗和迪娜不想在家裡提到那些字眼，彷彿墮落敗德並沒有早就滲進了四周的牆裡。有幾次我甚至忘了自己的哥哥和父母叫什麼名字——就算只有短短的一秒鐘——但是那些名字卻深深烙印在我的腦子裡頭。」

「可是你殺害的每個人都是無辜的。」

「你怎麼知道呢？」加百列說：「那本書裡提到名字的人，沒有一個是真的無辜。他們都受到同名之罪的詛咒。」

雖然加百列的聲音保持平穩，錢德勒看得出來他已經開始煩躁了起來。錢德勒需要爭取更多時間，所以他繼續追問。

「為什麼要在這裡殺掉他們呢？」錢德勒問：「這裡應該只會召回不好的記憶吧？」

「我還以為你已經忘記了呢。」

「從來沒有。」錢德勒說。這話說得有點突兀——或許太突兀了，聽起來像是承認自己有罪。

「當我脫離了那些狂熱者和他們認為的天堂，我設法走得愈遠愈好。我從我父親多年前設立的信託基金拿到錢，到處旅行了幾年。紐西蘭、泰國、馬來西亞。然後不知為何，我發現自己回到了西澳。我身不由主地再次走遍這地方。我發現什麼都沒變——景觀、氣味、感覺，全都一樣。彷彿時間靜止了。彷彿從大局來看，我母親、父親和哥哥的死一點兒意義也沒有。彷彿他們已經被遺忘了。我開始徒步跋涉。或許我想做馬丁做過的事。我走了幾天，睡在我的車上，然後我發現了那間棚屋，開始把它當成了家。我搬進去，住在那邊的山上。那真的很神奇，一個人待在山上的夜裡，你會對自己有不同於以往的了解。」加百列停頓了一下，喘口氣。錢德勒考慮再次衷心懇求他替孩子想一想，不過他的直覺告訴他，加百列沒心情管別的事。

「這座樹林裡有很多痛苦，錢德勒，堆積在我身上的痛苦。人們帶給我的只有痛苦，宗教帶給我的只有痛苦，所以我要報復這些事情，在一切開始的地方，拿點東西獻祭給我哥哥的靈魂，我父母的靈魂。他們不是在這裡喪命，不過，他們的靈魂是在這裡迷失的。他們在這裡應該要有人陪伴。」

忽然間，加百列發出了冷冷的輕笑聲。「第一名受害者叫亞當，」他繼續說，並且看了錢德勒一眼。「我想這很諷刺吧，但不是在我的計畫之內。」

「什麼時候？」錢德勒問，他內心的警察現身了。

「將近三年前，二〇一〇年一月十四日。他和赫斯一樣，想搭便車去找工作。那些人很容易，絕望的那一群。他是個愛講話的傢伙，年紀比我大一點，急著想賺點錢去度假。他非常自戀，亞當做了這個，亞當做了那個，不斷不斷不斷地重複他的名字。聽到那名字像這樣重複不停，我忽然湧上一股殺掉他的衝動。我需要殺掉他。但我不知道該怎麼下手。所以在荒郊野外，我下了公路，開上一條泥土路。我跟他說我要尿尿，從車子後面的行李箱拿了一條繩子，爬到後座，然後勒死他。」

加百列注視著他。「這很難做到，比我想像的更困難，但我覺得情緒高昂，彷彿我得到某種程度的復仇。」

錢德勒納悶加百列是否也打算把他殺掉，畢竟他在大半夜被拐到這裡。他不認為他的名字在《創世紀》裡，不過什麼事都有可能，他的名字可能被扭曲成是來自《聖經》。就算迦南可能也接近到足以讓加百列相信，錢德勒應該接受懲罰。

但是錢德勒又明白了一件事。他沒有更想去的地方了。他會涉足地獄的深淵，去把他的孩子救回來。

加百列繼續說：「接下來我綁架了一對情侶，希望他們能幫我尋找馬丁的骸骨。結果證實了要把人質留著超過一天是困難的。他們老是抱怨個沒完。」他的語氣帶著懷疑。他顯然很驚訝有人可能不喜歡被抓去關。「要把補給品帶到這裡來也不容易，最後我花來照顧他們的時間，比我搜尋的時間還要多。我試圖跟他們——塞特和夏娃——解釋說，為什麼他們會被抓走。他們罵我瘋了，還有一些難聽的話，但是我沒瘋。」

錢德勒忍住沒開口。

錢德勒看得出來，加百列在棚屋中的獨處時光中，真的說服了自己，殺了其他人，他哥哥就會以某種方式歸來。

「但我可以放撒菈走，把赫斯換回來。你和其他人或許認為我很邪惡，但我不是怪物。你的確嘗試安慰過我父親，儘管你叫他放棄。」

「這麼做對你的家人來說是最好的。」

「你怎麼能這麼說？現在他們全都死光了。」

「我當時不會知道——」

「你是不知道。」

這時出現了短暫的沉默，那把偷來的槍在加百列的手中閃現微光。

加百列繼續說：「把赫斯帶來給我，我會很樂意把他們交給你。」

「沒有其他的人非死不可。你父親不會——」錢德勒說。

加百列打斷他的話：「人都會死，錢德勒，本來就是這樣。」

「赫斯、撒菈、傑斯柏——他們都不該死。他們沒做錯什麼事。」

「我的哥哥、母親和父親也一樣。但上帝還是把他們帶走了。」

「你很憤怒，而且你有權利這麼想。但你不能這麼做……戴夫。」

「我**就是**要這麼做。我別無選擇，但你有，錢德勒，一個簡單的選擇：他或是他們。」

「告訴我他們在哪裡。」

「現在呢，錢德勒……」加百列在黑暗中露出了獰笑。

錢德勒努力想取得優勢。「假如一切都在你的掌控之下，赫斯怎麼會逃走？」

在暗淡的光線裡，錢德勒看得出來加百列緊蹙眉頭。

「你是在耍詭計拖時間，直到救兵來嗎？」

錢德勒搖頭，抬手遮住光束。「沒有救兵。你認為他們會讓我綁架赫斯，然後交給你嗎？」

加百列的獰笑從黑暗中緩緩地滲透過來。「就是要這麼用心才對嘛。」

「所以他是怎麼逃走的？」

「正如我們說過：他設法砍斷了鐐銬，」加百列說，誇張地大笑了一聲。「在某種程度來說，我很佩服他，那一定需要不少的意志力。他逃出了棚屋後拔腿狂奔，我逮到他，然後我們滾落山崖。等我醒來後，手上只有一片他的襯衫。我知道他逃往山下的道路，但我也知道那要走很久。所以我回去開我的車。我原本想逃跑，離開這個州，跑去躲起來。在那些短暫的片刻，我忘了我背負的重責大任是什麼，彷彿這是對我的考驗。所以我決定搶先他一步，來到了鎮上。或許我也有點好奇，不知道上帝是否會容許我全身而退，把罪怪在一個無辜的人身上。上帝肯定不會容許他們被懲罰吧？這就像是當上帝：能掌控某人的生命，但是用不同的方式去殺掉他們。這真的很有趣。**很新奇**。假如我真的邪惡，上帝真的擁有終極權力，那麼我就脫不了身。所以我交給命運來決定。如果是由上帝來審判，他會容許赫斯逃脫我的正義。否則我會成為命運之手。」

「命運不需要劊子手，命運會降臨。那是不可避免的。」錢德勒說。

「那是**你的**看法。我也曾經讓命運帶領我，直到我領悟到我和它的雙手同樣無法穩定掌握生命的方向盤。當我有能力支配它時，為什麼要讓它來支配我？它已經讓我逃過了那場車禍。」加百列盯著錢德勒。「馬丁總是相信命運。」

對於這一點，錢德勒沒有答案。

加百列繼續說：「你想想看，歌頌幸福的時候永遠不像悲傷持續得那麼久，不是嗎？這是因為我們期待悲傷隨時會到來嗎？我考驗過了——」

「考驗什麼？」錢德勒問。他愈來愈受不了加百列這種鬼扯的理論，想為自己的行為辯解。他要他的孩子回來，在加百列的手中揮舞著槍，而他不斷認同他的言論時，錢德勒開始擔心尼可會失去耐性，在錢德勒取得他需要的消息之前就開槍。

「忍受命運，有一次，我站在一塊岩石的上頭，俯瞰山谷，搜尋著馬丁的蹤影。我滑了一跤，沿著堤岸滾下去。跌得很深。我跌到谷底時依然意識清醒，但是一隻腳踝扭傷得很嚴重，我爬不出去。所以我躺在底下，天空和樹木對於我的受苦無動於衷。我不禁要想，我哥哥在多年前是否就是發生這樣的情況，迷失又孤單，等待死亡。我以為我應該感到平靜，但我還是覺得不滿足，彷彿在生命走到盡頭之前，我還要完成某些事。所以過了一小時左右，我找到一根結實的樹枝，蹣跚地沿著斜坡走上去，回到了小木屋。接下來漫長又寒冷的一整個月，我被困在那裡，補給品在兩週內就用完了，每天晚上顫抖著入睡，白天餓得要命。我懷疑我的命運是死在那座山上，然而我以為應該要來臨的平靜並沒有出現。所以我挑了一天決定生死。我設法蹣跚走回車上，開到了黑德蘭港。進了醫院。」

「所以你活下來了，」錢德勒說：「命運沒有把你帶走。你不應該感到開心嗎？你難道不該幫助別人，而不是傷害他們嗎？」

「憑什麼？沒人幫助我。我考驗過我自己的命運，其他人考驗他們的命運。」

「那兩個孩子不需要。」

「他們不會需要。你會替他們接受考驗。」

「不過這一來，是**我**在決定赫斯的命運。」

「不對，」加百列說：「你只是把他交給我。在那之後才會決定他的命運。」

錢德勒緩緩地搖頭。「你從旅館逃走之後，為什麼還要回來呢？」

加百列微笑了。「要看你現在是否認得我。或者在我的內心深處，我希望被逮到。我也想完成我起頭的任務。這是在潔淨。不過你哪懂什麼叫完成任務呢？」

錢德勒無話可答。巨大的沉默持續了幾秒鐘，然後加百列才繼續說：「但是我準備要給你最後一個機會。把赫斯帶來給我，否則恐怕我就別無選擇了。」

為了表態，加百列舉起手中的槍，瞄準錢德勒的頭部。「我已經殺過一個撒菈了。一個好女孩，我記得她還滿輕佻的。我們來看看命運是否還站在赫斯那邊，或是在你女兒這邊。」

「不要。」錢德勒說，他的聲音哽咽低微。現在他已經完全了解加百列是誰，以及他承受過什麼。在疑似自殺的車禍中失去家人，進了孤兒院，然後被一對來自地獄的夫妻收養。他承受過那麼多痛苦，不過錢德勒無法讓他的孩子經歷同樣的事。他必須把赫斯交過去。他即將成為惡魔的雙手了。

一記槍聲響起，回音在樹林間迴盪，響了又響。

他眼前的手電筒掉落了。

錢德勒衝上前去。光束照射地面，然後轉個不停，照亮了加百列俯臥的身形。柔和的光線突顯出在他胸口快速散開的深色區塊。輕聲說話的薄唇張開了，但是沒有吐出隻字片語，沒有喘息求救，沒有痛苦呼號。永遠靜默了。

「他們在哪裡？」錢德勒問。他跪在那具毫無生氣的身體旁。「我的孩子在哪裡？」他抓住加百列的衣領，把他拉起來。加百列的頭無力地往後仰。「他們在哪裡？」他大吼，音量大到足以驚醒亡者。

但是加百列沒醒。

尼可幹麼開槍？那不是原本的計畫。不過錢德勒明白，那計畫從一開始便破綻百出。他應該要……應該要怎樣？討救兵嗎？他需要一個願意聽話的人，而尼可是他唯一能信任的人了。加百列拿槍指著他，所以尼可決定——

「他死了嗎？」

那不是尼可的聲音。也不是赫斯。當錢德勒轉身時，一個高瘦的身影朝他走過來，手上拿著槍。是米契。

「他死了嗎？」米契又問了一遍。

「你他媽的在這裡做什麼？」錢德勒吼叫。

現在米契來到了他身旁，盯著加百列的屍體。他似乎對自己感到很滿意。

「我需要他活著。」錢德勒說。

「他拿槍指著你。」

「他不會對我開槍，他要的是赫斯。」

「對，你帶來交換的無辜男子。」

「撒菈和傑斯柏在他手上。」

「我知道，錢德勒，但是你並未因此而有權選擇要哪個人活，哪個人死。」

「我沒有要拿他交換，」錢德勒說，並且說服自己這是事實。「我需要爭取時間，讓他透露他們在哪裡。」

「所以呢？」

「你開槍打死了他。」

米契的臉上毫無表情。

錢德勒指著那具屍體。「你知道他是誰嗎？」

米契聳聳肩，把槍插回槍套裡，安心地得知那個殺人犯不會再起來了。

「這是戴維．泰勒。戴夫。」

米契的臉部扭曲，他的眼中閃現恍然大悟的眼神。「戴夫？不會吧……我們找不到他哥哥的那個孩子？是他？」

「對。」

「早知道我就不會……我沒認出他來。所以這個——這一切都是在報復？」

「不盡然，」錢德勒說：「但我沒時間解釋。」

「你有時間，而且你**會**解釋清楚。在局裡。說清楚你為什麼要拿嫌犯當作釣餌。」

米契企圖表現得有魄力，但錢德勒沒心情聽他的。

「我要知道我的孩子在哪裡，米契。他說假如他沒回去，他們就有大麻煩了。」

「可能是在騙人。」

「他把他們從我父母家綁走了。從泰莉的身旁。他打傷了我父親。那可不是在騙人，」錢德勒說：「我們要派飛機升空，搜尋附近一些他可能藏匿他們的地方。」

「下命令的人是我，錢德勒。」

「那就快下該死的命令。」

51

當他們回到錢德勒的車上時，赫斯已經卸下手銬了。在聽到加百列的死訊後，他咆哮怒吼，威脅要對錢德勒、州政府和警署提出控訴。

錢德勒設法不去理會他，和米契各自以無線電通訊，企圖立刻安排地面搜尋，以及等天一破曉就展開空中搜尋。

錢德勒把部署在公路路障的人力調派到新的搜救行動時，赫斯持續大呼小叫說他要對他們全都提告。錢德勒把一根手指頭往耳裡塞，以便聽清楚州警的回答，他就要失去耐性了。

就在這時候，米契放下他的無線電，轉身面對赫斯。「你何不離開鎮上呢，巴威爾先生？」

「喔，**現在**你要我走囉？」赫斯大笑著說，但不帶一絲幽默之意。

「你走吧，然後帶個律師回來，我們再來談，」米契說，態度冷靜又堅定。「在那之前，讓我們好好做事吧。我們要搜救兩個小孩。」

「我不會忘掉這一切的。」

「我沒有要你忘記，」米契說：「我是要你滾。」

在一小時之內，搜救小組找來了二十四個人：米契的組員，包括依然憤憤不平的洛普和芙蘿、尼可、譚、吉姆和魯卡，這些人兩兩一組，出發前進內陸，迫切地想找到錢德勒的小孩。

錢德勒也一起出發，他很快就和他的指派搭檔尼可拉開了距離，一個人在矮樹叢間橫衝直撞，每隔幾步就高聲呼喊著他的孩子。他拿手電筒照著地面，但是在這種地形區域，這麼做根本沒用，長長的陰影打造出地面輪廓的假象，四下一片漆黑，沒有多少亮光，灌木叢遮蔽的陰影在他的心中成了撒菈和傑斯柏。

他的聲音很快就變得沙啞，他不想承認他們可能在這裡或鎮上的任何地方。鎮上有一支較小的隊伍，由熱心協助的本地人組成。他們正在仔細搜查每個角落，想找出那兩個小孩的蹤跡。

他在樹叢間奔走，追趕著自己呼喊的回音，卻永遠追不上。他更加奮力前進，因為他驚慌失措；他更加奮力前進，因為淚水從臉頰潸潸流下。他不想讓任何人看到他受傷，於是把自己隱身在樹叢、塵土和絕望之間。尼可距離他只有幾步之遙，那是他的保護者。在這麼短的時間內，加百列不可能把孩子帶得太遠。他緊抓住這個希望不放。他們一定在這附近不遠處。只要夠努力，派出夠多的人，他們應該就能找到孩子們。

他的思緒轉向思考加百列這個人，以及當他還是戴夫的那時候，從那時起，那男孩便成了連續殺人犯，為了報復，為了仇恨發生在他身上的經歷。這一切都要追溯到多年前在這座山上的一場搜尋行動。他納悶這是否真的是他的計畫，他的最終復仇：要錢德勒爬過樹林，絕望地尋找他的小孩。錢德勒變成了亞瑟。沒有人，就算是魔鬼本身，也不能夠如此殘忍。在過了將近十一年之後，把他放在搜尋行動的另一方。

但是這一次他不會放棄，就算要花上餘生尋找都可以。

錢德勒找了一整夜，在樹叢間搜尋，朝燒毀的小木屋方向前進，不是因為他認為孩子會在那裡，只是因為他根本沒有特定的方向可循。直到尼可提醒他，他們應該回去報到，看其他人是否有消息，他這才回頭往停車場的方向衝，不過改走另一條路，結果證明和原本的路徑一樣一無所獲。

第一個晚上徒勞無功，現在搜尋的重點集中在山上，鎮上的擴大搜尋結果也是沒有收穫。

在接下來的兩天裡，搜尋行動擴大規模，很快就勝過當初搜尋馬丁的場面。這讓他在帶頭離開加百列被射殺的地點，徒步穿越樹叢時，心中感到有點兒諷刺難受。

在天空露出第一道曙光時，由停車場基地操控的無人機便升空，在樹梢上方呼呼盤旋。到目前為止，它們回傳的訊號只有一片慘綠，夾雜著閃爍紅點。沒有撒菈，沒有傑斯柏。

經過了六十個小時，錢德勒的身體終於撐不住了。他被迫不安地睡了兩小時，然後在違抗所有人的建議下，繼續走入黑夜裡。人們想向他表達同情之意，他幾乎沒有反應。他才不在乎什麼該死的同情。他不需要也不想要任何負面情緒。他什麼都不需要也不想要，擁抱、言語、試圖提供的安慰、食物、空氣——他需要走下去，直到找出他們為止。

他唯一恐懼的只有一件事。就連看著米契安慰泰莉，對他來說也不具任何意義。這個世界可以將他吞沒，只要他找到他們。

日子一天天過去，過成了渾沌一片。那些經常突如其來的短暫睡眠只不過是輾轉不安的小寐，讓他深感難受又羞愧，接著又展開另一場艱鉅的行動。每一天都充斥了漫長的行程和不實的希望，以為看到了什麼，結果只是一根倒下的原木，或是一堆早已熄滅的營火。隨著每次的發現，他明白了。這是他第一次**真正**的明白，泰勒一家人經歷了什麼，帶來希望的激動及跌落谷底的失落。他整個人的存在提煉到只剩下走路、搜尋，以及設法保持希望。呼喊他們的名字，暗自希望能聽到任何回應。志工們也大喊他們的名字。他想叫他們全都閉嘴，讓他的孩子能呼吸。

他朝一棵樹揮了一拳，樹幹搖晃了一下，但依然屹立。指關節感受的疼痛往上傳到手臂，但不曾撼動他腦海中的可怕念頭。

52

搜尋行動進入第四天，錢德勒感到憤怒。他比其他人更能辨識出大家開始失去信心的祕密跡象。才過了四天而已。還要再過十天，小孩才會面臨飢餓的危機。當然了，脫水是另一個大問題。他昨天才對魯卡發脾氣，因為他在穿越樹林時還在滑手機。今天他痛批一個遠從紐曼調派過來的可憐警員，因為他竟敢懷疑那兩個孩子是否已經死了。尼可和米契不得不把錢德勒拉走，把他轉向一個他從沒走過的方向，放他一個人像發條玩具般，四處走動消除怒氣。

過去在他的內心一幕幕上映。他們是如何放棄馬丁。假如他們能巧遇那個青少年，他就能離開這裡，繼續活下去。但是大自然最終埋葬了一切，包括所有往日的罪孽。

但是他的孩子沒死。錢德勒很清楚。他在腦海中最深、最黑暗的部分，追逐那些思緒，毆打襲擊它們，直到它們不留痕跡。撒菈和傑斯柏還活著。沒別的好說了。他們還活著。不過他們是否在一起呢？他們之中有人設法逃走去求助嗎？沒有指南針或辨別方向的工具，要這麼做可不容易。少了水也是一樣。一隻看不見的手扭轉他的胃部，打了一個結。他為什麼從沒教過他們，利用太陽導航呢？或是給他們一些野外求生的技巧？但是在這個時代和這年紀，誰會需要那些呢？或許撒菈把手機帶在身上，裡面會有指南針之類的功能，那麼她就可以引導自己走回鎮上了。這是一種可能性。他再次擊退那些黑暗的念頭，期待希望出現。

不對，他的孩子們不可能逃脫了。假如逃脫了的話，他們會朝嘉納山山腳的方向走。他們起碼知道該這麼做。他們一定是被關在某處。恐懼隨即回來了，他的想像力開始自由發揮。他們倆被關在——上了鐐銬——這裡某處的一間小棚屋。他拒絕相信他們待在毫無遮蔽的野外，在渴死之前會先凍死。荒郊野外的殺手清單又長又殘暴。米契只打死了其中一個而已。

他往後看了一眼。過去依然苦苦糾纏著他，這次是以米契的形態出現。今天他指派自己當錢德勒的守護者，深沉的憂慮寫在他的憔悴臉龐。那是殺掉加百列的同一個混蛋。萬一他的孩子真的死了——他們不會的，他提醒自己——這會是他的錯。而且錢德勒還說不準，他會怎麼做。

53

一眨眼，一週過去了。快得有如他那些斷斷續續的小寐。

全員搜尋行動持續著，警方不會輕易放棄任何一個自己人，各方資源都聽從米契的指揮，來自西澳及更遠處的專家撥打衛星電話，提供建議和策略。

錢德勒繼續他痛苦的步行方式，每天走二十小時，中間只短暫休息兩次，吃點東西，雖然這一點幫助也沒有。喝水只是提醒了他，他的孩子有多渴。三明治刮擦他的喉嚨，彷彿撒菈和傑斯柏的指甲在抓撓著它。

營地移到了燒毀的小棚屋附近，讓他們能有最多的時間在外頭進行搜尋。錢德勒躺在睡袋裡，望著天上的星星，他的睡意就和星子與地球的距離一樣遠。他再次但願自己曾教過他們一些用星座導航的知識。當個好父親，而不是缺席的父親。這份羞愧把他心中的睡意推得更遠了，現在那兩個孩子的臉蛋點點灑落在那些星座之間。

他從睡袋爬出來，夜晚的空氣侵襲他身上汗溼的衣物。他開始發抖，不久便渾身抖個不停。他控制不了身上的肌肉痙攣和不自主抽搐。他控制不了它們，也不想這麼做。他四下張望其他的小組成員。他們都睡著了，安穩的睡眠讓他更惱怒。他能理解他們的疲憊，但是不懂他的孩子依然在外面某處，這些人怎麼睡得著。他企圖回想今天是星期幾，但是想不出來。他只知道這是第九天——他的世界崩毀之後第九天。

54

二〇〇二年

他看著亞瑟倒坐在地上，他的腿放棄了，雙眼注視著那頭腐爛的駱駝，而錢德勒把戴夫帶開。腐敗屍體的影像和氣味用一種錢德勒辨不到的簡潔方式，宣布事實真相：在這種地方，沒有任何生物能存活太久。

「結束了。」他對亞瑟說。他的語氣如此輕柔，他原本還不確定自己是否把話說出口。他把那男孩帶到更遠一點的地方。

「結束了。」亞瑟重複說，所有希望都破滅。

錢德勒大大地鬆了一口氣，但內心深感羞愧，為了強迫他們放棄而對自己噁心作嘔。

錢德勒看著那男孩。他也感到迷惘，注視錢德勒的眼神在吶喊著，想知道這一切有什麼意義。錢德勒無法跟他說什麼。他必然了解一切都結束了，但錢德勒不知道，他是否明白自己再也看不到他哥哥了。由於亞瑟最後說的那三個字傳達出一切已成定局，這時已無需再說什麼。日子會繼續過下去，生命也會繼續前進，微風從樹林間吹來，像是沉默的刺客，橫越天空的太陽也懷著相同的憂思沉默。

錢德勒四下環顧最後一次。馬丁在這裡的某個地方，享受同樣的靜默，現在應該死了，眼珠被吃掉了，舌頭也是，屍體的柔軟皮肉部位最先被吃光。最後，在所有的肉被啃得一乾二淨之後，他會變成一堆白骨，在無情的豔陽下逐漸由白泛黃。

55

他站在原地，陷入回憶，渾身發抖，那幅影像在心中成形。撒菈和傑斯柏，他們的身體逐漸腐敗，棄置在這片大地。

錢德勒從腰帶掏出一把刀，劃過他的上臂，深到足以讓他的心中排除所有的事，只想到這份痛。憤怒、深切的疼痛。他把刀子插回護套，鮮血從他的指間滴落到土裡。現在天色還早，但是他要出發了。沒理由在這裡等。

他盡可能輕聲地打包所需物品，準備要離去。

營地傳來一句低語。是米契。

「你要去哪裡？」

「我不能……我要走了。」錢德勒轉頭看到他的前友人從睡袋裡探出頭，頭髮凌亂不已。他看起來再度成了那個膽怯的青少年，和大家一起來戶外露營。

「假如你一個人走，你會迷路的。」

錢德勒繼續打包。米契說得或許沒錯，但錢德勒不在乎。

「你的手臂是怎麼了？」

錢德勒斜眼看著鮮血從傷口往下滴，把背包甩上肩頭。「這樣我才能專注。」他說，然後準備離去。

「我跟你一起去。」米契說。他輕悄地從睡袋滑出來。跟蛇一樣，錢德勒心想。

「這和讓你的名字見報無關，米契。」

他意識到他的痛苦在找發洩的管道，試圖傷害那些想要幫忙的人。就像那家人在多年前對大家做的事一樣。

「我知道，我也想找到他們。」米契說。

錢德勒嚴厲地瞪著米契。

「我要走了。」他說。

「兩分鐘就好。」

錢德勒沒有等，慢慢地走開了。他想看米契是否會讓他走。彷彿他依然滿口鬼扯。

距離天要破曉還有將近一小時，在黑暗中不容易找出方向，但是清晨的寧靜讓錢德勒聽見從後方逐漸接近的腳步聲。那個平穩的大跨步聲音就在他的後方，接著來到他身旁。錢德勒望著米契。這完全違反他的本能，但是他對他的出現感到安慰。

他們行經一處小斜坡，頭燈照射著夜裡的靛藍土壤。

「我很抱歉。」

「為什麼？」

「為了射殺加百列——戴夫——不管他現在自認是誰。為了來到這裡，掌控一切。為了沒告訴你泰莉的事。為了失去聯絡。為了泰莉想要——」

錢德勒打斷了這番道歉。米契的悔恨語氣聽起來很陌生。「那些我都不在意，米契。都過去了。」

他們繼續在沉默中前進，直到天色從樹叢之間緩緩亮起。然後有一幅不尋常的景象打亂了這裡由樹木、岩石和塵土組合而成的特有風景，一種在內陸顯得異常的色彩。一批鏽蝕斑斑的灰色老舊小屋在緩緩亮起的光線中逐漸呈現。那些是……那些可能是……

錢德勒加快了腳步。當他悄悄地走近，努力保持平衡時，他看得出來那些是森林小屋，或許甚至是軍用小屋，多年前進行過演習，準備打一場真實或想像的戰爭之後，棄置在這裡。一共有四間小屋。希望在他的心裡爆發。他看得出來米契的臉龐也綻露出相同的希望。

「我來查左邊那兩間。」錢德勒嘟噥地說，他的嘴忽然乾得猶如他呼吸的空氣。他開始跑了過去。

「好，不過要小心，」米契說：「這些屋子在這裡有一段時間了，誰知道裡面有什麼。」

錢德勒跑到第一間小屋，波紋鐵板破舊不堪，在暑氣的炙烤下捲曲了起來。他摸了一下鐵門，以為會被燙到，但是發現它冷冰冰的。錢德勒拉開栓鎖，屏住呼吸。鐵門隨著預期的喀啦聲打開了，絞鏈鏽蝕乾燥，有好一段時間沒用過了。他更用力地一拉，把門猛地扭開，他的頭燈光束照亮了裡面的小空間。他看到來自七〇年代的電子設備和機械裝置散落一地，幾乎腐蝕成灰了。一堆小昆蟲在地上及桌面匆忙爬行，要逃離這個入侵牠們的家的掠食者。

沒有撒菈和傑斯柏。希望從他的心頭往下竄，從鞋底流進了腳下的塵土裡。

可是還有三間小屋。

「錢德勒……」

米契的聲音顯得不穩定，裡頭帶著一絲幾近不安邊緣的迫切。

錢德勒走出小屋，往他的方向拔腿狂奔。米契站在其中一棟小屋的門邊，那間鐵皮屋一樣破舊又生鏽，棄置了許多年。他的老同事渾身顫抖地啜泣著，嘴巴張開了，卻沒說出半句話。眼前發生了某些連言語也無法表達的事。

原本朝小屋裡頭照亮的手電筒，轉了過來照到錢德勒的臉，讓他幾乎看不見。

錢德勒只能朝燈光走過去……

致謝

首先我要感謝我的母親和父親，在我們小時候便教導我們這些孩子要獨立及誠實，並且在以想像力及創意為中心的家把我們養育長大。我要感謝我的兄弟和他們的另一半是如此樂於伸出援手、聰明又鼓舞人心。感謝我的好友，戴夫、皮特、賽門及麥可的洞察力，以及他們帶來的歡笑。感謝我的家族成員閱讀這本小說的早期草稿，提供有幫助的建議，以及偶爾給的不是那麼有幫助的建議。我要特別感謝我的妻子，她的愛心、智力和毅力是我的千萬倍。她必須忍受我經常在深夜草擬這份手稿，以及隨之而來的打呼聲。是我的鼾聲，我要說清楚，不是她的。

我要感謝我的經紀人，任職於Peters Fraser and Dunlop的Marilia Savvides。謝謝她的熱忱和努力，這麼快就答應合作，並且投注滿滿的熱情，讓這部小說從粗略的草稿變成一本完整的作品。我還要感謝PFD支持我的其他人，包括Laura、Kim、Alexandra、Jonathan、Zoe及Rebecca，謝謝他們在幕後的辛勞，洽談合約，並且處理我最不想碰的稅務問題。

在編輯及出版部分，我要誠摯感謝Simon & Schuster UK的每個人。謝謝他們讓這份書稿從數位變成了紙本。我特別要感謝我的編輯Anne Perry，她總是能快速地為我的兩難問題提出超棒的建議。假如她決定改行的話，危機解決的職務正在等著她。我也要感謝Kay和她出色的文字編輯，抓出了許多漏網之魚。謝謝Justine和Rhiannon的創意魔法，還有Jo協助這本書完成出版。

我在這裡面可能還漏掉了誰，我要為此致歉。這個錯誤和我在這本小說裡紀實層面所犯的錯誤，全都是我的錯，而且是我一個人的錯，所以讓我們希望我把這些錯誤都隱藏得很好吧。或者碰巧運氣好囉。

我不確定這份謝詞該如何結束，所以就讓我說：再次謝謝各位！

Hit 暢/小說

IOI

第55號被害人

•原著書名：*55*•作者：詹姆斯・迪拉吉（James Delargy）•翻譯：簡秀如•美術設計：蕭旭芳•責任編輯：徐凡•國際版權：吳玲緯•行銷：蘇莞婷、何維民、吳宇軒、陳欣岑•業務：李再星、陳紫晴、陳美燕、葉晉源•副總編輯：巫維珍•編輯總監：劉麗真•總經理：陳逸瑛•發行人：凃玉雲•出版社：麥田出版／城邦文化事業股份有限公司／104台北市中山區民生東路二段141號5樓／電話：(02) 25007696／傳真：(02) 25001966、發行：英屬蓋曼群島商家庭傳媒股份有限公司城邦分公司／台北市中山區民生東路二段141號11樓／書虫客戶服務專線：(02) 25007718；25007719／24小時傳真服務：(02) 25001990；25001991／讀者服務信箱：service@readingclub.com.tw／劃撥帳號：19863813／戶名：書虫股份有限公司•香港發行所：城邦（香港）出版集團有限公司／香港灣仔駱克道193號東超商業中心1樓／電話：(852) 25086231／傳真：(852) 25789337•馬新發行所／城邦（馬新）出版集團【Cite(M) Sdn. Bhd.】／41-3, Jalan Radin Anum, Bandar Baru Sri Petaling, 57000 Kuala Lumpur, Malaysia.／電話：+603-9056-3833／傳真：+603-9057-6622／讀者服務信箱：services@cite.my•印刷：前進彩藝有限公司•2021年1月初版一刷•定價399元

國家圖書館出版品預行編目資料

第55號被害人／詹姆斯・迪拉吉（James Delargy）著；簡秀如譯. -- 初版. -- 臺北市：麥田出版：家庭傳媒城邦分公司發行, 2021.1
面；　公分. --（Hit暢小說；RQ7101）
譯自：55
ISBN 978-986-344-844-0（平裝）
884.157　　109017359